KUWEI
酷威文化
图书 影视

彼女は二度、殺される

二度遭到杀害的她

［日］秋尾秋———— 著　李雨萍————译

北京日报出版社

图书在版编目（CIP）数据

二度遭到杀害的她 /（日）秋尾秋著；李雨萍译.
北京：北京日报出版社，2024.9. -- ISBN 978-7-5477-4983-8

Ⅰ. I313.45

中国国家版本馆CIP数据核字第20247669TC号

著作权合同登记号 图进字：01-2024-3411

KANOJO WA NIDO KOROSARERU by Aki Akio
Copyright © Aki Akio 2022
All rights reserved.
Original Japanese edition published by Takarajimasha, Inc., Tokyo.
Chinese (in Simplified character only) translation rights arranged with Takarajimasha, Inc.
through BARDON CHINESE CREATIVE AGENCY LIMITED
Chinese (in Simplified character only) translation rights © 2024 by Jiangsu Kuwei Culture Development Co., Ltd.

二度遭到杀害的她

出版发行：	北京日报出版社
地　　址：	北京市东城区东单三条8-16号东方广场东配楼四层
邮　　编：	100005
电　　话：	发行部：（010）65255876
	总编室：（010）65252135
印　　刷：	天津鑫旭阳印刷有限公司
经　　销：	各地新华书店
版　　次：	2024年9月第1版
印　　次：	2024年9月第1次印刷
开　　本：	880毫米×1230毫米　1/32
印　　张：	9
字　　数：	180千字
定　　价：	45.00元

版权所有，侵权必究，未经许可，不得转载

目 录

序　章 001

第一章　**她是否会重新动起来** 011

第二章　**她为何会遭到杀害** 073

第三章　**她是否会就此死去** 141

第四章　**她去了什么地方** 219

终　章 269

这部特殊设定推理小说超级正统！ 279

序章

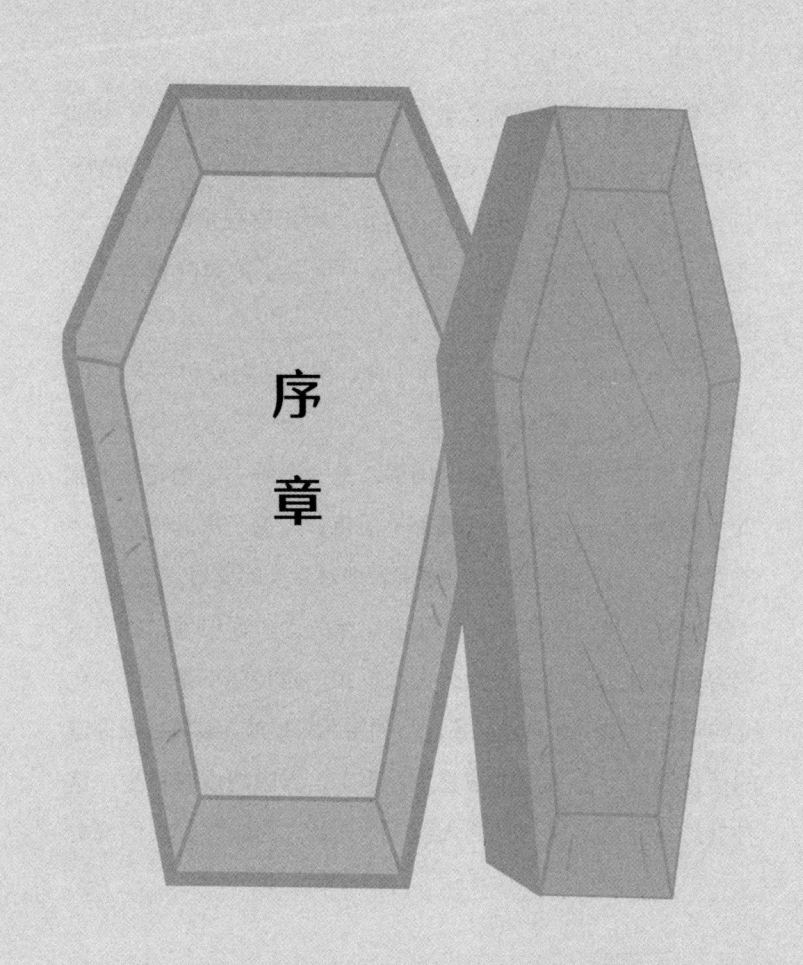

二度遭到杀害的她

"真的……复活了……"

躺在床上的少女的心脏于五天前就已停止跳动了。据说她死于一场交通事故，父母实在无法接受如此猝不及防的离别，连个告别的机会都没有。可是，哪怕有说话的机会，也不过是对着已经变凉的尸体自言自语罢了，真的称得上告别吗？

"2月4日，下午四点二十七分，傀礼圆满成功。太好了。她没有失控，正常地醒来了。"

这里估计是少女生前的闺房，是一个统一使用花朵图案的可爱房间，一名从头到脚都是黑色、与这个房间格格不入的女子——九十九黑绪，口吻沉着地对少女的父母说道。

披散在身后的黑色长发随着黑绪的动作摇曳着，她可爱的容貌因身上的纯黑色西装大打折扣。西装底下是一件白色立领衬衫，领口处系着一条波洛领带[①]，上面点缀着一颗璀璨的蓝色椭圆形石头。她戴着黑色手套，露出的皮肤很少。这种打扮或许会给遇到她的人留下"死神"的印象，人们确实

[①] 波洛领带，英文全称为Bolo Tie或Bola Tie，源于美国西部，是一种美国风格的金属挂饰。——译者注，后文均为译者注

也是这么称呼她的。

"谢……谢谢。"

父亲对黑绪鞠躬致谢,随后对立在她身后的男人——白夜也鞠了一躬。

白夜用手按住长及鼻尖的刘海,掩着面孔,点了点头。超过一米八的身高加上阴沉的气质,令他散发出一股令人毛骨悚然的气息。黑色高领毛衣搭配黑色紧身长裤,白夜这一身黑衣的打扮,简直像是死神的好友乌鸦。

黑绪和白夜是福音协会派来的傀礼师。傀礼师是指拥有可以让死者暂时复活能力的人,福音协会则是管理他们的机构。

在这片大陆上,人类一旦死亡,灵魂就会逐渐远离身体。不过在身体毁灭之前,灵魂仍然不会与身体断开连接,而是像云一样轻盈地飘浮在身体周围。傀礼师可以像操纵木偶线般操纵那根线,将灵魂暂时送回身体。

不过,单凭这样,身体还不能行动,必须得有人提供生命力才行。生命力只能由生者提供。

一般情况下都是由委托人提供。这次的委托人是母亲,母亲自愿将自己的生命力与少女的灵魂之线连接起来,为少女提供生命力。于是,面前的少女动了起来。

"爸……爸……,妈……妈……"

少女从床上坐了起来,摇摇晃晃地冲向父母。父母也冲向少女。黑绪却插到他们中间,阻止了他们。好不容易与女儿重逢,却被泼了盆冷水,父亲不悦地看向黑绪,但是神情

二度遭到杀害的她

中也夹杂着一抹不安。

"傀儡没有视觉、听觉、触觉以外的感觉，所以，刚刚醒来的傀儡无法控制力道，与她接触会有危险。"

接受了傀礼的死者被统称为"傀儡"。它们已经死了，所以不是人类。用物品的名字为它们命名，就是为了让人们理解这一点。

"可是……那些式鬼不是可以正常行动吗？"

父亲愤愤不平地望向黑绪和白夜。这样的目光令白夜很不自在，他用手按住刘海，挡住自己的视野，像是在逃避。

式鬼是傀儡失控时保护傀礼师的保镖。血肉之躯的傀礼师无法应对失控的傀儡，所以作为一种自我保护的手段，每个傀礼师都会带着一只功能相同的式鬼。

式鬼是傀儡的高阶版，它们原本也是死去的人类。福音协会的相关人员、福音协会的推荐人员、有志加入福音协会的人员，他们死后就会成为式鬼。

计划成为式鬼的尸体要经过防腐处理，并且要在举行傀礼后学习如何控制身体。它们动起来的样子与活人无异，就算行走在大街上，估计也很少有人能察觉到它们是逝者。

很少有人自愿成为式鬼，因为哪怕复活了，他们也不能享受人生，反而要被傀礼师使唤；而且明明已经死过一次了，还不得不再一次品尝死亡的滋味。

毕竟它们必须跟失控的傀儡战斗。除非提供给自己的生命力耗尽，或者身体遭受毁灭性的打击，导致灵魂之线断掉，否则哪怕缺胳膊少腿，它们也不会死亡。

式鬼因为没有感觉，所以不会感到疼痛。但是由于具有生前的记忆，所以会清晰地记得对死亡的恐惧。哪怕心怀这种恐惧，式鬼也必须战斗。否则它们就会丧失价值，沦为大件垃圾。

"因为，式鬼——"黑绪瞥了白夜一眼，"是特制品。"

"那我女儿也……"

"我说过的吧。我们只能让死者暂时复活。"

"可是，你……"

式鬼不是可以长期复活吗？她从对方的眼神中读到这样的想法。在死者复活前知道这只是暂时的重逢，等到死者醒来时却接受不了他们会再次变成一具尸体，因此闹起脾气来的人不在少数。黑绪面带微笑，温柔地安抚他："可以啊，前提是她愿意成为式鬼。但是你们再也见不到她了，因为她将成为协会的私产。"

"私……咦？"

"这是规定。她不能回归正常的生活。毕竟式鬼只是工具，是比傀儡还不重要的普通物品，是傀儡失控时对付它们的枪与刀。用坏了就扔掉，属于一次性工具。"

黑绪张开双臂，像是一个完成魔术表演的魔术师。那对父母面露不快。黑绪却毫不介意，继续说道："同时也是傀礼师的奴隶。"

"奴隶……"

"您希望令爱也变成那样吗？"

父亲紧紧咬住下唇。他当然不希望。黑绪估计也知道，

二度遭到杀害的她

可是她并没有就此打住。

"令爱已经去世了。肉体会腐烂，最终消失不见。这是自然规律。倘若扭曲规律，您知道会对灵魂造成什么影响吗？当令爱从式鬼的状态中解放，前方等待她的就只有悲痛的死亡。您难道想要因为自己的感情，让令爱去受那种折磨吗？"

她温和的口吻不含怒意，可是这些话听起来却像是在谴责他们——你们把自己的感情放在首位，让女儿去做式鬼，简直是人渣。

父亲哽咽起来，母亲则呼吸粗重，号啕大哭。每次看到这样的场景，白夜心里总是很不是滋味。都是因为有傀儡存在，他们才不得不多受一次折磨。他实在克制不住这种想法。

"之所以设定复活时限，就是为了避免委托人误以为只要身体动了，死者就还活着。可是，身体已经死了，如果像以前那样继续活动，她的身体就会逐渐腐烂。您想看到女儿的身体逐渐烂掉的样子吗？"

"我……"

"现在令爱重新动起来，只是为了跟二位告别，是暂时复活，也是一种让二位向前看的仪式。所以请二位珍惜当下，好好跟她告别。"

母亲的眼中满含泪水。旁边的父亲揽住她的肩膀，为她提供支撑。少女茫然地注视着他们。

"她明明离我们这么近。"

母亲怨恨地看向黑绪，黑绪却无动于衷。母亲似乎明白了黑绪不会允许自己靠近，死心地叹了口气，重新将视线投向少女。

"祥子,我好想你。"

"妈……妈……我也……好想你。"

有的傀儡会无法接受死亡,情绪激动,失去控制,但是少女似乎理解自己现在的处境,平静地回应母亲。

"祥子,你走得这么突然,爸爸妈妈都很寂寞。"

"对不……起。我……还……不想死。"

听到祥子的话,父亲将脸埋低,母亲则哽咽了一声,然后放声大哭,眼泪大颗大颗地滚落到地板上,在上面留下一片水迹。

"对不起,要是妈妈当时制止你就好了……"

母亲哭得愈发伤心。女儿遇到车祸时,母亲好像就在旁边,目睹了现场的惨状。

女儿跑向马路时,母亲虽然劝阻了一下,但是由于当时是绿灯,所以她并没有多加制止。本以为女儿过完马路就会回头跟自己挥手,然而事实却出乎母亲的预料,女儿刚跑到马路上,就被闯红灯的汽车撞飞了。

母亲在傀礼举行前说过,她恨那辆闯红灯的汽车,同时也恨当时没有制止女儿奔跑的自己,直到今天她都在自责。

"妈……妈,对……不起。都怪我……乱跑。"

大概是察觉到了母亲的悲伤,女儿向母亲道歉,想要减轻她的痛苦。母亲的情绪反而更加激动,想说话却说不清楚,只能急促地喘着气。

母亲的情况越来越不对劲。她按住喉咙,不停地吐着气,

二度遭到杀害的她

痉挛发作了。

"喂！老婆，老婆！"

父亲抱住快要晕倒的母亲，让她在原地坐下。母亲的脸上渐渐失去血色。她看起来已经无法说话，却仍旧对着少女发出声音，想要跟她说点什么。已经流不出眼泪的少女哭出声来。

"叫救护车。"黑绪冷静地交代白夜。白夜慌忙从口袋里掏出手机，拨打急救电话。电话立刻接通。因为处于混乱状态，他有些语无伦次，好不容易才让对方理解情况。

"救护车大约十分钟后到。"

白夜告诉黑绪救护车的抵达时间，看了眼手表。现在是下午四点半，救护车预计四点四十分左右抵达，还有十分钟。千万不能因为傀礼闹出人命。白夜默默地祈祷母亲的呼吸能够恢复正常。

少女担心母亲，想要走去母亲身边。但是，黑绪知道少女碰到母亲会使她身负重伤，所以挡在了少女面前。

"暂时中断傀礼。"

黑绪没有征求父亲的意见就果断开口，中断了傀礼。少女的身体瞬间倒在冰冷的地板上。救护车抵达之前，父亲一直悲痛欲绝地注视着女儿的身影。

下午四点四十分，救护车到了。母亲被抬上担架，父亲也陪她一起上了救护车。

房子周围挤满了看热闹的人。那些目光像孩童一般好奇，却没有孩童的纯真，反而像是在欣赏别人的不幸。这种恶劣的气氛令白夜反感。

救护车一走，那些目光就投向白夜他们。对于周围的居民而言，白夜他们是陌生人。每个人都对他们心存怀疑。

你们是什么人？发生了什么事？没有任何人询问他们，人们只是暗自在脑海内想象事情的全貌。搞不好有些人把白夜他们想象成了罪犯。为了躲避那些目光，白夜把头埋得更低，用刘海遮住眼睛。

白夜瞥了一眼旁边的黑绪，心生羡慕。哪怕置身于以好奇心为名的恶意目光中，黑绪也坦然自若。他曾无数次期盼自己也能像她一样，可他很清楚自己做不到，死心地叹了口气。

"回去吧。"

黑绪不等他答应就往前走去。白夜垂着头，慢吞吞地跟上她。

二人朝他们的住所——福音协会走去。

第一章

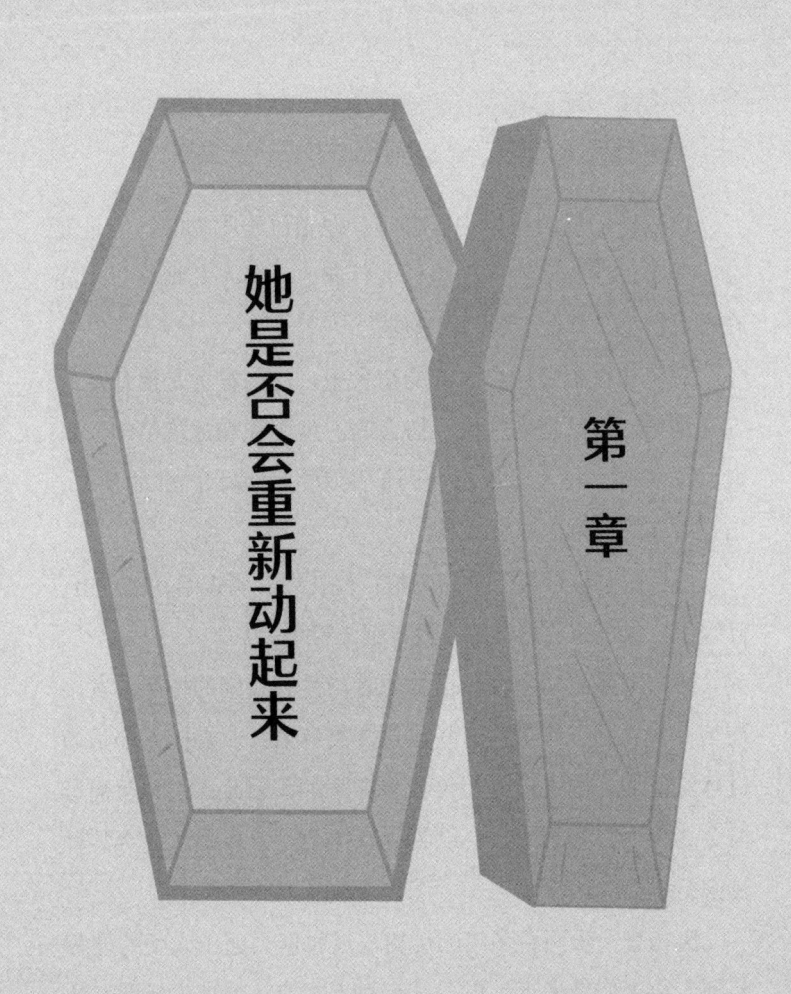

她是否会重新动起来

二度遭到杀害的她

1

　　白夜在简易厨房里泡着咖啡。他自己不喝咖啡,但是泡咖啡是他的工作。今天他也任劳任怨、一丝不苟地将热水浇在咖啡粉上,萃取苦涩的黑咖啡。

　　白夜住在福音协会内部的宿舍里。这栋宿舍是傀礼师的专用宿舍。包括宿舍在内,协会的占地面积和建筑结构与东京大学相同,每个分部都有同等规模的用地和同样的建筑,白夜所在的这个地方是本部。

　　协会内部被分成了不同的组:傀礼组、调查组、检查组、修缮组、保存组、总务组、教育组,等等。

　　协会主要活动内容包括做死者与生者之间的桥梁、发掘与培养傀礼师,等等。这些信息并没有公开。委托人都是通过体验过傀礼的人口耳相传找上门来的。因此,不了解福音协会为何而存在的人,会以为福音协会是宗教团体或者某种秘密组织。

　　傀礼有一千两百多年的历史。这种能力超出人类的理解范围,给人们带来了恐惧;甚至有人将傀礼师视为妖邪,像猎杀女巫一样猎杀他们。所以他们一直以来都保持低调,暗中活动,从不招摇。

随着时间的推移,傀礼的能力也逐渐为人所知。傀礼师最受瞩目的时候,就是明治时代的超能力热潮时期。人们对傀礼师大加吹捧,将他们捧上神坛。

但是傀礼师的知名度越高,想要利用傀礼师的人就越多,甚至开始有人利用他们妨碍警方破案。

例如让被杀死的人暂时复活,企图掩盖罪行;或者利用自己杀掉的人,去杀掉另一个人。拜其所赐,很多犯人都没有被绳之以法。

而且,傀礼师自身的安全也受到殃及。有人无视人权,仅仅把他们当成方便的工具,在暗地里进行交易。还有人仅仅因为怀疑"你不是有举行傀礼的能力吗?"就绑架他们。

傀礼师的存在,同时也引发了外交问题,因为只有日本被证实存在傀礼师。

复活死者——再也没有比这更加危险、诱人的能力了。就连组建一支不死军队都将成为可能,在某些情况下还有可能毁灭一个国家。所以政府才一直不愿公开承认傀礼师,试图向世人隐瞒他们的存在。

可惜为时已晚。已经有好几个国家抗议,说这种能力是一种潜在威胁。起初,政府表示那些只是不实信息,但是随着越来越多的傀礼师被带到国外,被外国利用,不容忽视的事实与日俱增,政府终于开始采取行动。

政府与各个国家秘密签署条约,承诺由政府管理傀礼师,与各国共享情报,并且禁止将傀礼师用于军事等,以此管控

二度遭到杀害的她

情报。因此，知道傀礼师存在的人越来越少，傀礼师的知名度降低到了只有内部人士才知晓的都市传说级别。

既要对傀礼师进行管理，又不能迫害他们，毕竟对方是人类。所以，政府便打着"做生者与死者之间的桥梁"等正义凛然的旗号，召集傀礼师。

现在被建来当作管理场所的，就是福音协会。

白夜正闲适地泡着咖啡，突然听见敲门声，先是响了一声，接着又连续响了两声。

他暂停往滤杯里倒热水，朝一旁的房门下方望去。正好有个 A4 大小的褐色信封从门缝塞了进来。

白夜打开褐色信封一看，里面装着一份文件，标题上写着"委托书"。他从上到下仔细阅读，力求不漏掉一个字。

等他阅读完文件，已经是五分钟后的事。刚才倒进滤杯中的热水已经全部滴落到咖啡壶中，咖啡粉开始变干了。

"啊……"

由于没有倒入适量的热水，黑色的液体肯定很苦；而且如果连最后一滴咖啡都冲完的话，就会出现杂味。这壶一滴不剩全部冲完的咖啡，恐怕会是杂味的乐园。

是继续往滤杯里加热水，还是重新泡一壶好呢？白夜犹豫不决。最终，他决定当作什么事都没有发生，开始往滤杯里加热水。

将热水加到准确的位置后，白夜将咖啡倒进杯子，端到矮脚桌上，面朝旁边的沙发唤道："起床了，小黑。"

睡在沙发上的黑绪睁开一只眼睛仰望白夜，猫一样的眼

第一章　她是否会重新动起来

睛盯着他。她翻了个身，黑色长发从沙发上垂落下来。

"咖啡泡好了。"

"哎呀呀，不好意思，麻烦你了。"

黑绪坐起来，按住胸口轻轻点头道谢，将咖啡杯端到鼻子底下，做了个闻味道的动作后，才将咖啡送进口中。白夜靠过去一些，观察她的神色。

"嗯。今天的咖啡也很好喝。"

黑绪身上散发出贵族小姐般的优雅气质。她的反应与平时无异，看来并没有发现他把咖啡泡砸了。白夜心里的石头总算落地，松了口气，看向委托书。

"来委托了。"

白夜举起委托书，黑绪不情不愿地摆了摆手。白夜将这个动作理解为可以念，于是念起了委托书。

"委托人是周防大和、亚美夫妇。目标是他们的女儿真珠。八天前的2月4日，她被发现死在家中，脖子上有勒痕，疑似遭到谋杀。本次傀礼的目的，是从目标口中问出凶手的身份及举行告别仪式。执行时间为葬礼第二天的凌晨两点，即两天后的2月14日，执行地点为周防家。"

"知道了。"

"尸检结束后，遗体好像储存在有冷藏设备的殡仪馆。虽然已经死亡了一段时间，但是身体应该不会腐烂。听说真珠小姐是在跟凶手对峙的时候被勒死的。她才十二岁。"

白夜说完，将委托书翻至第二页，看向尸检报告。

进行傀礼委托时，必须提供官方的尸检报告或者死亡诊

015

二度遭到杀害的她

断书，以及委托人的身份证明文件。这是为了避免委托人出于掩盖死亡的目的委托傀礼。

"好可怜。"黑绪口吻轻快，完全听不出怜悯的意思，"居然对这么可怜的少女下毒手，凶手可真是丧心病狂。"

黑绪展开双臂，抬头望天。这种乐在其中的态度令白夜皱起眉头。黑绪丝毫不在意白夜的目光，兴高采烈地继续说道："哎呀，不过真是太好了。我可不想对付大号睡美人。以前接受傀礼的谋杀案受害者，变成傀儡后彻底失去了控制，真让人吃不消。"

"没办法。带着怨恨死去的人，会更加无法控制感情。"

白夜回忆起当时的情形，把脑后的短发挠得乱糟糟的。

比起意外事故或自杀案中的死者，遭到谋杀的人会更加难以控制。他们常常因为遭遇谋杀而心怀怨恨。要是再明白自己已经死了，那就更麻烦了。怨恨会淡化他们对死亡的恐惧，因此就算身体受到伤害，他们也会一直发狂，直到怨恨消除为止。

"不过她才十二岁，哪怕失控了，应该也能很快被控制住吧？总而言之，幸好她的尸体没有被毁坏。"

"毁坏……你是指刻耳柏洛斯[①]吗？"

"他们太过分了，居然挖眼、割舌。被他们那么一搞，就

[①] 古希腊神话中的地狱看门犬，它为冥王看守冥界的大门，允许每一个死者的灵魂进入，但不让任何人出去。此处为犯罪组织的代号。

第一章　她是否会重新动起来

算尸体复活了，也看不见东西、说不了话。不过，对协会有意见的话，直接来投诉就是了。居然因为不敢当面投诉，就跑去毁尸，真是既肤浅又愚蠢。"

黑绪有些粗暴地将杯子放到桌上，发出仿佛要把杯子砸碎的声音。

刻耳柏洛斯是从几年前开始暗中活动的犯罪组织，他们的犯罪活动以毁尸为主，人称"连环毁尸案"。他们随机挑选死者，到处毁尸。虽然已有几名凶手落网，但是并不足以摧毁刻耳柏洛斯这个组织。他们的人数和活动据点都不为人知，完全没有要停止活动的迹象。

该组织的成员认为灵魂会在死后得到净化，一旦再次回归身体，就会遭到玷污，坠入地狱。所以他们将福音协会的行为视为恶行，日复一日地妨碍协会的工作。

毁尸的方式就是挖掉眼珠和割掉舌头，不让尸体看到现世、和现世的人说话。他们相信只要这样做，就可以降低灵魂回归身体后受到的污染。

这件事在三年前曾轰动一时，因为刻耳柏洛斯把犯罪声明发布在了网上。虽然有执行犯落网了，但是对方还是像打了胜仗的士兵一样昂首挺胸。警方没有抓住组织的尾巴，就无法打击刻耳柏洛斯的嚣张气焰。

当时的话题也涉及傀礼师，所以在网上引起了轩然大波。尽管立刻就有人出来降低热度，但是估计有好几万人都记得这件事。这次事件使傀礼师从明治时代后再次受到人们的关注。

二度遭到杀害的她

"把气撒在不能说话的尸体身上，简直愚蠢透顶。只不过是毁尸，就敢宣称自己是地狱犬刻耳柏洛斯，这帮家伙脑子有毛病吧？名字也很老土。肯定是中二病或者没人理会的人运营的组织。"

"是吗？虽然刻耳柏洛斯并非善类，但是如果不是因为存在傀礼，也不会发生那种悲剧。要是不存在傀礼师，肯定就不会发生那种事。"

"啊哈哈。出现了，傀礼师排斥反应。那是不可能的，存在的东西就是存在。想让傀礼消失的话，就得把傀礼师及其世系连根铲除。"

究竟需要多少人消失，傀礼这种东西才能不复存在呢？白夜试着想象了一下，脑海中却无法浮现出那样的世界。

"委托时间是后天凌晨吗？希望遗体在此之前不要被毁坏。"

黑绪哼着歌品尝起咖啡，白夜眯起了眼睛。

2

"好，准备出发。"

去周防家举行傀礼的日子来临了。距离晚上十点还有不到五分钟。傀礼在凌晨两点开始，不过因为还要做事前准备和说明，所以要在晚上十二点前到达周防家。

白夜从衣架上取下外套，帮助从沙发上坐起来的黑绪穿

第一章　她是否会重新动起来

好，随后穿上自己的外套，将车钥匙装进口袋，拿着行李打开门。"麻烦你护送啦。"黑绪像一阵清风，步履轻快地出了门。

黑绪和白夜走向协会大楼旁边的停车场，从宿舍走过去大约需要五分钟。宿舍外面依然是福音协会的地界。周围被五米高的栅栏围住，出入口只有位于协会大楼正面的大门。

协会大楼和宿舍之间是公园，宿舍前面有座喷泉。周围树木葱郁，地面铺着草皮和石板路。白夜突然想起黑绪以前说过："这是在追求增加负离子浓度吗？"

抬头一看，漆黑的天空阴云密布，不光看不到星星，连月亮都躲到了云层后。协会里面路灯很少，周围一片漆黑。白夜一边用手机的光照亮脚下的路，一边往前走。

穿过公园，右手边就是协会大楼。大楼入口如一柄长枪，高耸入云，顶端装有一座能够向整条街的人报时的大钟。为了让人在深夜也能看见时间，时钟内部亮着灯。旁边的玻璃有一部分是彩绘玻璃，上面绘有白骨森森的亡者与肥肉缠身的生者。

这座哥特式建筑令人联想到教堂。白夜怎么想都觉得很讽刺，因为这种风格会让他想到那些嘲笑福音协会是宗教组织的教会。

协会已经下班了。不过，白夜注意到今天还有一个地方亮着灯，那里是平时不会用到的忏悔室。

使用者好像还没到，门口亮着黄色的火光，像是在等待对方的到来。黑暗中的火光营造出一种超现实的氛围。

二度遭到杀害的她

耳畔响起铁与铁的摩擦声，那是比四周的栅栏还高的正门开启的声音。白夜看向那里。一辆仿佛要融入夜色的通身漆黑的汽车开了进来，停在了大楼附近。

一名男子从后座下车，接着又下来一个人，最后，驾驶席下来一名男子。三个人全部下车后，感情很好地排成一排，像是在玩"四人三脚"游戏一样，走上通往协会大楼入口的白色石板路。

不，不应该说他们感情很好。中间的那名男子双手反绑于身后，正在被旁边的两个人架着走。如果说这是朋友之间的玩笑，未免玩得太过头了。

"啊哈哈。逮到一只流浪的了。"

黑绪发出欢快的笑声。看来她已经知道那三个人是谁了。白夜也眯起眼睛凝视他们。

仔细一瞧，两旁的男子他也认识，是福音协会调查组的人，十王和五木。白夜也跟他们打过几次照面。

如果发现了没有在协会注册的傀礼师存在傀礼行为，调查组就要负责调查和抓捕。中间的男子估计就是抓捕对象。

被捕的男子肯定是在某个时机觉醒了能力，却没有加入福音协会，而是自己学会了能力的使用方法，用它来牟利。这种人每隔几年就会出现一两个。

他们被捕后会由福音协会严格监视，要么选择对福音协会宣誓效忠，直到傀礼能力消失，要么就要过上与死人无异的生活。

"真可怜。"白夜在心里咕哝了一句，却没有产生同情。

第一章　她是否会重新动起来

"只是复活了一个人而已！我是在助人为乐！"被捕男子一边被拖走，一边大声嚷嚷着自己的行为是正当的，"你们不觉得很可怜吗？听说别人的家人突然过世，怎么可能不同情！"

调查组的人充耳不闻，用力将男子拖进协会。男子双脚用力踩在地上，不肯乖乖就范，继续大喊大叫："喂，你们听我说！这也没什么问题吧？我只是给他们时间告别而已！和你们也没区别吧？对不对？"

"吵死了。你说你只复活了一个人？不止吧！怎么可能没问题？没注册就进行傀礼，这就是问题。"

十王厉声说道。男子只安静了片刻，就又开口："可是你不也一样吗？要是家人被杀了，你也会找人举办傀礼吧？"

"届时我会委托协会处理。"

"协会顶多只会给一个小时的时间吧？那么短的时间哪里够告别的！"

"这是规定。死者醒来的时间太久，就会误以为自己还活着。限时是为他们着想。"

"怎么可能？那样只会让人更加痛苦吧！跟只给饿肚子的人一口面包有什么区别？"

"傀礼是用来进行告别的行为，不能用来满足自己的私欲。"

十王言辞强硬地否定。他的语气极具压迫力，男子神色僵硬，陷入了沉默。

"对对对。而且，你小子在帮别人举行傀礼时一直都狮子

二度遭到杀害的她

大开口吧？哎呀，真不可取，比吃呕吐物还不可取。"

五木吊儿郎当地笑道。男子尴尬地闭上了嘴巴。"助人为乐"好像不过是牟利的借口，根本不是为了信念和正义。

"乖乖跟我们走。你到底为什么人进行了傀礼，要老实交代！"

十王低声恐吓，男子的脑袋耷拉了下去。

白夜刚从男子身上移开目光，就看到五木朝这边挥手。这么严肃的时候，他居然还有空开小差。

"嗨！等会儿要去傀礼吗？"

"是的。"白夜点了点头。

"这么晚，辛苦你们了。加油。"

五木单手并拢放在额前，转动手腕敬了个礼。他比白夜年长十来岁，有时看起来却还像个小孩。白夜觉得这个人实在是开朗，但他并不擅长跟五木打交道。由于不能被对方看出来，他用苦笑掩饰过去。

"拜拜。下次见了，黑绪。"五木给了黑绪一个飞吻。黑绪却视若无睹。

从五木他们背后经过时，白夜耳中传来一句"杀兄凶手"。他望向声音传来的地方，看到十王皱着粗眉，一脸厌恶地瞪着黑绪。

黑绪没有理会他。白夜看了眼黑绪，低头挠起头发。三人的身影消失在协会大楼里，仿佛是被吸了进去。

"啊哈哈。调查组也挺辛苦的。"黑绪仿佛看了一场喜剧表演，愉快地鼓了鼓掌。她开朗得仿佛没有听到十王的话。

第一章　她是否会重新动起来

白夜松了口气，同时心里也有些不是滋味。

"是啊。不过，那就是他们的工作。"

"面对活生生的人类，真是麻烦死了。不过，流浪傀礼师又少了一个，所以也算是一件好事吧。"

白夜回答道："是啊。"

3

他们抵达委托人家的时间刚好是午夜十二点。深更半夜，周围的住宅看不到一点灯光。白夜望着周防家，有些震撼。

周防家是一栋洋房，是这一带最大的建筑。耸立在面前的大门虽然不如协会那么高，但是考虑到是一般家庭，这扇门就堪称高大了。

进门以后，通往房子的是一条很长的路，足以再盖一栋房子了。路边种了树，明明是在路上，却令人有种置身森林的感觉。不知道是这些树还是夜色使然，有一种会出现女巫的氛围。

房门前停着两辆高级车，估计是家用车。从院门到房门居然需要坐车，简直像电影一样——白夜暗自感叹，同时后悔刚刚把车停在了距周防家五分钟路程的路边停车场。要是把车开过来，就能直接开进去了。

黑绪清了清嗓子。白夜意识到自己刚刚在走神，慌忙按响对讲电话。

二度遭到杀害的她

"请问是哪位？"

对讲电话里传来一道女声。他在委托书上见过委托人的大头照，这个声音比想象中的声音沙哑一些。

"我们是福音协会的人。"黑绪盯着摄像头，笑眯眯地回答。接听者"嗯"了一声，沉默数秒，随后以一种下定决心般的声音回答："我听说了。请进吧。"

说完这句话，对讲电话就挂断了，大门在金属的摩擦声中自动开启。不知是不是夜深的缘故，这个声音听起来有几分诡异。

黑绪迈开步子。白夜小跑着跟上她，以免被落下。

到达门口后，有个身穿黑色连衣裙，系着白色围裙，年近六十的女人站在那里。看到黑绪他们，她立刻毕恭毕敬地鞠躬。

"恭候二位多时了。"

听声音，她就是接听对讲电话的人。看她的衣着打扮和谦恭的态度，再加上独自站在门口，白夜推测她是周防家的女佣。

"您……您好。我们是来自福音协会的傀礼师。"

白夜代替饶有兴致地环顾四周的黑绪低头问好。女佣眯起眼睛。虽然她神色平静，但是锐利的目光却充满警惕。

"请进。"女佣打开房门，邀请黑绪他们进屋。黑绪率先走进去，白夜跟在后面。女佣最后进屋，关好门后把门反锁上。

第一章　她是否会重新动起来

玄关约有四叠①大小。这里也足够一个人居住了——白夜脑中冒出孩子一样的想法。

女佣越过白夜他们，打开正前方的门。

"要脱鞋吗？"黑绪问道。

女佣保持着鞠躬的姿势回答她："不用。这边请。大家都在会客室里等两位。"

进屋不脱鞋还挺罕见的，白夜有些疑惑。黑绪笑着在白夜的耳边说："假扮老外。"白夜担心这句话会被女佣听见，战战兢兢地偷瞄她的脸色，对方却没有任何反应，大概是没有听见。

黑绪踩着长筒靴，迈着悠然的步伐走向屋内，白夜跟在后面。

玄关尽头是个目测超过五十叠的大厅。天花板上悬挂的水晶吊灯，熠熠生辉。地板上铺着鲜红色的绒毯，楼梯附近还有一架三角钢琴，非常奢华。

正面的房间左侧有三扇高度超过两米的拱形大玻璃窗，以相等的间距镶嵌在墙上，白天阳光由此照入，想必会非常明亮。

玻璃窗外是露台，面积极大，远远望去也可见其宽阔。可以在上边烧烤呢——白夜产生了平凡的感想。

放眼望去，大厅右边有座楼梯，楼梯下面有一扇门，三

---

① "叠"为日本计算面积的单位，一叠约为1.62平方米。

二度遭到杀害的她

角钢琴后面有一扇，左侧的 L 形区域有三扇，正面有两扇。这里到底有几个房间？不光是一楼，二楼也有房间。白夜无比惊叹。

女佣越过白夜，走到前面去，停在左手边最里面的门口，敲了敲房门。

"老爷，我带他们过来了。"

"啊，进来！"

里面传来尖叫般的高亢嗓音。回答她的不是"老爷"，估计是女主人。声音与委托书上的大头照给人的印象很接近。

女佣打开门，站在旁边鞠躬，似乎是在请他们进去。白夜有些不知所措。他看到里面有好几个人在看向这边，不由产生了一种即将跳入陷阱的恐惧，抬起的腿在发抖。

黑绪却毫不犹豫地走进去。被丢下了——白夜也慌忙走进去。会客室里瞬间掀起一阵骚动。

在身材娇小的美女身后，跟着个高大阴森的男子，他们会惊讶也不足为奇。两人的身高差足有二十五厘米，估计会显得白夜更加魁梧。

两人一起行动时，众人的视线总是会先落到个子高的自己身上。那是怪异的眼神，虽然他早已习惯，却仍会不舒服。白夜低下头，逃避那些目光。

突然有股甜香钻进鼻子里。这个房间里放了芳香剂吗？白夜移动视线，寻找香味的源头。会客室里没有多余的置物架，只有房间中央有张目测可以坐十二人或十四人的大桌子，墙上挂着两幅装饰画，看不到疑似芳香剂的东西。

第一章　她是否会重新动起来

"啊啊，你们真的来了！"

一名女子扑过来拉住黑绪的手。她有着与丧服不搭的明亮褐色直发，眼睛像是小动物一样激发人的保护欲，里面布满血丝，眼泡发肿。

"幸会，我是福音协会派来的九十九黑绪。"

"我是周防亚美。走吧，快点！"亚美往房间外走去，黑绪制止了她。

"请稍等。现在还无法进行仪式。"

亚美愣住了。估计她以为能立刻开始。看她的表情，像是不理解黑绪在说什么。

"委托时应该有跟您说过，因为真珠小姐已经过世了一段时间，所以如果想让她自愿回来，必须在凌晨两点举行仪式。"

"幽灵时间"——这么称呼有些奇怪，不过，凌晨两点是灵魂比较敏感，也更容易唤回的时间。在这个时间举行仪式，能够减轻灵魂和傀礼师的负担。所以协会推荐她在凌晨两点进行傀礼。这一点签约时应该对亚美说过，她也同意了。

"啊，也是……我都忘了。"亚美悲伤地垂下眼帘。

一名男子走到亚美身后，缓缓地把手放在她的肩头，安抚她说："亚美，冷静点，先坐下吧。"

白夜根据委托书上的大头照，认出这个人是大和。他的特征是一头自然卷的黑发。大和揽着亚美的肩，将她带回原来的座位，让她在椅子上坐下，然后回到黑绪他们身边。

"抱歉，你们才刚到，亚美就这么着急。我是亚美的丈夫

二度遭到杀害的她

周防大和。恕我冒昧,这位是?"

大和并拢五指,指向白夜。白夜慌忙向他问好。

"啊,呃,幸会。我是协会派来的一白夜。"

他刚说完名字,大和就皱起了眉头。他为什么会露出那种表情?我做了什么失礼的事吗?白夜提心吊胆。

"二位的名字还挺独特的。不过,总觉得白与黑有那么点儿……"

白夜明白大和在想什么了。黑白幕布主要用在葬礼上,并不是吉利的东西。可是,在这个场合或许也谈不上不合适。他们要举行让死者复活再重新死去的仪式,可谓是再应景不过的名字。

"我们原本是双胞胎。"

"你们是双胞胎啊?"

大和瞪大眼睛。也难怪他会难以置信。龙凤胎本来就罕见,加上他们是异卵双胞胎,长相和体形都有差距。更何况白夜的脸虽然被头发遮住了,看起来却更加成熟。二人的相似之处顶多只有遗传自母亲的眉眼。

"我随父姓,他随母姓,所以很少有人能看出我们是双胞胎。"

"啊,原来如此。那可真是——"

大和估计是觉得他们之所以用不同的姓,是因为父母的离婚。只见他一副不知所措的样子,频繁地摩挲着下巴。

黑绪仿佛在讲一件愉快的事,语调格外开朗。

"我们父母结婚的理由好像是'想变成完美的一百分'。

第一章 她是否会重新动起来

不觉得很蠢吗？九十九加上一不是等于一百吗？但是哪怕结婚了也不能相加，只能用一方的姓氏，到头来还是成不了一百分。总是觉得少点儿什么。"

大和不知自己该不该笑，喉咙里发出含混的吐气声。他不知该如何作答，急忙改变话题。

"我之前还在想来的人会是什么样子呢，没想到你们这么年轻，吓了我一跳。请问你们多大了？"

"永远的十七岁。"黑绪模仿旧时代的偶像，手握成拳抵在下巴上。白夜有些不耐烦地回答："二十四岁。"

"是吗？哎呀，九十九小姐可真爱说笑啊。"

黑绪的模样倒也确实像十七岁，但是一旦加上"永远的"，就立刻有了说谎的味道。白夜对黑绪说了许多次"别再那么自我介绍了，很丢脸"，但是她完全没有要改的意思。大和的回答估计完全是客套话，证据就是他的眼角在抽搐。

"还没有跟二位介绍，今天我想请这几位也参加仪式。"

大和话锋一转，手臂动作很大地从房间右侧移向左侧。会客室里坐着八个人。或许是因为葬礼刚结束，他们都还穿着丧服。

"请你们轮流介绍下自己吧。"

大和指向自己面前的女子。她留着露出脖颈的清爽短发，相貌端正，细长的眼睛给人一种压迫感，也散发出几分妖艳气息，这或许是她的嘴上涂着鲜红口红的缘故。

"幸会。我是宫岛优香。你们真的能让死者复活吗？该不会只是骗子吧？"

二度遭到杀害的她

她调侃地吐了吐舌头。黑绪依然维持着笑意,从西装内侧的口袋里掏出一本手册。

"很少有人能够相信超出自己认知的东西。很多人都这么说过。不过我们不是骗子,这是协会成员的身份证明。社会上还存在冒牌货或者不隶属于协会、不按规则进行傀礼的流浪傀礼师,请诸位小心识别。"

这番话带着嘲讽,优香的表情瞬间僵住。她板着脸盯着黑绪亮出来的手册。手册是隶属福音协会的证明,上面还有大头照、姓名、编制部门以及注册编号。

"讨厌。跟警察似的。你的意思是还有流浪傀礼师吗?"

"有啊。他们的收费远超协会,成功率却很低,傀礼失败后会直接玩失踪,不帮忙收拾烂摊子。他们是货真价实的金钱奴隶。"

"好好玩哦!听了你的话,我开始感兴趣了。幸好今天我来了,不枉我拜托大和先生让我参加。"

她好像话里有话。亚美瞪着优香,似乎是听出了她的弦外之音。会客室里的气氛瞬间像是一根绷紧的钢丝,变得紧张起来。黑绪像在表现自己的迟钝一样,问优香:"恕我冒昧,您和大和先生是什么关系?"

"我是大和先生的工作伙伴。"她瞟了大和一眼,"兼前女友。"

她刚说完,大和就清了下嗓子,竖起粗眉恐吓她,仿佛在说"不许多嘴"。优香撒娇地噘了噘嘴。

"好的,下一位。上一位自我介绍后,可以请下一位接着

第一章　她是否会重新动起来

介绍吗？"

大和为了改变气氛，努力用活泼的语气说话。坐在优香前面的女子观察一圈，善解人意地开口解围："我是仁川佳弥，这是我女儿惠实里子。去世的真珠和我女儿是同年级的朋友。我自己也受到过亚美小姐的关照……今天是亚美小姐安排我们出席的。"

佳弥让惠实里子也打了声招呼，但是她似乎害怕黑绪，抓着佳弥的手臂扭过脸去。

佳弥和亚美很像，确切来说，是她在刻意模仿亚美。与亚美同样的粉色眼影和淡粉色口红糟蹋了她的美貌，浮肿的眼睛像是遭到了殴打，在偏黄的皮肤上格外显眼。能够感受到她对亚美的崇拜与羡慕，但是她的努力用错了方向。

坐在佳弥右边的惠实里子身穿一件带有荷叶边的衣服，不过由于她的肩膀比较宽，所以并不合身。简单的衣服或许更能展现出惠实里子的魅力。她的打扮跟在照片上看到的真珠很像，八成连女儿也被迫要模仿真珠。

"轮到我了吗？我是亚美的弟弟南方义纯。我经常和真珠一起玩。她是个很亲和、很可爱的女孩，无论是长相还是个性都跟我姐姐小时候特别像。姐姐一直把真珠当成分身一样疼爱，她去世了，姐姐该有多伤心啊……"

坐在佳弥身旁的义纯按住鼻头，像是在克制着眼泪。看到他的样子，亚美不知是感激还是欣慰，眉毛垂落下来。

他们姐弟俩的感情好像特别好。仔细一看，他们端正的五官也非常相似。真是一对赏心悦目的姐弟。

031

二度遭到杀害的她

义纯像是说不下去了,并拢手指,示意坐在自己前面的女子开口。女子调整了一下坐姿,直勾勾地看向黑绪。她戴着口罩,所以只能看到眼睛,穿的衣服也比别人厚,不知道是不是感冒了。

"我是义纯的妻子枝奈子。那个,我和真珠是……"

话讲到一半,枝奈子低下头,用右手摩挲起脖子上那条搭配丧服的黑色方巾。不知是太悲痛了,还是和白夜一样不擅长在众人面前说话,她没有继续说下去。

义纯见状,小声催促坐在枝奈子右边的娇小少女做自我介绍。她应该是低年级的小学生。年幼的少女先是看了大和一眼,又抬头看了看坐在自己身侧的少年。少年陡然回神,代替少女开口:"你们好。我是周防家的长子大弥。她是次女红玉。"

大弥用处于变声期前的高亢声音,介绍了自己和少女。大弥和红玉都很像他们的父亲,发色漆黑,眉毛浓密。不过,跟他们聪明伶俐的长相倒是很相称,显得他们很老成。

"大弥是真珠的哥哥,现在上初中一年级。红玉是真珠的妹妹,现在上小学三年级。红玉有些腼腆。"

大和说完,给坐在大弥右侧的男子递了个眼色。微胖的男子目光穿过眼镜片,分别看了眼黑绪和白夜,随即轻轻点头致意。

"……你们好。我是大和的弟弟武藏。"

他就说了这么一句话。大和盯着武藏,仿佛在说"应该还没完吧",可是左等右等,武藏也没有开口。大和只好放

第一章 她是否会重新动起来

弃,指了指门的方向。

"这位是在我们家工作的女佣吉永小姐。"

黑绪和白夜回头看去,吉永深深地鞠了一躬。是那位刚刚带他们过来的女士,她坚毅的脸上洋溢着自信。

"仪式是凌晨两点开始对吧?还有时间。我肚子有些饿了。吉永小姐,能麻烦你简单做点东西吃吗?"

"好的。"吉永低下头。

"吉永小姐的手艺很好哦。她会帮二位准备,请二位务必尝尝。"

"那还真是让人开心。不过,准备一人份就好。他不吃。"

黑绪看向白夜。大和露出诧异的表情。

"嗯,我知道了。是对食物过敏吗?"

"这件事我本来想之后再解释的。傀礼师通常是两人一组,共同执行任务。不过,其中一位不是人类。"

黑绪的话掀起一阵骚动。等到现场安静下来,她才再次开口:"这是有理由的,复活的人类……我们称为傀儡。万一傀儡失控的话,普通人不是它们的对手。毕竟对方是没有感觉的傀儡,既不会手下留情,也不会因为攻击的时候太疼而停止攻击。所以就需要驱使同样的傀儡,去控制失控的傀儡,我们称它们为式鬼。"

"嗯……你的意思是说,因为其中一位已经死了,所以不需要进食?"

大和目光怯怯地看向白夜。明明想让别人复活自己的女儿,他却一副害怕其他复活者的样子。

033

二度遭到杀害的她

"不需要进食。倒也不是不能吃，只不过因为式鬼没有排泄功能，之后必须将吃进嘴里的东西吐出来，挺麻烦的，啊哈哈。不过因为不会有味觉，所以可以想吃什么就吃什么。只要把东西囫囵吞下去，还能把胃当成包包来用。换个角度想，搞不好还挺方便的。"

黑绪是在开玩笑，但是效果并不好。周围的人全都一副茫然无措的表情。虽说已经死了，可是她居然要把人类当成包包用。如果被人权主义者听到了，肯定会严厉谴责。不过，尸体究竟有没有人权呢？

会客室里的人通通望向白夜，目光里蕴含着厌恶和好奇，感觉不到善意。白夜害怕那些目光，低下头抚摸刘海，不与任何人的目光交会。

"原来是这样。不好意思。所以你刚刚才会说你们'原本是双胞胎'啊。不过就算其中一位去世了，你们不也是双胞胎吗？"

"倒也没错。"黑绪手抵在嘴边，"先不提这个了。我想先确认一下真珠小姐的情况，可以吗？"

"可以啊。那就大家一起去吧。"

大和说完，会客室里的人都站起来，跟在大和身后，一起前往真珠的身边。

第一章　她是否会重新动起来

4

走出会客室来到大厅，右转直走，面向玄关右手边的房间，就是放置真珠遗体的房间。

右边还有一间阳光房。如果是白天，应该也会有阳光从阳光房照进这个房间，亮得连灯都不用开。

房间里有一幅画和一张小桌子，桌上放着花瓶，里面插着鲜花。此外没有多余的物品，这房间简直像是原本就是用来放棺材的。

可能是因为遗体放在这里，房间里没有开空调。在这与室外一样的低温中，亚美、佳弥等几位女士冷得摩擦手臂。只有黑绪若无其事。

往里面走三分之二的距离，就是放棺材的地方。只有白夜、黑绪、大和、亚美走过去，其他人都停在门口附近。

"这个房间是家父以前打算用来放台球桌的，结果没有用到，白白浪费了空间。不过多亏有这个房间，才能迎接真珠。我该庆幸吗？"

大和勉强开了句玩笑，眉毛却悲伤得垂落下来。亚美跪到真珠的棺材前，放声大哭起来。大和抚摸着她的后背安慰她。

"真珠小姐就在里面吧？"

听到黑绪的问题，大和缓缓点了点头。黑绪看向白夜。白夜察觉到她的视线，走到棺材旁，把手放在棺盖上，用力

二度遭到杀害的她

抬起来。

　　按照习俗，本来要把棺盖钉起来，好让死者顺利前往另一个世界。真珠的棺盖却没有被钉上，他轻而易举地抬了起来。

　　白夜将棺盖放到地上，站在黑绪旁边，往棺材里面窥探，只见里面躺着一个肌肤白皙犹如瓷娃娃的美丽少女。

　　浅色头发梳理得整整齐齐，腮红与口红都跟亚美今天涂在脸上的颜色一样。粉色无比适合白皙的肤色。大概是因为化妆让她看起来面色红润，给人一种她马上就要动起来的错觉。死后依然可爱的相貌令白夜轻而易举地想象出她生前的样子。

　　不必仔细看也能看得出，她跟亚美宛如一个模子刻出来的。真珠已经走了十天，亚美却依然会呼唤真珠的名字，整日以泪洗面，白夜稍微能理解她为什么会这样了。

　　亚美的悲伤不仅是失去孩子的悲伤。如同自己分身一样的真珠不在了，她应该有一种失去了自己的一部分的缺失感。这种缺失感永远都无法填补。白夜也有过这种经历。回忆起当时，他突然有种想哭的冲动。

　　其他人对真珠的死究竟有多难过呢？白夜回头望去，但是他后悔了。他只看到一排排如同雕像，就悲伤而言过于淡漠的面孔。

　　武藏目光冰冷地看着亚美；义纯虽然面带哀伤，但是与其说是出于对真珠的感情，更像是在为姐姐的眼泪心痛；枝奈子在偷瞄自己的丈夫，对真珠没有兴趣；佳弥虽然在吸鼻子，表示自己正在哭，眼中却没有一滴泪水，似乎只是在模仿亚美；至于优香，她在用手指摆弄自己的指甲，一脸事不关己的样子。

长大成人后，遇到别人的死亡或许也不再稀奇吧。开始习惯死亡的人也不在少数。可是，白夜觉得他们的反应过于冷漠了。

那孩子们呢？他的视线移到下方。大弥憎恨地瞪着亚美，红玉的脸上挂着不该在这个场合露出的温柔微笑。这些都不是姐姐或妹妹去世时该有的表情。

起码要有一个人吧。白夜为这诡异的感觉握住拳头。家人死了却不难过，未免太悲哀了。

白夜发现惠实里子站在棺材前方，恰好面对着他和黑绪，正在往放在台座上的棺材里面偷看。

她的神色间似乎掺杂着不安与悲伤。身为真珠的朋友，她是在为真珠的死难过吗？倘若如此，真珠也可以瞑目了吧。

"真珠不会动了吗？"

惠实里子抬头问佳弥。佳弥张开嘴巴，发出错愕的声音。

惠实里子和真珠一样，都是十二岁的小孩。她应该还无法接受朋友的死。惠实里子又不安地对佳弥问了一遍刚刚的问题。

亚美盯着惠实里子，眼睛仍然瞪得大大的。下一刻，她皱起眉头，又开始哭泣。这次的哭声比刚刚还大。惠实里子问的这句话，说不定正是亚美最想问的问题。

"哎，真珠。"惠实里子还想说话，身体却突然一抖，把

二度遭到杀害的她

剩下的话吞了回去。她好像看到了什么，受到了惊吓。

白夜顺着惠实里子的视线望去，发现大弥正在瞪着惠实里子，眼神比大人还要凶狠，跟杀过人的表情有几分相似。

"喂，惠实里子！安静点。"

佳弥好像因为惠实里子弄哭了亚美手足无措。佳弥一边的嘴角用力往下垮，形成一个"へ"形，抓住惠实里子的手臂将她往身后拉。惠实里子却死活不肯回去。

"可、可是……真珠刚刚动了嘛。"

她咕哝道。佳弥面孔扭曲，恐吓惠实里子。惠实里子似乎因为没人相信自己感到非常伤心，又哭着重复了一遍。

"真珠刚刚动了。"

佳弥气得脸都涨红了，更加用力地拉扯惠实里子的手臂。惠实里子都在喊痛了，佳弥仍然不撒手，用力将她拽到身后。周围的人都目瞪口呆。

"等一下。"

黑绪制止了她。佳弥不耐烦地低声问道："怎么了？"黑绪没有回答佳弥的问题，而是径自走到惠实里子身边，弯下腰与她平视，和颜悦色地问道："你看到真珠小姐动了吗？"

"抱歉。这孩子好像还难以相信真珠死了。"

佳弥回答黑绪的问题。她虽然面带笑容，但是想要快点从这里逃离的心情还是通过空气传递过来。黑绪回给她一个毫不逊色的微笑，再度转向惠实里子，重复了一遍刚刚的问题。

佳弥目瞪口呆。因为黑绪明明听到了她的回答，却无视

第一章 她是否会重新动起来

了她。佳弥身体微微颤抖,不知道是因为羞耻还是愤怒。

"嗯。她刚刚动了。我看到了。"

惠实里子哭得一把鼻涕一把泪。佳弥面露嫌弃。

"喂!"佳弥刚想大声呵斥惠实里子,就被黑绪瞪了一眼。大概是觉得面带微笑瞪向自己的黑绪很可怕,她陡然闭上嘴巴,吞下无处发泄的话,一脸瑟缩。

"那是什么时候的事?"

"葬礼结束后。"

"当时你在真珠小姐身边做了什么吗?"

"我看到白色的线,就去拉它。后来出现了一团很大的东西,跑到了真珠的身体里面。然后真珠就睁开眼睛了。"

白夜知道那个动作。他很惊讶,因为那正是傀礼的动作。惠实里子似乎有傀礼师的能力。

"咦,怎么回事?"

佳弥连眼睛都忘了眨,盯着惠实里子。

黑绪回答:"这孩子有傀礼的能力。"

"傀礼?咦?"

"傀礼的能力会在七岁到十四岁之间觉醒。只具备能力并不能进行傀礼,还要满足条件。"

"条件?"

"请问惠实里子小姐有没有在生死边缘徘徊过?"

佳弥好像是想到了什么事,"啊"了一声后,咬住嘴唇。

"前年,她和亲戚家的小孩在多摩川玩水时,曾经被河水冲走过,当时……"

二度遭到杀害的她

"原来是这样啊。那么,她有没有跟别人的死亡有过牵扯呢?"

"也是在玩水的时候……她是和亲戚家的小孩一起被水冲走的。当时亲戚家的小孩死掉了,只有她获救了。"

黑绪的唇边依然挂着笑意,眉毛却微不可察地垂落下去,看起来像是带着哀愁。

黑绪起身面向佳弥,放缓语调安抚她。

"原因就在这里吧。傀礼的能力会因为接触到傀礼目标,也就是死亡的生物,及自己在生死边缘徘徊而觉醒。"

佳弥仍旧一脸茫然,她的视线先落到亚美脸上,随后在亚美身后的人脸上游移不定。她惊恐万分,像是来到了不该来的场合。

"咦,为什么是我家小孩?我小时候也差点死掉,但是并没有发生过那种怪事。"

"哪怕符合这两个条件,不会觉醒的人就是不会觉醒,因为这是一种能力。先祖中有人当过傀礼师的话,就更容易显露这种能力。说不定惠实里子小姐父亲的家族中出现过傀礼师。"

"父亲?那个人的……居然是父亲,那种烂人。我都跟他离婚了……"

佳弥怨恨地咬住嘴唇,嘴唇都变白了。再这么下去,说不定她会把嘴唇咬破。

"这不是挺好的吗?哎呀,你们家这是诞生了一位灵能力者?好巧哦。"

第一章　她是否会重新动起来

优香欢快的语调跟现场的气氛形成反差。佳弥瞪着她，她却满不在乎，继续放声大笑。

"佳弥小姐，请尽早来一趟协会。"

"不，不要。我不打算加入宗教，也不打算让我女儿加入宗教。"

佳弥将惠实里子护到自己身后。黑绪并不意外，对显露傀礼能力的人说了这句话后，他们大致都是同样的反应。黑绪为了让自己的话听起来更有分量，压低嗓音："这是为了保护惠实里子小姐。"

"什、什么意思？"

"不正确使用傀礼，会受到诅咒反噬，最坏的情况甚至可能丧命。而且，还有人会绑架有傀礼能力的人，私下贩卖他们。在那些人眼中，傀礼师不是人类，而是商品。不过，只要去协会注册成为傀礼师，协会就会传授傀礼的使用方法，同时也会提供保护。"

协会虽然是政府设立的管理机构，但是并不具有强制执法权。因为还没有制定将具有傀礼能力的人强制监禁在福音协会的法律，所以协会也就只能采取类似劝诱的行动，必须让他们主动去协会申报。

如果公然立法，就相当于正式承认傀礼的存在。政府想要隐瞒这一点，让它停留在都市传说的领域，所以不可能立法。

能够强制执行的情况就只有两种：一种是在福音协会跟对方接触后，对方仍然不注册就进行傀礼的情况；还有一种

二度遭到杀害的她

情况是利用傀礼从事犯罪活动。只有出现这两种情况，福音协会才能将对方视作危险分子，出手处理。

表面上采取的是主动申报制，但是归根结底还是强制申报制。总而言之，与其等着被强制要求，还不如主动申报，待遇还能更加优厚。

"也不是必须使用傀礼能力，只要平时隐藏这种能力，就不用去协会注册。可是，如果下次她在无意当中擅自使用了傀礼能力，人身自由就会受到限制，届时还要请您谅解。"

"为什么？你们有什么权利这么做？"

"您不觉得复活死者这种能力非常危险吗？超越人类理解范围的能力会被人们忌惮。傀礼的能力必须受到监管，否则这个世界的根基会动摇。"

"这、这也……太过分了！我从没听说过这种事！"

"被列为监管对象，意味着无论做什么事都要受到监控，既没有自由，也没有隐私可言。所以，我还是劝您尽早带令爱到协会注册。只要注册成为傀礼师，不光能领到钱，也能保障一定程度的自由。最重要的是，她可以帮死者家属缓解悲伤。"

佳弥望着惠实里子，神色惊恐。黑绪重新转向惠实里子。

"你和真珠小姐说话了吗？"

"嗯。一下下。"

"说了什么？"

"嗯……"

惠实里子瞄了一眼母亲的脸色，看向大和与亚美，而后将视线投向他们背后。她的肩膀重重一抖，缩紧身体，不肯继续回答。

"现在不能说吗？那就等你能说的时候再告诉我，好吗？"

惠实里子微不可察地朝她点了点头。

5

得知惠实里子拥有傀礼的能力后，气氛变得有些尴尬。亚美因为自己没有那个能力号啕大哭，佳弥觉得自己破坏了气氛而情绪低落。

大和认为继续待在台球室里，气氛会一直这么沉重，于是贴心地提议大家移步到餐厅。没有人有异议，大和便打开台球室的门带路。

走出房间时，白夜闻到一股进来时没有的甜香，和他在会客室闻到的味道一样。

这里也没有疑似芳香剂的东西。他动着鼻子追寻味道的来源，发现是从义纯和枝奈子夫妇身上飘来的。离二人越近味道就越浓，那是一种浓烈到近乎刺鼻的味道。

"请问是有味道吗？"

是自己表现在脸上了吗？白夜用手捂住嘴，遮住表情。为了帮白夜解围，黑绪亲切地询问他们夫妇："请问二位喷香水了吗？"

二度遭到杀害的她

"这、这个嘛,是我出门前不小心打翻了香水,沾到了衣服上。因为时间关系,来不及处理,我们就直接过来了。味道太重的话,不好意思。"

"您会用香水吗?"

"我太太会用。香水是我送给我太太的礼物。买的时候不觉得,没想到味道意外好闻,我想让我太太闻一下,结果不小心走太近,把香水弄掉了。"

"您还会送太太礼物啊,好贴心哦,您真是个好老公。"

"因为我平时什么都没做,所以偶尔要表示一下。否则我怕我太太会跑掉。"

虽然义纯这么说,但是枝奈子看起来很听他的话,不像是会跑掉的样子。难不成是因为在别人家里,枝奈子才假装乖巧?白夜感到很纳闷。

"哎呀。那您最好小心一点,因为女人的心就跟秋天的天空一样善变。"

听到黑绪的话,义纯一脸无奈地笑了笑,走出房间。

白夜是最后一个走出台球室的人。他关上门,跟着前面的人往右前方走去。

从玄关进大厅时能够在对面看到两扇门,左侧那扇貌似就是餐厅的门,刚刚还关着,现在敞开了,能够看到里面的情况。

餐厅的面积有会客室的一点五倍大,里面的装饰比其他房间都多,足足挂了四幅画,玻璃柜里摆着很多古董餐具。

抬头一看,天花板上挂着一盏比大厅里的小一些的水晶

第一章 她是否会重新动起来

吊灯,彼岸花一般绽开的花瓣顶端装着灯泡,照得下方桌子上的餐具流光溢彩,美丽绝伦。

桌上已经按照除白夜以外的人数备好简餐。大和请吉永准备食物,还不到二十分钟,吉永居然就做好了。看来她是一位优秀的女佣。

大家按照会客室的座次各自落座。左边那排依次为大和、亚美,隔着一个空位,然后是义纯、佳弥、惠实里子,右边那排依次是武藏、大弥、红玉、枝奈子、优香、黑绪、白夜。

其他人知道他们有一位是式鬼后,总是只为他们准备一个座位,这次却有两个座位。大概是照顾白夜的心情,他的座位前面同样放着水和红酒,这让白夜有一点开心。

"好丰盛。看起来好好吃。"

黑绪双眼发光地盯着面前的餐盘。餐盘上放着三明治,有夹火腿、鸡蛋、鸡肉和生菜、西红柿和牛油果的咸三明治,也有用鲜奶油和草莓做的甜点式三明治。

都是黑绪爱吃的东西,所以她才会这么开心。说不定吉永拥有能够看穿别人喜好的能力。

"我没说错吧?来,不要客气,请用吧。"

大和骄傲地挺直胸膛,用手势示意。接到大和的讯号后,黑绪立刻动起手。她拿起切成一口大小的鸡蛋火腿三明治,像是收纳宝物一样送进口中。

"怎么样?好吃吧?"

听到大和的问题,黑绪笑着回答:"特别好吃。"

气氛和在台球室时截然不同,显得一片祥和,但是每个

二度遭到杀害的她

人的表情都很凝重,只有几个人在吃准备好的简餐。

大和只吃了一口,就双手环胸,没再继续吃东西;亚美低着头,把手帕放在嘴角,大概是从一开始就没打算吃。

大弥无精打采地啃着三明治的边,但是很快就停下了,像是有人在强迫他吃纸;红玉大概是困了,一直在小鸡啄米似的打盹。

义纯从甜三明治吃起,但是吃完以后,其他的连碰都没碰;枝奈子好像身体不太舒服,连手都没有伸,全程一动不动。

佳弥咬了一半一口大小的三明治,偷瞄亚美一眼,然后才开始咀嚼,像是在偷吃。

优香没有碰三明治,而是摇晃着红酒杯,将红酒送入口中。

好像就只有武藏、惠实里子、黑绪在吃东西。他们旁若无人,大快朵颐,很快就消灭了盘子里的三明治。

大概是有吃饭当借口,没有人开口说话。沉默的空间里,只听得到咀嚼声和餐具的碰撞声。空气中弥漫着一股令人难以开口的气氛。

黑绪毫不在意这种气氛,俏皮地跟大和搭话。

"大和先生,您家好大哦!这里究竟有几个房间?好像都能在家里玩捉迷藏了。"

他们的座位隔得很远,但是室内很安静,声音听得非常清楚。大和好像没想到黑绪会跟自己搭话,面露惊讶。他清了下嗓子,调整好表情回答她:"捉迷藏吗?我小时候经常

第一章　她是否会重新动起来

玩。有一次躲在储物间里,还不小心打碎了家父珍藏的宝贝。是吧,武藏?"

大和将话题抛给武藏,武藏却只回答了一句"嗯"。大和又尴尬地清了一下嗓子,看了眼手表。

"现在是凌晨十二点五十分,还有时间。九十九小姐,你们要是方便的话,我带你们在家里参观参观?"

"那就务必麻烦您了。方便的话,现在可以吗?"

黑绪从来不懂得跟人客气。只要她感兴趣,就会没礼貌地擅闯民宅。即便大和不提,她也会找个借口在家里乱逛吧。白夜害怕被黑绪听见,极轻地叹了口气。

"可以啊。还有人要一起来吗?"

大和问了一句,但是没有人举手。他遗憾地耸耸肩,起身走到餐厅门口。黑绪用餐巾纸轻轻地擦完嘴,走到大和身边。白夜随后跟了上去。

大和开始带两人参观。他走到大厅,关上餐厅门,立刻开始为他们介绍。

"那边是我们刚刚在的会客室。隔壁是书房,还有台球室。"

他们按照逆时针方向,从会客室开始逐一参观。每个房间都摆满古董家具,有种穿越回明治时代的年代感。白夜却觉得这样反而别有一番风味,很有格调。

来到台球室后,大和走进去。他走到棺材旁,打开棺材盖上的小窗,像是来看女儿的睡脸一样,低头看着真珠,脸上带着满满的爱意。白夜他们静静走到大和身边,避免打扰

二度遭到杀害的她

到他。

"我真的觉得真珠死了像是在骗人。"

白夜听着大和的喃喃自语,往棺材里看去。他懂大和的意思,因为真珠的气色好像比刚刚来看的时候还要好。

"我做梦也没想到我有一天会委托傀礼。"

"您是通过什么途径知道傀礼的存在的?"

听到黑绪的问题,大和的表情稍微僵了僵。他咕哝着"是通过什么途径呢",眼神往右上方飘。

"我忘了,毕竟是挺久之前的事了。估计是听朋友说的吧。这次想到了,就去委托了你们。"

"是吗?想要委托我们的是您还是亚美小姐?"

"是亚美。我想如果能够好好告别,亚美也能了却一桩心事,所以就同意了。"

大和在胸前拍了下手,说:"好了,去下一个房间吧。"不等二人提问,他就强行结束话题,关闭棺材的小窗,慌里慌张地离开房间。

大和的态度透着一丝心虚。白夜心想,他会不会是在哪里委托过傀礼师?

从玄关前面经过以后,大和指着楼梯下方的门说"那里是洗手间",没有停下脚步,直接回到餐厅前面。

接着他打开餐厅隔壁的门,给他们展示备餐间,然后打开备餐间斜前方的门。门后是一条简朴的走廊,有种舞台与后台被那扇门隔开的感觉。

"从左手边这扇门开始,分别是家政间和通往二楼的楼

第一章　她是否会重新动起来

梯，正面是厨房。右手边是用人的休息室和储物间。"

家政间里有张桌子，上面放着电脑和路由器。桌子旁边的架子上放着熨斗等工具。这里好像是用来做琐碎的家务和文书处理工作的。厨房大到让人以为是餐厅，还配有一台高级不锈钢冰箱。用人休息室也宽敞干净，连专用厕所和浴室都一应俱全。储物间有充足的空间。这栋房子的豪华程度完全不像私人住宅，眼前的一切都令白夜瞠目结舌。

参观完一楼后，他们从家政间旁边的楼梯登上二楼。楼梯平台挂着装饰画。这栋房子里究竟有多少幅画？白夜不懂画的价值，但是他觉得任何画挂在这栋房子里，都会让人觉得价值不菲。

爬上楼梯后，大和向左走，打开位于走廊尽头的门，给他们展示房间内部。

"这里是藏书室。收集不同国家的书是家父的兴趣。"

大和无奈地耸了耸肩。光是从这个动作就能看出他不感兴趣，黑绪却环顾藏书室，向他确认："大和先生对这些书不感兴趣吗？"

藏书室里有大量藏书，堪称一个小型图书馆。不光是日文书，连英文书、俄文书和中文书都有。白夜心想，不感兴趣可真够可惜的。

"比起读书，我更喜欢活动身体，平时一天到晚都在打高尔夫或钓鱼。"

"是吗？好可惜。这些书都很棒。"

黑绪笑了笑，大和的表情瞬间严肃起来，可能是想问她

二度遭到杀害的她

"你知道这些书的价值吗？"不过，他马上露出温柔的笑容，回答道："有空我会看看的。"

三人走出藏书室后，在走廊上直行。左手边的房间是储物间，架子上放着收进箱子里的东西，看起来比一楼的储物间整理得更仔细。说不定有很多贵重物品。大概是因为这个，大和得意地打开门，却在黑绪走进去之前把门关上了。

在走廊上前进几步，楼梯旁也有一扇门。

"这里是吉永的房间。虽说是用人，但这里毕竟是别人的房间，不方便让你们参观。"

大和说完直接略过那个房间，打开走廊正面的门。门后是一个大厅，尽管比一楼的大厅小，但同样宽敞到足够办一场舞会。

大和打开左前方的门，介绍过宽敞的更衣室和浴室后，从右前方的门开始讲解。

"左边这间是浴室，然后是我们的洗手间、我和我太太的衣帽间，旁边有一条小走廊，尽头是我和我太太的卧室。走廊旁边是儿童房。"

看来二楼是他们的主要生活区域。夹在衣帽间和儿童房中间的细长走廊的尽头，是夫妻俩的房间，可惜大和没有让他们参观。

就在大和快要走过儿童房时，黑绪叫住他，提出请求："可以让我看看儿童房吗？我很好奇最近的小孩都生活在什么样的环境里。"

大和面露难色。儿童房也是真珠血案发生的房间。他怎

第一章　她是否会重新动起来

么可能愿意给人看？黑绪应该也知道。但是为了软化大和的态度，她开始赞美这栋房子多么富丽堂皇。

白夜猜得到黑绪为什么想看儿童房，因为她对案件感兴趣，所以才会提前两个小时抵达这里。

平时总是提前半个小时到一个小时，白夜早就察觉到古怪了。以前也有过类似的事情，所以他隐隐约约有所察觉。不过他无权干涉黑绪的行为，因此什么也没有说。看来他猜得果然没错。

白夜诚心祈求这次只是单纯的兴趣。

"好吧，可以简单看一下。"

黑绪的努力似乎有了结果，被她哄开心的大和打开了儿童房的门。

儿童房的布局很有意思，一开门看到的不是房间，而是一条短短的走廊。左边有一扇普通的合页门，上面贴着"禁止入内"的封条，里面显然就是案发现场。右边有一扇正中间是磨砂玻璃的推拉门，走廊的木地板在往前走第二步时发出嘎吱声。

大和拉开推拉门。本以为里面是间和室，没想到是铺着木地板的西式房间，面积大约有十叠。大和说这里以前是间和室，后来才被改造成这样。

右侧的墙壁上装着一台附带外接硬盘的电视机，电视机前面放了一张沙发。正面的墙壁是和室留下来的壁橱，左前方有两张面对窗户的书桌，前面有两张床。

好像是个双人间。墙上挂着黑色的男生制服，对面的房

二度遭到杀害的她

门上挂着真珠的名牌，可见这里是大弥和红玉的房间。

大弥是男孩。通常男女生不应该分开住吗？况且大弥是长子，以后还有可能是这个家的继承人。印象中这样的豪门大户会更加重视长子。可是拥有单人间的却是真珠而非大弥，真是奇怪。

"大弥少爷和红玉小姐住同一个房间吗？"

"因为大弥是老大嘛，要帮忙照顾妹妹。"

关于三兄妹的年纪，大弥念初中一年级，所以是十二到十三岁，真珠是十二岁，红玉念小学三年级，所以是八到九岁。初中生确实比小学生可靠，可是既然是住在家里，交给同为女孩的真珠照顾岂不更合适？

"看来您家没有'男女有别'的老观念呢。"

听到黑绪的话，大和生硬地笑了笑，没有回答。他像是不想再聊这个话题，说了句"走吧"，就准备离开儿童房。可是，黑绪却擅自推开真珠的房门，从"禁止入内"的封条下面钻进去，动作一气呵成。

"喂，可以不要擅自进去吗？"

大和焦躁地喊道，黑绪却充耳不闻，发表自己的感想："好可爱的房间。"大和重重叹了口气。白夜稍微有些同情大和了。

总而言之，白夜也从呆呆站在真珠房间前面的大和身边走过，跟随黑绪进入房间。

一进入真珠的房间，就看到竖在墙边的全身镜。左侧是柜子和挂衣架，挂衣架上密密麻麻地挂着仙女裙等可爱的衣

第一章　她是否会重新动起来

服。镜子右侧甚至还有一个梳妆台，上面摆满儿童用的化妆品。墙上贴着动漫角色的海报和照片，照片大多是真珠和亚美的合影。

　　黑绪说得对，真珠的房间跟大弥他们的房间不同，挺可爱的。可是，仅限房间的前半部分，后半部分就没有这么热闹了。那里只有一张书桌和一张床，白色的壁纸显得很冷清。

　　简直像是和另一个人共用房间，一人一半。前半部分和后半部分的风格如此迥异，令白夜觉得有点奇怪。

　　难道说前半部分是亚美的品味吗？之所以产生这种想法，是因为墙上贴着大量她和真珠的合影，就像是在强调她的存在一样。

　　黑绪在飘窗旁边的床前停下脚步。床铺非常凌乱，应该是还保持着真珠被杀害时的状态。床单上还残留着疑似失禁的污痕。惨状历历在目。

　　"真珠小姐就是在这里被杀害的吧？"

　　黑绪的话丝毫没有顾及大和的心情。白夜担心大和会不会生气，不过估计在她闯入这个房间的时候，他就已经心如死灰了吧。大和盯着"禁止入内"的封条，一脸悲伤地回答："她当时正好仰躺在那张床上。"

　　"房间没有被弄乱呢。"

　　"凶手的目标应该只有真珠。警方说床被弄乱了，代表她在被勒死前反抗过。"

　　"关于凶手的身份您有什么头绪吗？"

　　"这个……"大和捂住嘴，移开目光。搞不好有，但那个

二度遭到杀害的她

人是他无法怀疑的对象，也有可能是怀疑也没意义的对象。大和不肯回答。

"为什么真珠小姐会被当成目标呢？"

"不知道。不过……"他欲言又止，仍旧不肯回答，沉默得仿佛嘴巴被拉上了拉链。

"抱歉，去下一个地方吧。"

大和从"禁止入内"的封条前消失了，估计是离开儿童房了。黑绪无奈地离开真珠的房间，追上大和。白夜也紧随其后。

离开儿童房后，大和立刻打开隔壁的客房，笑着说："很大吧？"仿佛要把刚才在儿童房的事当作没有发生一样。接着他又打开里面的房门，给他们看另一间客房。

"挺大的呢。话说回来，大弥少爷比真珠小姐高一年级吧？既然如此，让同为女孩的真珠小姐照顾红玉小姐，岂不是更好吗？"

听见她旧话重提，大和缩紧脖子，嘴角垮下来。他貌似不想被问到这个问题。尽管如此，黑绪还是问了出来。这是她引以为傲的装傻技能。

"大弥少爷和红玉小姐长得都像您这位男主人。最像亚美小姐的是真珠小姐。兄妹当中最受宠的就是真珠小姐吧？"

大和面露不悦，沉默地别过脸去。黑绪迎着他的视线，站到他的面前。大概是觉得自己哪怕改变话题，她也会孜孜不倦地追问，大和一脸放弃挣扎的表情回答："是啊。真珠最受宠。看得出来对吧？"

第一章　她是否会重新动起来

"我隐约觉得怪怪的。刚刚去看真珠小姐的时候，大弥少爷他们好像都不难过。不仅如此，在亚美小姐痛哭流涕的时候，大弥少爷的目光里居然带着一丝恨意。那应该是因为得不到母爱而产生的忌妒之情吧。再加上刚刚的那个房间，使我确信了这一点。"

白夜觉得她说的仿佛是自己，心里隐隐作痛。明明是兄妹，却只有一个人得到宠爱，心里该多不好受啊。白夜想象着大弥的心情，有些难过。

"我太太只会疼爱更像她的真珠，所以只有真珠住单人间。大概是因为这样，真珠在三兄妹中显得格格不入。"

"他们感情不好吗？"

"该怎么说好呢。他们念的是一所集小学、初中、高中于一体的私立学校，从这里到学校坐电车大概需要十分钟。大弥上下学都是跟红玉一起走，真珠好像只是跟在他们身后而已。他们没有欺负真珠，只是感觉跟她有些隔阂，或者说相处模式有些像外人。"

身为亲兄妹，却只有真珠被父母疼爱，他们心里自然不好受。明明是当父母的造成了这种情况，大和却说得事不关己一般。

"意思是大弥少爷和红玉小姐不喜欢真珠小姐。他们两位很讨厌真珠小姐吗？"

听见黑绪直截了当的询问，大和慌乱地摸了摸下巴，垂下视线。他没有回答提问，撂下一句"去下一个地方吧"，就匆匆走出客房。

二度遭到杀害的她

他表面镇定,内心又是什么感受呢?对素不相识的人说起自己的家事,大和的表情中蕴藏着一抹烦躁。

"客房隔壁是武藏的房间。"

"令弟也跟你们住在一起吗?"

"是啊。武藏在我的公司上班,居家办公。"

这里是别人的房间,因此他同样没有带他们参观,而是打开武藏房间旁边的佛堂。佛堂里面只有一座佛龛和一张桌子,干净整洁。

"好啦。"完成向导任务的大和拍了下手,"回楼下吧。"

好像全部的房间都参观完毕了。大和关上佛堂的门,走下旁边的楼梯。

"打扫卫生应该挺辛苦的吧?用人好像只有吉永小姐一位,不会人手不足吗?"

黑绪跟爱管闲事的亲戚一样,用手指轻轻地蹭了蹭扶手。那根手指沾上了一些灰尘。黑绪的举动令大和面露震惊。他马上笑着遮掩过去。

"啊,是因为在真珠的案子发生后,警方让我们暂时维持原状。不好意思,积了点灰。不过,我已经约了保洁,让他今天上午上门打扫。因为等到见过真珠,案子就能告破了。"

"哦,这样呀。"

"住家女佣就只有吉永小姐,家父还在世时她就在家里帮工。她会帮忙做饭、照顾孩子、打扫私人房间、接待保洁,等等。私人房间以外的地方,每天上午会请保洁上门打扫,庭院的养护则是需要的时候请园艺师上门。所以有吉永小姐

第一章　她是否会重新动起来

一位就够了。"

能每天请人上门打扫卫生，真令人羡慕。宿舍的房间都是白夜自己打扫，可是他不擅长打扫，每次干活前都很抑郁。

差不多又要打扫了呢。白夜想到自己的房间，叹了口气。

6

一走下楼梯，面前就是餐厅的门。门开了一条缝，里面传来争吵声。大和面露讶异，接着大步走向餐厅，猛地打开门。

"是你杀了真珠！"

骂声出自义纯。从现场的情况可以判断，这句话是对武藏说的。武藏揪着义纯的衣领，好像随时要揍他。

桌子有些歪，大概是他们互相推搡时撞到了。只有优香还在座位上，大弥和红玉抱在一起，站在右边的墙角，吉永在旁边护着他们。佳弥搂着惠实里子躲在左侧的墙边，满脸惊恐。

义纯虽然人高马大，但是武藏的体格更加壮硕，因此义纯处于下风。亚美站在义纯身旁为他加油助威，和他一起怒骂武藏。

"喂喂，怎么回事？"

大和慌忙走到中间劝架，两人却不肯松开对方。亚美代替不回答的两人，歇斯底里地吼道："这个人就是凶手！否则

二度遭到杀害的她

真珠怎么会在自己的房间被勒死？只有家里的人才有办法做到。他当时在家，又是第一个发现的人，怀疑他很正常吧？"

武藏貌似是第一个发现尸体的人。白夜回忆起真珠房间和武藏房间的位置关系。儿童房前面还有一扇门，两个房间距离也很远，如果有人偷偷溜进去，武藏没有发现也很正常，可是实际上究竟是如何呢？

"不是我，我没有！"

"骗人。所以我才不愿意让他搬过来住。是大和拼命拜托我，我才勉强答应让他住的。"

亚美好像很讨厌武藏。听到她接下来的话，白夜意识到她对武藏积怨已久。

"五年前他试图绑架小学女生，被警方抓走，这就是证据！他只对小孩子有兴趣。真珠还是小学生。"

义纯抚摸着大口喘气的亚美的后背，安抚她的情绪。白夜觉得亚美跟义纯的感情比跟大和还要深。

"不是我。那孩子很仰慕我。我才不会做那种事！"

武藏慌忙表示自己是无辜的，其他人脸上却写满怀疑。尽管大家都对刚刚亚美提到的"绑架"一词半信半疑，但是似乎每个人都觉得武藏很可疑。这种气氛令武藏声音减弱，身体紧绷，浑身颤抖。

"你、你要这么说的话，枝奈子小姐比我更可疑。"

武藏突然提到枝奈子。怎么会提到枝奈子？不光是白夜，其他人也都满脸困惑。自己的老婆遭到怀疑，义纯气得涨红了脸，这次换他揪住了武藏的衣领。

第一章 她是否会重新动起来

"胡说什么！案发当时，枝奈子和我都在家。凶手行凶的时间，正好有人上门送快递，是枝奈子去签收的。警方也已经调查过了。你倒是告诉我，她究竟是怎么办到的？"

"这可说不准。搞不好你们买通了快递员，让对方做伪证。因为，枝奈子小姐看起来不怎么喜欢真珠。"

白夜寻找枝奈子的身影。她不在刚才的座位附近，究竟去了哪里？他转身望向身后，在角落里看到了枝奈子。因为她站在白夜身后，白夜才没有看到她。

武藏的怀疑大概令枝奈子很受打击。她把头靠在墙壁上，垂着头站在那里。头发挡住了她的脸，或许是想遮住眼泪吧。

"我们没有小孩。她只是不知道该怎么跟小孩相处而已。"

"你们来这里的时候，大弥和红玉对枝奈子小姐的态度都很正常，只有真珠异常害怕。难道不是因为她对真珠做了什么吗？"

"枝奈子为什么要欺负真珠？莫名其妙。"

"因为真珠跟你姐姐很像吧。亚美小姐对枝奈子小姐的态度不怎么好，枝奈子小姐怀恨在心，却不能拿亚美小姐怎么样，只好把气撒在跟她很像的真珠身上了。"

武藏脸上挂着淡淡的笑意，义纯抡起拳头砸向他的脸。武藏被打倒在地，惨叫声响彻整个餐厅。

武藏立刻坐起上半身，捂住脸瞪向义纯。大和跑到武藏身边关心他，检查他的身体有没有受伤。亚美轻蔑地俯视着兄弟情深的这两人。

"姐姐怎么可能对枝奈子做那种事！你不要为了掩饰自己

二度遭到杀害的她

的过去诋毁姐姐！"

义纯挺起胸膛反驳。大和听不得他这么贬低武藏，瞪向义纯。不过，可能是看见了站在旁边的亚美，他立刻又把头低了下去，最终一句话也没有说。

他身为一家之主、父亲、社长，在亚美的面前却少了一半的威严，低垂着头，宛如一头面对巨象的狮子。大和在亚美面前抬不起头，白夜亲眼见证了这个事实。

丑陋的争执好像还会继续，武藏站起来，再次揪住义纯的衣领。大和走到中间劝架，却无济于事。义纯也不甘示弱，揪住武藏的衣领反击。亚美像拳台助手一样，为义纯加油助威。

就在这时，大弥牵着红玉的手从白夜面前走过。白夜的目光追逐两人的身影。他们就这样走出餐厅，是不想再看这场成年人的丑陋闹剧吗？

白夜盯着他们，通知黑绪。黑绪察觉到白夜的意思，走出餐厅追上他们。尽管很在意餐厅的争执，白夜还是跟了上去。

两个孩子手牵手，低头坐在餐厅前的楼梯上。明明是在宽敞的大厅中，但是越走近他们，气氛就越沉重。

"嗨，两位困了吗？"

有这么打招呼的吗？白夜腹诽了一句，却没有说出口。大弥抬起头来，面无表情。

"刚刚的吵架吓到了红玉，我只是想带她换个地方。"

大弥用没有起伏的声音回答。黑绪兴味索然地"哦"了

第一章　她是否会重新动起来

一声,坐到大弥旁边。

"妹妹去世了,你好像不太难过。"

大弥的表情出现了一点变化。他困扰地垂下眉梢。

"不难过,果然很奇怪吗?"

"不会吧。'有人去世,我好难过',这种情绪纯粹是用来安慰自己的,虽然有可以让人际关系变得更和谐的附加作用,但也不过如此。何况死亡只不过是一种现象,没必要勉强自己难过。"

"现象……"

"你很聪明,非常理性。你知道就算自己难过,她也不会回来,回来也没什么好开心的。更何况你又不喜欢她。浪费感情有什么意义呢?"

大弥瞪大眼睛看向黑绪。黑绪笑吟吟地回看他。她的表情好像有些骄傲,白夜心里不太舒服。

"你怎么知道我讨厌真珠?因为我不难过吗?"

"你妈妈因为真珠小姐的事哭的时候,你的表情很厌恶。"

大弥恍然大悟,用双手抹了抹脸,放下手后喃喃自语:"你说的没错。妈妈只会关心真珠。就连真珠死后,她也总是真珠长真珠短。所以我……不,我们讨厌真珠。"

黑绪看向红玉,她正鼓着原本就圆润的脸蛋,噘着嘴巴。她的心情估计和大弥一样吧。好寂寞。哪怕真珠死了,他们也得不到母爱。白夜深深地理解他们的心情。他简直像是看到了小时候的自己,下意识地移开目光。

"恨不得杀了她?"

二度遭到杀害的她

　　冷不丁听到一句让人后背发凉的话。白夜看向黑绪，发现黑绪的脸上挂着温柔的笑意，令他怀疑自己是不是听错了。从她的笑容中，能够看出她有多恶劣。

　　与黑绪对峙的大弥皱起眉头，大大地喘了一口气，镇定地反驳："我没有杀她。当时我和红玉在房间里看电视。有部动画片会在每个星期五下午四点二十五分开播，我们在看那个。"

　　"你喜欢看动画片啊？"

　　"一开始没什么兴趣，但是红玉喜欢，我陪她看的时候，也慢慢好奇起来。"

　　他有些难为情地笑了。这才是少年人该有的表情。红玉在旁边插嘴："那个，之前呀，香苗的朋友被坏人抓走了。香苗变身后干掉了坏人！"

　　听上去好像是变身类的动画片。香苗估计是主角吧。白夜想起小时候看的动画片，有些怀念。

　　"是吗？那还挺有意思的。"黑绪点了点头。

　　"只要把坏人干掉就行了！"

　　"什么样的人算是坏人呢？"

　　"抢别人东西的人，欺负别人的人，就是坏人！"

　　红玉笑着说道。她有些口齿不清，这令她显得比外表更年幼。或许是缺爱的缘故，她只能用跟别人撒娇的方式，弥补无法从父母那里获得的宠爱。然而，黑绪只是冷漠地回了一个"哦"。

　　"几点了？"黑绪突然问道。白夜看了一眼手表确认。凌

第一章　她是否会重新动起来

晨一点四十分。得抓紧时间做准备了。

"凌晨一点四十分。要怎么办？"

听到时间后，黑绪站了起来。红玉仰头看着黑绪，好像还想让黑绪听她说话。黑绪似乎察觉到了她的目光，却选择了无视。她跳下楼梯，往餐厅的方向踏出一步。

"那个。"大弥喊住黑绪，"真的……要复活她吗？"

他诧异的表情和他父亲一模一样。啊，真不愧是父子。白夜产生这样的感想。黑绪站在大弥面前，回答他的问题："复活这个词不准确，不过，意思差不多。"

"不准确？"

"因为是暂时性的。死人不会复活。没关系，只要你妈妈接受了真珠小姐的死，就会把关注放到你们身上了。大概吧。"

白夜陡然意识到，大弥问的并不是"能不能复活她"，而是"要不要复活她"。他是在害怕真珠复活，母亲就不会再把爱倾注到他们身上。

听到黑绪的话，大弥露出松了一口气的表情。那才是孩子该有的柔和表情。

"好了，回去吧。"黑绪对大弥他们说。

四人回到餐厅时，争吵已经结束。不过，那种糟糕的气氛还是像香烟一样蔓延开来。

"各位，现在开始做仪式准备。"

黑绪露出明媚的笑容，仿佛要吹散这沉重的空气。

二度遭到杀害的她

7

两人带着餐厅的所有人来到台球室。黑绪和白夜站在棺材前,身旁是大和跟亚美,其他人站在退后一步的地方。

仪式并不需要准备华丽的祭坛,只需要用来去除周身杂质的"圣水",以及在傀礼时作为路标指引灵魂顺利归来的"返魂香"。

没有这些东西也能进行傀礼,但是为了更加安全,并且在短时间内完成仪式,白夜他们每次都会使用道具。

在棺材前放一张小桌,从包里取出装着圣水的细长玻璃瓶和手掌大小的香炉,依次摆好。

"好,终于要开始了,希望她不要有起床气。"黑绪自言自语,回头看向义纯等人,"大和先生和亚美小姐到协会委托时,负责人应该向两位说明过,不过其他几位应该还不知道,所以容我们再做一次说明。"

黑绪将右手放到胸前,恭敬地鞠了一躬,从中间退下。白夜代替她走到中间。目光一下子集中到自己身上,白夜无措地用手理了理头发,遮住面孔。

"那、那么,由我来跟大家说明。"

跟黑绪共事了六年多,总是由白夜负责说明。不习惯受到关注的白夜最不擅长的就是说明环节,同样的事无论经历过多少次,讲第一句话时总是会破音。

说明也由小黑来做不好吗?白夜对黑绪心生埋怨,黑绪

第一章　她是否会重新动起来

却望着前方，不肯看他。白夜无奈地垂下肩膀，深呼吸后开口："那……那个，所谓傀礼，是指将离开身体的灵魂拉回体内的行为。首先把圣水洒在身体上，去除周身的杂质。接着像作茧那样用手拉扯连接身体和灵魂的线，将灵魂送回身体。不过，由于身体已经死亡，只靠这样还不能动，必须利用生者的生命力。这次要暂时把亚美小姐的生命力跟真珠小姐连接，让真珠小姐动起来。"

"生命力？刚刚那个叫惠实里子的女孩，不是说她当时让真珠动了吗？感觉不需要用到那种东西。"优香饶有兴致地问道。

白夜因为她的发问有些惊慌，结结巴巴地回答她："惠、惠实里子小姐让真珠小姐动起来的时候，应该暂时将自己的生命力输送给了她。只不过因为她不懂，真珠小姐的灵魂才没有彻底固定下来，所以傀礼才会解除。如果继续连接，不知道惠实里子的寿命会缩短多少……"

"咦？"优香疑惑地抬高音调，"寿命会缩短吗？"

"生命力并不是无限的，一旦耗尽就会死。简单来说，生命力就等同于寿命。"

优香摸了摸手臂："讨厌，好可怕。"接下来轮到义纯举手提问。

"那个像香一样的东西是什么？"

"这叫返魂香。通过焚香，可以让灵魂感应到对自己的召唤，不知不觉地顺着烟回来，所以可以更快地完成傀礼。不用这些道具也可以，但是为了尽快完成仪式，同时减轻灵魂

二度遭到杀害的她

和傀礼师的负担，最好使用道具。"

"你是说也有可能失败吗？"

"因人而异吧。傀礼并不是只要拉线就可以。拉扯的力道太大，线就会断掉。还有可能怎么拉都拉不回来，连接身体和灵魂的线本身也有可能随着时间的推移消失。线一旦消失，就无法进行傀礼。"

"这次呢？嗯，成功率高吗？"

白夜瞥了黑绪一眼，然后望向真珠，回答："不用担心。"义纯佩服地点了点头。白夜继续说明："那个，我想提醒各位的是，傀礼只能唤回死去的灵魂。'复活'这个词听着好听，但是并不能让死者恢复死前的状态。只是借由身体，与灵魂通信……简单点说，或许可以理解为跟死者打电话。"

"什么意思？"亚美皱起眉头，"难道她不会动吗？"

"会动。但是，这具身体只是用来接收灵魂发来的信号的机器，也就是会动的收信机。不是常听说只要用公共电话拨打某个电话，就能跟死者通话的恐怖故事吗？就是那种感觉。"

黑绪抢在白夜开口前回答。她的说法无比冰冷，仿佛遗体只是物品。虽然听起来会不舒服，但是黑绪故意把遗体当成物品对待，是为了避免家属把会动的死者当成活人。然而，失去女儿的亚美却无法理解。女儿被当成物品对待，让她怒不可遏。

"别这样！不要把她当成物品！"

"不是把她当成物品，而是她本来就是'物品'。请不要

第一章　她是否会重新动起来

把它们当成人类。"

黑绪目光锐利地扫视所有人。现场瞬间一片寂静，能听到的只有吞咽口水的声音。

"各位，请听好，麻烦你们不要误会。死人无法复生。这只是用来告别的仪式。千万不要认为能够继续跟对方一起生活。"

这些话对于终日以泪洗面的亚美而言，应该非常残酷。之前他们也有好几次因为这番话反而被委托人怨恨。大概是因为这样，黑绪总是自己扮黑脸保护白夜。一直以来都是这样。白夜很羡慕黑绪的勇敢，但是也忍不住忌妒她干脆利落的性格。

黑绪在看白夜。白夜察觉到她的目光，有种自己的想法被她看穿的感觉，不由得别开头，努力往下说明。

"这、这次要唤回的是谋杀案的受害者，所以灵魂回到身体的瞬间有可能失控。届时会即刻中断傀礼，敬请见谅。"

"话说回来，之前你们也提到了'失控'，那是怎么回事？"

大和在半空晃动食指，提出疑问。白夜回答："被杀死的灵魂，大多是怀着恨意死去的。说得简明易懂一点，就是有可能变成恶灵。在这种情况下，灵魂回归身体后不知道会做什么。然而，在灵魂回归身体之前，我们都无法判断它究竟是什么状态。"

"你们不是像灵媒师一样的职业吗？难道看不到幽灵？"

优香有些不解地盯着白夜。

"很、很多人这么觉得，但是傀礼师只能看到连接灵魂和

二度遭到杀害的她

身体的线，以及灵魂的形态，看不到人类形态的灵体。那个，举个例子来说……就像水球。"

"庙会货摊上的那种？"

"是的。线就是橡皮筋，灵魂就是水球。看起来就是那样。不戳破水球，就不知道里面装的究竟是水还是危险物。傀礼师无法跟灵魂交谈，也无法看见灵体，所以无法提前预知那个灵魂的危险程度。"

"不怎么好用呢。"

优香兴味索然地轻哼一声，仿佛是在说他们是废物。白夜也有自尊心，被人这么瞧不起，令他很不高兴。他悄悄看了一眼黑绪，微微挺起胸膛。

"那个，也有傀礼师能够罕见地看见灵体，还有人能跟灵体交流……"

"哦？那还挺万能的。应该能做很多事吧？谁能做到？她能吗？"

优香期待地看向黑绪。黑绪摊开双手，耸了耸肩。

"以前倒是可以，现在不行。"

糟了，不该多嘴的。白夜焦躁地想。他很后悔。黑绪说不定很介意自己失去了那个能力，自己却为了维护微不足道的自尊心说了那种话。不过，黑绪却仿佛并不介意，接在白夜后面说明："总之，死亡时的情绪会强烈地残留在死者心中。所以在唤回灵魂的时候，濒死时的愤怒喷薄而出，失去控制的案例其实不在少数。"

"那岂不是很危险吗？不会连累到我们吧？"

第一章　她是否会重新动起来

不只是优香，亚美以外的人也都面露不安。但是，没有一个人离开房间。黑绪为了安抚他们的情绪，掷地有声地说："式鬼就是为此而存在的。"

优香等人望向白夜和放着真珠遗体的棺材，稍微放下心来。估计是觉得十二岁的少女和白夜之间力量悬殊吧。

"放心吧，她可是真珠，才不会失控。她是个好孩子。再怎么说，她都是我的孩子。"

亚美瞪着优香说道。优香嗤之以鼻。女人之间的斗争好像悄悄地拉开了帷幕。大和只是尴尬地低着头，既不打算阻止，也没有要安抚她们的意思。

明明在亚美面前抬不起头，他却敢把前女友优香带到这里，而且还是在跟女儿道别的时候。白夜冷冷地看向大和。

"仪式一旦开始，就不许在场的各位中途退出。如果有人害怕的话，麻烦现在离开房间，谢谢。"

黑绪这么说，却没有一个人愿意离开。

应该可以继续进行。白夜接收到黑绪递来的眼色，转身面对棺材，伸手准备开棺。

"还是……不要了吧。"

鸦雀无声的房间里，响起一个低沉的嗓音。

白夜回头，发现众人的目光都集中在武藏身上。看来是武藏说的。武藏正低头盯着地板，身体发抖。

白夜不知所措地看向黑绪。黑绪与白夜对视一眼，耸了耸肩。

"你是什么意思？你有什么资格讲这种话？"

二度遭到杀害的她

亚美尖声喊道。武藏吓得往后缩了缩,却没有放弃,又重复了一遍:"不要唤醒她比较好。让她安静地走吧。强行把真珠唤醒,太可怜了。"

"你好像多懂一样!"亚美的两条眉毛高高竖起,"我知道了!要是真珠醒了,你会有麻烦吧?因为真珠看到了凶手的脸。你害怕从真珠口中听到自己的名字吧?"

亚美冷笑。武藏狠狠瞪向亚美。亚美瞬间闭上嘴巴,但是又立刻开口,声音刺耳得像是聒噪的八哥。

"你果然就是凶手。怎么会有你这种人!真珠她还是个孩子啊。她的人生才刚刚开始。你要怎么赔罪?为什么要盯上真珠?为什么要杀掉真珠?仪式结束后,我绝对要把你送进警局!"

亚美哼了一声,随即转向黑绪,甩动手臂催促她:"快点。"

武藏大叫着"住手",扑上来阻止白夜和黑绪,但是前面的义纯却伸开双臂,不让他过去。大和跑过去安抚武藏。

"好了,赶紧开始。凶手都要跑掉了。"

亚美瞪着被义纯和大和按住的武藏,催促白夜和黑绪。白夜不知该如何是好,偷瞄了一下黑绪的神色。

黑绪先看了眼武藏,又看了眼亚美,随后恭敬地鞠了一躬。

"好的。那就先开棺吧。"

看来她是要举行傀礼仪式。白夜明白她的意思后,将棺材盖抬了起来。可是,里面却没有可爱得如同人偶一样的真

第一章　她是否会重新动起来

珠的身影。

　　取而代之的是眼睛变成空洞，皮肤沾满血污，嘴巴被撬开，舌头不翼而飞，喉咙宛如一个深渊的怪物。

　　生前想必十分柔软灵活的十指全都不见了，不光是肌肤上，棺材侧面和寿衣上面也都染上了红色的斑点，宛若凝固的红色颜料。

　　躺在棺材中的真珠与"连环毁尸案"被害人的状态无比相似。

　　"怎么会？！"

　　亚美发出尖叫，随后骤然没了声音。她在他们身后晕倒了。多亏有大和撑着，她的头才没有撞到地板。但是无论大和如何呼唤她，她都没有醒来的迹象。旁边的义纯也呼唤着亚美的名字，拼命地想要将她叫醒。

　　武藏目瞪口呆；枝奈子低下头捂住脸，以免看到棺材；佳弥抱着惠实里子，不让她看见；大弥用手捂住红玉的眼睛；优香脸色苍白；吉永惊吓过度，僵在原地。

　　"啊哈哈……好惨。"黑绪咕哝了一句。她依然面带笑意，表情却莫名悲伤。

第二章

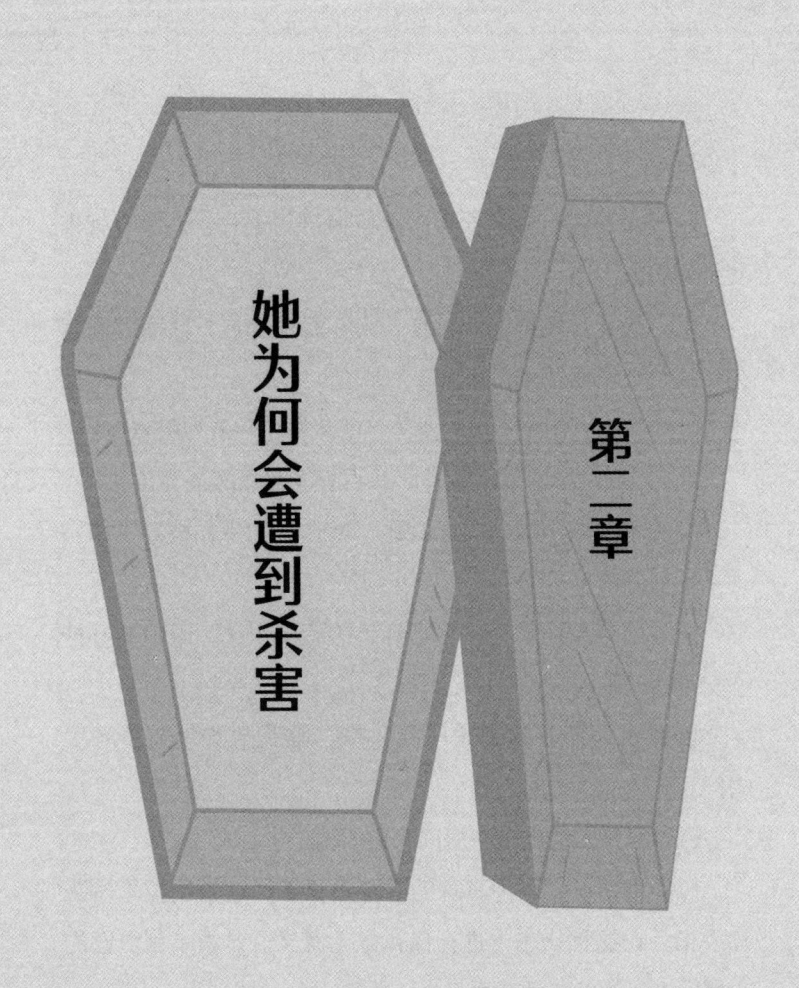

她为何会遭到杀害

二度遭到杀害的她

1

已经是深夜，但是报警后大概只过了十分钟，警方就来到了周防家。

警方确认现场期间，白夜等人在餐厅等候，然而时间越久，这个空间就越令人窒息。

大和在安慰泪流不止的亚美，武藏神色阴沉地瞪着他们。

红玉头靠在大弥的肩膀上，大弥疲惫地抚摸着她的头。

义纯将枝奈子喊到自己身边，握住她的手，枝奈子却一动不动地盯着桌子上方。

佳弥虽然牵挂着睡在自己身边的惠实里子，眼睛却心神不宁地四处乱瞟。

优香因为警方的到来一脸兴奋，眼睛放光地望着餐厅的门。

吉永只是安静地坐在房间一角的椅子上。

傀礼中断了，因为真珠的眼睛不见了，还被割掉了舌头和手指。在这种状态下进行傀礼毫无意义。她看不到自己的亲朋好友，不能说话，手指也不能动。

尸体一旦被毁坏，傀礼师就会立刻丧失用武之地。如果

第二章　她为何会遭到杀害

能够看到灵体并且帮助它们沟通，肯定对破案有帮助。白夜恨自己无能为力，但是他只是一具对黑绪唯命是从的傀儡，再自责也没有任何意义。他自己想明白了这点，陷入消沉。

这时，敲门声响起。不等里面的人回应，门就打开了。一名中年男子和一名年轻男子站在门口，中年男子进来以后，看见白夜他们，脸立刻拉长，像是看见了路边的动物尸体。

"协会的人啊！"中年男子大声咂舌。

"好啦，好啦。"年轻男子安抚他。

矮胖的中年男子叫药袋。比白夜身材魁梧的年轻男子叫八月朔日。

黑绪和白夜跟这两位都认识。他们的相遇基本都是在凶案现场。不知道是因为这个，还是因为讨厌福音协会，药袋不怎么喜欢他们。

药袋是个仿佛活在昭和时代的老古董，八月朔日虽然长相严肃，个性却很平易近人。这对搭档无论是身高还是个性都正好互补。

"您好。好久不见。"

和畏畏缩缩的白夜不同，黑绪笑眯眯地跟药袋打招呼。药袋的脸拉得更长了，对她表示拒绝。黑绪应该也知道这种友好的态度会适得其反，但是她向来我行我素。

"有你们在的地方准没好事。"

"讨厌！药袋警官，您是想说都怪我们了？别开玩笑啦。就算我们不参与，连环毁尸案也会发生吧？是什么时候开始的呢？哎呀，您说凶手能在哪儿呀？"

二度遭到杀害的她

这话好像是在暗示他"还没抓到凶手吗？"药袋听出了她的言外之意，太阳穴上浮现出青筋。

"靠死人挣钱，亏你说得出这种话。带着个假人，真够恶心的。"

药袋瞪向白夜。白夜慌忙移开视线，愤怒地在大腿前面紧握拳头。黑绪见状，却欢快地笑出声来。

"很荣幸得到您的赞美。不过，我们并没有做坏事，只是在帮死者家属缓解突然失去亲人的悲伤。跟抓不住凶手的警察比起来，我们应该更有用吧？"

"你说什么？"

"好啦，好啦。"

药袋刚踏出一步，八月朔日就又走到他和黑绪中间劝架。药袋知道自己打不过体格壮硕的八月朔日，所以没有硬碰硬，只是冲他低吼："八月，别碍事！"

"药袋警官，这么多人还看着呢。警察可不能使用暴力。"八月朔日和煦地笑道。

药袋再度咂舌，整理了一下西装衣领，双手插进口袋里。

"不愧是八月朔日警官，谢谢。幸好警方也跟协会一样，是两人搭档。要是他失控的话，我可对付不了。旁边有人可以帮忙控制住他，真让人放心呀。"

因为这多余的一句话，药袋又对黑绪怒目而视。不过看到黑绪这态度超然的样子，他知道自己说什么都是白搭，于是呼出一口气，目光在餐厅的众人脸上转了一圈。

"我是搜查一课的药袋。关于真珠小姐的遗体受损事件，

第二章　她为何会遭到杀害

我们查到凶器是剪刀。从受损部位是被一刀剪断来判断，凶手使用的不是普通的剪刀，而是园艺剪刀或万能剪刀等可以剪断硬物的特殊剪刀。这个家里有类似的物品吗？"

"应该没有。是吧，吉永小姐？"

大和回答完，向吉永确认。吉永一副受惊的模样，浑身紧绷地点了点头。

"是、是的。家里只有厨房剪刀和普通剪刀。"

"是吗？慎重起见，稍后能让我们看看那两把剪刀吗？"

"好的。"

药袋摸了一下剃得干干净净的光头，接着提出下一个问题。

"请问周防先生，您是什么时候发现令爱的遗体受损的呢？"

"凌晨一点四十分那样。为了举行仪式，大家来到台球室。就是在那时发现的。"

大和大概是回忆起了真珠受损后的状态，说完就用力按住喉咙干呕起来。

"之前她是什么样的状态？"

"午夜十二点，九十九小姐他们来了，大家在会客室里简单聊了几句，就一起去台球室看真珠。当时还没有任何异样。紧接着，十二点半左右，大家一起去了餐厅。过了二十分钟，也就是十二点五十分左右，我带九十九小姐和一先生参观房子。当时又去看了一次台球室，并没有发现什么古怪之处……对吧？"

077

二度遭到杀害的她

　　大和向黑绪确认，看到黑绪点头，又继续说道："结束参观以后，我们又回到餐厅。只待了一小会儿，就来到台球室。我想想，返回餐厅的时间大概是去台球室的十分钟前，所以应该是一点半左右吧。"

　　"在此期间没有听见什么可疑的声音吗？"

　　"带两位参观房子的时候没听见。至于餐厅……"

　　大和环视餐厅的众人。义纯微微歪着头说道："姐夫他们走后，其他人一直待在餐厅，不过应该什么都没听到。对吧，枝奈子？"

　　枝奈子轻轻点了下头。优香接着说道："是啊。不过可能是因为中途有人吵起来了，所以才没听见吧。"

　　"吵起来了？"药袋轻轻敲了下头顶，"请问吵架的是哪几位？"

　　"我和他。"

　　义纯像是一个料到自己会挨骂的孩子，战战兢兢地举起手，然后又用那只手指了指武藏。武藏一脸不服气地皱着眉头。

　　"原因是什么？"

　　"因为他是杀害真珠的凶手！"

　　亚美眼球充血，大吼出声。药袋眯起眼睛看向武藏。武藏的眼神闪烁，低下头逃避药袋的审视。

　　"不、不是我……"

　　"他在说谎！刑警先生，快点逮捕他！对真珠做那种事的人一定也是他！因为他刚刚一直想要阻止仪式。他害怕真珠

第二章　她为何会遭到杀害

会说出对他不利的话，否则何必阻止仪式？"

"如果是我毁坏了遗体，我才不会阻止。我只不过是无法接受你们非要把真珠唤醒而已！"

"你是觉得光靠那样阻止不了仪式吧？你就老实招了吧。"

亚美的嘴巴张得很大，甚至能看到软腭。药袋估计意识到亚美的话只是揣测，温声安抚她："夫人，您先冷静一点。"

"真珠都被害成那样了，我怎么可能冷静！警方究竟在做什么？真珠都已经遇害十天了，凶手不是还没有落网吗？你们真的在调查吗？她本来都要复活了……那孩子不是第一次，而是第二次遭到杀害了！"

药袋尴尬地缩紧脖子。看他的这副态度，调查应该并无进展。不过，"第二次遭到杀害"的说法令白夜有种醍醐灌顶之感。他佩服地想，这个说法确实挺恰当的。

"这么无能，实在抱歉。我们正在竭尽全力缉捕凶手，还请您耐心等待。"

"究竟要等到什么时候？明明马上就能见到那孩子了……为什么会变成这样？我只是想要再见一次那孩子而已。"

亚美伏在桌子上。大和的手落到她的肩头，想要安慰她，却被她一巴掌拍开了。大和难过地望着那只无处安放的手。

义纯举手表示想要发言。药袋道了声"请讲"。

"嗯，这次的事就是那个对吧？很久以前开始就经常发生的连环毁尸案……为什么真珠会被盯上？"

周围一片哗然。三年前的那则犯罪声明发布后，政府立刻封锁了消息，之前屡屡登上新闻的连环毁尸案，如今也没

二度遭到杀害的她

有人会去报道，但是似乎还有人记得。

"那起案件没怎么上过新闻，您居然知道？"

"我记性很好。当时犯罪声明在网上流传，引起过一阵热议。我印象很深刻，所以至今还记得。而且那个人的所作所为也很奇葩，居然跑去毁尸，不是很莫名其妙吗？要是他自己是凶手的话，想要毁尸灭迹也就算了，可是他并不是凶手。"

"听你这么一说，我也想起来了，我印象特别深刻。凶手的脑子有毛病吧？他当时是不是说过，他是为了毁灭某个协会才干的？"

优香貌似也记得。她用食指用力戳自己的脑袋，试图刺激大脑，回忆起详细情况。不过，她立刻就放弃了，估计是没想到更多细节。下一个出现反应的人是亚美。

"某个协会……该不会是福音协会吧？"

亚美的视线投向白夜他们。白夜因为尴尬而身体僵硬。黑绪没有任何反应。药袋瞥了一眼黑绪，代替他们回答："这件事不方便公开，不过既然你们是当事人，我就讲一下吧。连环毁尸案的凶手是自称刻耳柏洛斯的犯罪组织，他们将福音协会视为眼中钉。为了不让福音协会举行傀礼仪式，他们到处毁尸，也不管是不是有人委托傀礼。"

都是你们害的。这样的目光从四面八方落到白夜他们身上。亚美的嘴一张一合，上半身趴在桌子上，靠近黑绪。

"所以，那孩子会变成那样，也是你们害的吗？"

不能断定就是刻耳柏洛斯做的。可是，刻耳柏洛斯把福

第二章　她为何会遭到杀害

音协会视为眼中钉却是事实。该怎么回答才好？白夜等待黑绪的反应。可是，黑绪却一言不发。

亚美大概将她的反应理解为默认，从椅子上站起来，走向黑绪。她握紧拳头，像是想要把黑绪大卸八块。

"真珠为什么会成为他们的目标？是因为我们委托了傀礼吗？"

义纯像是察觉到了姐姐的懊悔，开口问道。药袋回答："或许吧。不过，前提是凶手为刻耳柏洛斯。"

这句话似乎别有深意。刚刚还气势汹汹地想要杀了黑绪的亚美，表情转为错愕。她目瞪口呆地问道："'前提是凶手为刻耳柏洛斯'，这话是什么意思？听你这么说，难道凶手另有其人？"

"还不能排除凶手另有其人的可能性。有可能是模仿犯，也有可能是对真珠小姐怀恨在心的人。这些可能性警方也都在考虑。"

"那是在怀疑我们吗？"义纯不开心地反问。

"是的。"药袋毫无惧色，淡淡地回答他。周围立刻产生一阵骚动。

"怎么可能？我们可是受害者！"大和反驳。药袋以一句"只是形式上"敷衍了过去。

白夜偷偷看了一眼黑绪。她的脸上依然挂着笑意，不知道在想什么。

"所以，能否麻烦诸位配合我们录个口供，并且检查一下随身物品？"

二度遭到杀害的她

"我也需要吗?"优香焦躁地双臂交叉,靠在椅背上。

佳弥毫不顾虑睡在旁边的惠实里子,紧接着吼道:"太过分了!我们只是来跟真珠告别的。"

"哎呀,别这么说。如果没什么问题的话,很快就会结束了。"药袋双手上下摆动,试图缓和气氛。

"好啊。就让你们检查吧。这样就能真相大白了。"

说话的人是亚美。刚刚她还对黑绪恨之入骨,现在却看着武藏。估计是因为比起无差别犯罪,熟人作案的情况更容易发泄恨意。

亚美得意扬扬,想必是觉得只要将这个房间查个底朝天,就一定能查到什么吧。武藏有一瞬间露出不情愿的表情,但可能是觉得话都说到了这个份上,自己再拒绝一定会遭到怀疑,于是干脆同意。

"我的房间随便你们看,但是麻烦不要弄乱。"

他瞪着药袋。药袋说了句"好的",打开房门,叫来待在附近的另一名刑警,让他带着武藏及同样住在二楼的大和、亚美、吉永四人去二楼。儿童房需要让大和带路,所以大弥和红玉留在餐厅等待。

既然武藏同意了,其他人也不得不同意。没去二楼的几人也要轮流检查随身物品。白夜他们自然也不例外。

佳弥站得最靠前,率先被叫去别的房间。她望着靠在自己身上睡得正香的惠实里子,犹豫要不要去。这时义纯开口:"特意叫醒她太可怜了。惠实里子的口供可以晚点再录吧?我可以先帮你照顾她。"

第二章 她为何会遭到杀害

佳弥的目光在惠实里子和义纯之间来回移动，随后环视四周，大概是在犹豫能不能把女儿交给这个男人。

现场除了其他人，也有警察，而且义纯的妻子枝奈子就在旁边。佳弥判断义纯应该不会做什么奇怪的事，决定把惠实里子交给他。

"那就麻烦你了。"佳弥先帮惠实里子调整了一下姿势，以免她从椅子上掉下来，然后站起身来。临走前她又看了一眼惠实里子，这才放心地离开餐厅。

义纯目送佳弥离开后，坐到佳弥的座位上，带着温柔的微笑望向睡在旁边的惠实里子。白夜心想，他们这样真像一对父女。

"对了，我发现了一件事。"黑绪冷不防开口。难道说关于这个案子她有什么发现吗？白夜心口蓦地一跳。

"咦？发现了什么？"

"药袋警官现在好像有女朋友。"

"不、不会吧？"白夜望向餐厅的门。

"他领带上佩戴了领带夹。那可是药袋警官哦。像他那种把领带当成擦汗工具的人，居然会佩戴那么精致的领带夹。"

出汗较多的药袋会用领带代替手帕擦拭脑袋上的汗水，理由貌似是领带戴在外面，很快就能干。

"啊……确实。佩戴了领带夹的话，就不好擦汗了吧。"

"对吧。不过他们肯定在吵架。"

"你为什么会这么觉得？"

"他很烦躁，比平时更爱找我们的碴儿；而且他的手一直

二度遭到杀害的她

插在口袋里,好像很在意手机。"

药袋平时不会把手插进口袋里,要么抱在胸前,要么放在腰侧。然而白夜想起来,他今天刚走进餐厅,就把手插进了口袋里。

"哎呀,没想到药袋警官也会谈恋爱。啊哈哈。不过好麻烦。他心情好像挺差的。之后录口供的时候要麻烦了。"

黑绪嘴上嫌麻烦,表情却有些愉快。白夜叹了口气,心想又来了。黑绪很喜欢嘲笑讨厌他们的人。尤其是药袋,她曾说是因为他的反应很直白。这次又有乐子可以看,所以她非常开心。

"你不要挑衅刑警。对方可是国家公务员。我们只是普通市民。"

"我们?"黑绪一脸挖苦地笑着反问。白夜低头不语。

对话刚刚中断,耳边就传来尖叫声。白夜望向声音的来源,发现是惠实里子。她正在到处寻找母亲,大概是醒来时发现母亲不在身边,所以陷入了恐慌。

旁边的义纯惊慌失措,把手放在惠实里子肩膀上,温柔地开口:"别怕,妈妈马上就回来了。"

惠实里子依然没有停止寻找母亲。她身体后撤,像是想要逃离义纯。

义纯一脸为难地走到惠实里子面前,望着她的眼睛,两只手放在惠实里子的肩膀上,坚定地说道:"别怕。"

惠实里子露出一丝惊慌,屁股却重新回到椅子上。她镇定下来,变得很安静。义纯见状,放心地坐回她身边。

第二章 她为何会遭到杀害

过了十五分钟左右,佳弥回来了。看到母亲的身影,惠实里子立刻跑过去。佳弥露出柔和的表情,摸了摸惠实里子的头。

"抱歉,南方先生。麻烦你了。"

"哪里哪里。不过惠实里子醒来的时候突然尖叫,我实在是束手无策。妈妈不在身边,她好像挺不安的。"

义纯有些难为情地敲了敲额头。佳弥掩住嘴角静静地笑着,再次朝他道谢。

下一个被叫走的是义纯。他给枝奈子递了个"别担心"的眼神,走了出去。只剩下自己一个人的枝奈子,脑袋比刚才垂得更低。不过,虽然她散发出不安的气息,但是后背挺得很直,看起来有几分坚毅。

还没有录口供的有白夜、黑绪、优香以及枝奈子四人。算上孩子一共七人。白夜心想,估计要到最后才会轮到他们两个吧。毕竟药袋讨厌他们。药袋并不是那种可以在审问完讨厌的人之后,还能保持平常心审问其他人的能干刑警。白夜知道他会把讨厌的事情放在最后做。判断出还要很久才能轮到自己,白夜缓缓地闭上眼睛。

2

白夜睁开眼睛时,面前是两张凝重的脸,分别是药袋和八月朔日。白夜吓得从椅子上摔了下来。他似乎是在无意识

二度遭到杀害的她

间被抬到了这里。这里是会客室。

"啊哈哈,没事吧?"

黑绪把手肘撑在桌子上,托着下巴笑吟吟地问他。白夜羞愧难当,慌忙起身坐回椅子上。

"你们真的是凌晨十二点来到这里的吗?"

药袋立刻提问,语气里满是怀疑。坐在旁边的八月朔日看到药袋毫不掩饰对他们的厌恶,无奈地耸了耸肩。

"是真的。我们是按照委托时间抵达现场的。从协会开车到这里大概需要两个小时。我们是十点左右出发的,您可以找协会求证。"

黑绪回答。听说要找协会求证,药袋撇了一下嘴。讨厌协会的药袋怎么可能会找协会求证。黑绪明知如此还故意这么说。白夜也像八月朔日一样,无奈地耸了耸肩。

"那么,你们之后的行动呢?"

"跟大和先生说的一样。来到这里后,我们在会客室跟大家聊天,紧接着来到台球室,看过真珠小姐之后去了餐厅。凌晨十二点五十分左右,大和先生带我们参观房子,回到餐厅的时候有人在吵架。我们也非常紧张。"

黑绪将双手举到脸侧,左右摆动,语气却丝毫听不出紧张。

这个动作让黑绪看起来非常可爱。八月朔日笑眯眯的,像是在应援偶像。药袋脸上却浮现出厌恶的表情,仿佛在看一个变态。黑绪很满意药袋的反应,笑着继续说道:"吵架是亚美小姐、义纯先生对阵武藏先生。大和先生也不知道该帮

第二章　她为何会遭到杀害

谁，挺不知所措的。吵到一半，大弥少爷和红玉小姐离开了餐厅。我们考虑到他们的感受，追过去安慰。他们当时坐在餐厅前面的楼梯上，我们也坐到旁边跟他们聊了几句。"

考虑到大弥少爷他们的感受，追过去安慰——药袋八成不满意这个回答，重重地哼了一声。

"你们没有单独行动过吗？"

"没有。我和他身边一直有人。"

药袋从头到脚打量黑绪。眼睛水灵、嘴唇红润、面带微笑的黑绪，在药袋眼中大概要多恶心就有多恶心。他用力皱起鼻头，眯着眼睛，以防看得太清楚。

"如果是假人，应该可以轻而易举地挖出尸体的眼睛、拔掉舌头和手指吧？"

"可以是可以，但是对方使用了凶器吧？我记得是剪刀？既然如此，人类也能做到吧？"

没能挖苦成功，药袋的脸更臭了。黑绪像唱歌一样开心地问道："所以，你们找到疑似凶器的东西了吗？"

药袋双手环胸，将头扭到一旁，没有要回答她的意思。八月朔日代替他开口："完全没有。在场所有人的包和衣服口袋都搜过了，没有任何收获。不光是凶器，连遗体丢失的部位也没找到。我猜应该是藏在了这栋房子里的某个地方。从案发到我们抵达，这段时间内有人离开过餐厅吗？"

药袋瞪了一眼轻易将搜查信息外泄的八月朔日，但是八月朔日正维持着身体前倾的姿势望着黑绪，浑然未觉。

"没有人离开餐厅。只有药袋警官你们来的时候，吉永

二度遭到杀害的她

小姐和我们去门口迎接了一下。吉永小姐并没有反常的举动。在这个前提下，能藏东西的地方就只有台球室或者餐厅了吧？"

"哦，果然。但是到处都找不到。"八月朔日从前往后梳了梳用发蜡塑型的头发。

"我刚刚就觉得奇怪了，听您这样说，似乎是觉得凶器和遗体丢失的部位就藏在这栋房子里。八月朔日警官，是不是比起刻耳柏洛斯，你们更怀疑是内部人干的？"

黑绪身体前倾，凑近八月朔日的脸。八月朔日挑起眉毛，睁大眼睛，笑着鼓了下掌。

"啊，被你看出来了？哎呀，因为作案手法跟以前的连环毁尸案略有不同。"

"让我来猜猜看是哪里不同。"

黑绪将戴着手套的左手抬到脸侧，从小拇指开始，用右手的食指依次抚摸左手的五根手指。

"连手指也不见了。"

药袋眯起眼睛，一副想要咋舌的表情。八月朔日则露出和他截然相反的表情，笑容满面地指着黑绪。

"完全正确！你猜对了。过去的连环毁尸案丢失的只有眼睛和舌头。可是这次连手指都丢失了。"

八月朔日望着自己粗糙的手指，手掌反复一张一合。药袋则一副无所谓的态度。

"因为凶手觉得只拿走眼睛和舌头还不够吧？"

"不不不，怎么可能！药袋警官明明也知道。他们的目的

第二章　她为何会遭到杀害

是阻止死者复活。拿走眼睛和舌头的行为，对于他们而言是祈求死者安息的仪式。除此之外的行为没有任何意义。毫无理由地伤害遗体，无异于亵渎死者。他们应该不会允许那种行为。他们最大的心愿就是死者能够安息。毕竟他们号称自己是地狱犬刻耳柏洛斯。"

黑绪自信满满地说道。药袋冷笑着问道："根据你的推理，凶手就在你们之中。你倒是说说谁是凶手。既然你这么厉害，应该已经有答案了吧？"

"这个嘛……会是谁呢？"

黑绪歪了下头。药袋嘲讽一笑，用手掌拍了下桌子。白夜被那个声音吓得肩膀一抖。

"原来你不知道啊！那你还敢大放厥词！所以外行人就是不行。"

谁都能看出来他是在迁怒。发生毁尸事件是一个原因，跟女朋友感情不顺也是一个原因吧。最重要的是，案件发生在药袋讨厌的黑绪在场时，这真是一个最糟糕的时间。

白夜提心吊胆，有种不祥的预感。他暗自祈祷口供快点录完。黑绪却再度说出有可能激怒药袋的话。

"是啊，毕竟我是个外行人。所以调查这些是警察的工作呀。"

"你说什么？"药袋气得连头皮都红了，大吼一声站起来。

"好啦，好啦。"

八月朔日按住他的肩膀，将他劝回去。

二度遭到杀害的她

"虽然不知道凶手是谁,但是关于真珠小姐被毁尸的理由,我倒是有点头绪。"

"什么理由?"

药袋故意问黑绪,表情却并不困惑,看来心里已经有了答案。他明知故问,大概只是在试探。

"如果让真珠小姐复活,有人会遇到麻烦。对吧,药袋警官?"

这句话无异于在说,毁尸的人就是杀害真珠的凶手。因为真珠是被人从正面勒死的,所以她当时看到了凶手的脸。只要她能够复活,或许就能真相大白。因此,凶手才会杀掉尸体。

药袋大声咂舌。尽管他什么都没说,这副态度却等同于肯定。

可是,在家中并没有找到凶器,也没找到遗体丢失的部位,是否代表凶手也有可能是刻耳柏洛斯以外的外来者?凶手从外面闯进来,毁坏真珠的遗体后,又神不知鬼不觉地逃了出去。倒也不是没有这种可能。白夜悄悄地在心中推理着。

"房门是锁着的。除了吉永小姐、武藏先生以及大和先生他们的卧室,所有房间我们都参观过,窗户也都上了锁。如果说凶手是外来者,那他应该是从那三个房间的某一间悄悄潜进来的。那三个房间都上锁了吗?"

黑绪问完,八月朔日一边环顾房间,一边回答:"包括吉永、武藏、大和跟亚美的房间在内,所有房间都上了锁。"

"是吗?那么从外面潜入果然有难度。容我确认一下,真

第二章　她为何会遭到杀害

珠小姐遇害那天，尸体是在她自己的房间被发现的吧？作案时间大概是什么时候？"

黑绪双臂交叉，身体微微向左倾斜。白夜心想：来了，不祥的预感应验了。碰到案件时，黑绪偶尔会像这样多管闲事。可是白夜无权阻止。这次肯定也要陪她查案。

他以前问过她"为什么要这样做"，她回答"因为生气"。黑绪讨厌私自夺去他人性命的人。她以前明明并没有什么正义感。"都是我害的"——每当产生这个念头的时候，白夜就会有种窒息感。

"我凭什么回答你？"

"因为案件有可能跟刻耳柏洛斯有关。既然如此，协会也必须调查。毕竟是与福音协会有关的案件。"

发生与福音协会有关的案件时，协会也要进行调查。这件事连警方也只有一部分人知道。药袋他们虽然并非相关人员，但是既然跟黑绪他们有过牵扯，必然知情。只要是与福音协会相关的案件，他们都有义务提供信息。药袋连这都嫌麻烦，这也是他厌恶黑绪他们的理由之一。

"凶手很有可能不是刻耳柏洛斯。刚刚你不是也说过吗？"

"可是，并没有确定。只是'可能'不是刻耳柏洛斯。既然如此，协会也必须调查。在搞清楚凶手另有其人之前，身为协会的一员，我没办法放心。"

简直是胡搅蛮缠。刚刚还推断凶手不是刻耳柏洛斯，而是杀害真珠的人，现在又说刻耳柏洛斯有可能参与其中，向

二度遭到杀害的她

他们索要信息。

"不，可是——"药袋刚想说话，就被黑绪打断。

"要是您肯告诉我，说不定会有什么收获哦。毕竟我们刚刚聊过好几次真珠小姐遇害时的事。他们对警察怀有戒心，有些话不敢讲，但是说不定不小心对我们讲过。"

"哈，怎么可能那么轻易被你知道？没必要指望你们。如果查到与刻耳柏洛斯有关，我们会通知你们的。只会操纵尸体的家伙，别碍手碍脚。"

黑绪似乎并没有把药袋的话放在心上，白夜却有种扎心的感觉，仿佛有块沉重的石头压在背上。

"告诉他们又有什么关系？九十九小姐说得也有道理。"

说话的是八月朔日。八月朔日和药袋不同，他欣赏黑绪的能力。估计是因为他是那种物尽其用的人，所以才会认可她。药袋眯起一只眼睛，瞪向八月朔日。

"听听，八月朔日警官也说可以。就该物尽其用嘛。守着没用的自尊心，又破不了案。"

黑绪漆黑的眸子望着药袋。药袋不舒服地移开视线，轻轻哼了声，道："查到什么线索，记得立刻通知我。"

"遵命，药袋警官。"

黑绪朝他敬了个礼。药袋再次大声咂舌。

"发现尸体时尸斑很浅，角膜也刚刚开始浑浊，所以推测死亡时间为下午四点半到五点之间。第一目击者是周防武藏。他跟真珠约好五点要陪她学习，但是五点零五的时候，真珠还没有过来找他，他就主动去了趟真珠的房间。因为敲门没

第二章 她为何会遭到杀害

有得到回应,他就打开门查看情况,结果发现被勒住脖子的真珠仰躺在床上。当时只有武藏、大弥、红玉、吉永四人在家。吉永在一楼的厨房准备晚餐,其他三人都在自己的房间,武藏在工作,大弥和红玉在房间里看动画片。大弥和红玉的房间在真珠的隔壁,两人并未察觉到异样。父亲大和在公司的办公室办公,母亲亚美在隔壁三栋的邻居家跟"妈妈友"①开茶话会。顺便一提,家里的门上了锁,没有外人强行闯入的迹象。我们推测是熟人作案。"

"亚美小姐在参加茶话会啊。隔壁三栋还挺近的。"

"跑步十分钟就能来回。下午四点半左右,亚美说要去接个电话,从朋友面前消失了十分钟左右。朋友表示她当时在隔壁房间,只能听见声音,但是看不到人。"

"哦。也就是说,亚美小姐也有可能作案。"

白夜惊讶地看向黑绪。她居然怀疑那么怀念女儿,甚至跑来委托协会的母亲,他无法理解。

"不能排除这种可能性。但是,其他人也有可能。刚刚提到的那些人里面,只有大和拥有无法推翻的不在场证明,因为公司的监控拍到了他上下班的身影。不过,要是有其他隐藏出口的话,他的不在场证明也能推翻。"

---

① "妈妈友"是日本的一个特殊社交群体,主要由年幼孩子的母亲组成。这些母亲多为家庭主妇,她们通过与其他母亲的交流来放松身心,并且处理家务和育儿中的各种问题。

二度遭到杀害的她

"除了住在这里的人，其他人的不在场证明也问过了吗？"

"今天在场的人都问了。"

"也问过优香小姐吗？"

"当然了。你为什么会提到优香？"

"因为她跟大和先生好像还藕断丝连。我猜他们是不是在搞婚外恋。她逼大和先生跟亚美小姐离婚，大和先生却优柔寡断，于是她一怒之下杀害了大和先生最宠爱的真珠小姐。这应该是最容易想到的动机吧？"

今天的在场人员当中，最格格不入的就是优香。她跟真珠不认识，又是大和的前女友，出现在这里很不自然。而且优香一直在散发跟大和藕断丝连的气息。真珠刚去世，她表现出那种态度，令人感觉很恶劣。

"如你所言，宫岛优香和大和有不正当关系，而且她还是大和公司最重要的合作伙伴。论动机她或许比任何人都可疑。不过，优香那天在国外，不可能作案。"

"真遗憾。那义纯先生和枝奈子小姐呢？"

"他们两位当时好像也在家。义纯在房间开视频会议。会议的出席人员和枝奈子都能为他做证。枝奈子下午四点五十分左右签收过快递。如果两家距离比较近，她倒是有可能溜出去作案，不过从他们家到大和家开车要二十分钟。假设枝奈子四点半杀害真珠，准备回家，因为当时大弥他们在自己房间，所以她估计没办法立刻溜出去。哪怕天赐良机，让她成功溜出房间，但是这么大的房子，她最快也要五分钟左右

第二章　她为何会遭到杀害

才能出门。这样算起来，她回到家一共需要二十五分钟。这个时间应该不够签收快递。要是她没有碰到任何人，倒是能马上离开。不过，我们确认了南方家的行车记录仪，没有找到行车记录。当然，记录也没有被篡改过的痕迹。"

"那么，警方怀疑的对象就是亚美小姐、武藏先生、大弥少爷、红玉小姐、吉永小姐了？"

"还有一个人吧？"

把发言权让给药袋的八月朔日，往前倾了倾魁梧的身体，像是在表示"轮到我了"。药袋被他抢了话，不悦地拉下脸。

"啊，是佳弥小姐吗？"

"答对啦。佳弥也和优香一样，可能存在作案动机。佳弥是亚美的妈妈友，她好像挺羡慕亚美他们一家的。她们一开始当然是正常的友谊，毕竟小孩年纪相仿，又都是女儿，但是随着时间的推移，佳弥逐渐看到自己和亚美之间的差距，开始焦虑起来。她努力让自己的生活水准跟亚美看齐，但是作为单亲妈妈，经济状况又不允许，越努力就越困顿。据她身边的人说，她对亚美的忌妒与日俱增。案发当时，佳弥身体不适，请假在家睡觉，没有明确的不在场证明。她说她当时和女儿在一起睡午觉，不过从她家到这里步行只需五分钟。假如她趁女儿睡着后溜出来，应该可以轻而易举地作案。"

白夜想起和亚美同样打扮的佳弥。在这个家的时候，她做什么都会偷看亚美的脸色。大概是崇拜转化为忌妒，又日积月累变成了怨恨吧。

"哦，因为妈妈友的世界很狭隘嘛。那里就像是一个小社

二度遭到杀害的她

会,有着明确的上下级关系。一旦被讨厌就会被开除。为了避免被开除,只能勉强自己合群,可是用不了多久这种勉强就会转化成怨恨。我就曾为卷入这种纠纷最终惨遭杀害的人举行了傀礼。"

黑绪望着天花板,喃喃说道。

"崇拜过头会变成怨恨吗?真可怕。"八月朔日苦笑着点了两下头,"这样看来,佳弥是最可疑的人吧。"

"是啊。话说回来,杀害真珠小姐的凶器是什么?"

"是真珠的跳绳。所以,也没办法通过调查购买记录锁定凶手。"

"原来是这样,难怪调查会陷入僵局。"

"是啊。用来杀害真珠的跳绳上没有留下指纹,而且在真珠房间也只找到了包括吉永、武藏在内的周防一家,以及义纯、枝奈子、惠实里子等人的指纹。这些人即使留下指纹也不足为奇。哪怕只有玄关装了监控也好,可是这栋房子好像没有装监控,到处都没有留下凶手的痕迹。"

八月朔日不耐烦地噘起嘴巴。

不知道是因为有道大门挡着,导致他们疏于防范,还是他们有着自己的坚持,不想在这座有格调的洋房中装那种庸俗的东西。

"这样听来,感觉每个人都有嫌疑。我更加觉得这次的毁尸事件是内部人所为了,因为真凶害怕自己杀害真珠小姐的罪行败露。"

"你也这么觉得吧?所以我们重点搜了他们的身,但是没

第二章　她为何会遭到杀害

有任何收获。不光是凶器,连丢失的遗体部位都没有找到。"

"要是尸体是被扯断的,我就会猜是你们干的。"

药袋讽刺地说道。黑绪捧腹大笑。

"我们没理由妨碍协会,因为我们是协会虔诚的信徒。"

黑绪的眼睛里毫无笑意。空气震动了一下。

"总而言之,情况都告诉你们了,不许泄露给任何人。还有,我刚刚也说过,查到什么记得联系我。"

"遵命。"黑绪敬了个礼。

该说的似乎都说完了,药袋上下摆手,做出撵狗的动作。黑绪起身向门口走去。白夜也动作迟缓地起身跟上她,耳畔传来药袋微弱的声音。

"死神。"

白夜佯装没有听见,静静地开门走出房间。

3

回到餐厅的时候,刚刚去二楼的人也回来了。

白夜他们刚落座,餐厅的门就再次打开。是药袋他们。

"感谢各位配合。我们会根据获取的信息进行调查。"

药袋微微点头致谢,亚美突然气势汹汹地站起来。她身下的椅子失去平衡,向后方倒去,房间里响起"哐当"一声巨响。

"什么意思?逮捕呢?请逮捕这个人!"

二度遭到杀害的她

亚美指着武藏。武藏眯了眯眼睛,却没有跟她争辩,而是将脸扭向一边。这令人恼火的态度让亚美更受刺激,提高嗓门:"你们找到了吧?凶器或者真珠身体的一部分。"

"夫人,请您冷静一点。在各位的随身物品和房间里,没有找到任何可疑物品。"

"怎么可能?!肯定藏在了什么地方。你们到底有没有认真找?就是因为这样,大家才会觉得警察没用!"

亚美瞪着药袋。这句话非常难听,但也情有可原。搞不清楚真相令亚美内心焦躁,急需一个发泄对象。既然找不到凶手,她就只能把这份焦躁发泄到办案人员身上。

"我们找过了,但是没找到。之后我们会继续搜索,不过,周防家以外的人可以先回去了。"

药袋对亚美轻轻点头,随即用可以传递到餐厅角落的音量说道:"周防家以外的人可以回去了。之后说不定还要再找各位问话。届时还望各位配合。"

白夜看向时钟,还不到凌晨四点,头班车还要再等一段时间。不过跟白夜他们没关系,他们是开车来的。

"那我们就先回去了。"

黑绪刚说完,药袋就扬了扬下巴,仿佛在说"赶紧滚"。黑绪也故意发出嘲讽的笑声,予以回敬。药袋的怒意完全表现在了脸上,黑绪却转向亚美。

"这次仪式因为这种事情中断,我们也很难过。希望真珠小姐至少可以没有痛苦地迎接新生。"

这郑重其事的态度稍微浇灭了亚美的怒火,她的眉毛耷

第二章　她为何会遭到杀害

拉下去，掩住嘴角泪流不止。

"事已至此，我是不是再也见不到真珠了……"亚美有气无力地询问。

"既然发生了案件，警方恐怕要仔细调查真珠小姐的身体。等调查结束，倒是可以再次举行仪式。可是她失去了眼睛、舌头和手指，这种状态无法沟通。看不见东西，发不出声音，说不定会让真珠小姐陷入恐慌，从而神智错乱，失去控制。即便如此，您也想要唤醒她吗？"

亚美不甘地握住拳头。

只要想办法填补缺损的部位，就能让她恢复视力并且开口说话，但是前提是她要成为式鬼。可是这么一来，原本只是为了道别而被唤醒的真珠，就要成为消耗品，被协会利用。

就算这样，亚美还是想要复活真珠吗？黑绪大概知道亚美的答案，所以没有说出来。她似乎是在体谅泪流不止的亚美的心情。

"我、我……"

"亚美小姐，办法不仅仅傀礼这一种，还可以招魂。虽然不能让真珠小姐动起来，但是可以让巫女召唤她的灵魂附在自己身上，代替她与您沟通。"

"可是，我不知道怎么判断对方是不是冒牌货。九十九小姐，你认识值得信赖的人吗？"

"很遗憾，巫女和灵媒师都不欢迎我们。"

对于巫女和灵媒师而言，傀礼师是异类，所以两边从无交流。非但如此，他们还很讨厌傀礼师。毕竟可以亲眼看到

099

二度遭到杀害的她

效果的傀礼师可信度更高，必然会跟他们抢生意，何况他们讨厌"让灵魂回归死去的身体"这个行为本身。

"虽然不能问出凶手的身份，但是如果您只是想把自己的心情传达给真珠小姐，只要在心中默默祈祷就可以了，她会听见的。"

"真的吗？"

"真的。所以请您为真珠小姐祈求安息。另外，也请您珍惜还在世的大弥少爷和红玉小姐。"

听到黑绪的话，亚美看了大弥和红玉一眼。她"啊"了一声，肩膀颤抖起来。或许她直到今天才深刻认识到，过去的自己眼里只有真珠吧。望着两个孩子的脸，她低声道歉，放声痛哭。

旁边的大和立刻抱住亚美。黑绪将亚美交给大和照顾，看向佳弥。

"佳弥小姐，刚刚我也说过，惠实里子小姐拥有傀礼的能力。请你们来一趟协会。最好尽快，有时间的话麻烦今天就过来。"

佳弥脸上仍旧挂着错愕的表情，"哦"了一声。白夜觉得她大概不会来。可是，既然已经被发现了，就不可能逃离福音协会。白夜对惠实里子深感同情。

"那么，我们就先行告辞了。以后再有什么事，请联系福音协会。"

傀礼结束时，黑绪总会说这句话。等有人死的时候再见吧。多么不吉利的道别语。

第二章　她为何会遭到杀害

黑绪从容不迫地迈开脚步。白夜像只狗一样跟上她。在离开房间的前一刻，他回头瞥了一眼。有个珍珠形状的白色物体飘在空中。

4

天空万里无云。清晨六点左右，冰冷的空气逐渐带上太阳的温度。白夜他们回到了福音协会。一大早，路上车辆很少，因此回程的时间比去程要短。

必须去协会汇报任务，但是因为时间还早，两人就直接回了自己房间，没有先去协会本部傀礼组的组长室。

白夜他们的房间位于顶楼。尽管风景很好，但是宿舍只有楼梯，在身体疲倦的时候俨然是一场酷刑。白夜感受着像是被夏天的酷暑侵蚀一样的疲倦，爬上楼梯，终于回到他们自己的房间。

"今天真是不愉快的一天，我的心情很差。"

一进房间，黑绪就这么说着，走向整体浴室。白夜目送黑绪的背影，开始独自收拾东西。

过了一会儿，白夜收拾完东西，黑绪也从整体浴室出来了。她默不作声地直直走向沙发，瘫倒在上面。

白夜撇了撇嘴，想说"真邋遢"，但是知道自己说了也白说，所以没管黑绪，径自走向自己那张放在房间深处的床。他换上叠放在床上的睡衣，钻进被窝。

二度遭到杀害的她

发生了好多事。他在脑海中回忆着今天的事。明明打算做完傀礼就回家，没想到会被卷入案件。

真珠究竟是被谁杀害的？他不想思考，却控制不住思绪。平时总是陪黑绪插手案件，才会不小心养成推理的习惯。

从黑绪和药袋他们的对话推测，是不是应该认为凶手并非刻耳柏洛斯，而是今天在场的某位成员？谁的可能性最大？

亚美因为女儿的死那么难过，应该不是她；大和似乎出轨了，但是他看起来很重视亚美，应该也不可能杀害跟亚美长得那么像的小孩；大弥和红玉还小，所以可以排除；想不出吉永有杀害真珠的必要性；义纯很重视亚美，应该跟大和一样，不可能行凶；枝奈子弱不禁风，没办法把杀人跟她联想到一起；佳弥有个同龄的小孩，所以不可能下得了手；惠实里子也是个小孩，可以排除；优香貌似动机最强，但是她人在国外，不可能作案。

那么，武藏呢？他不光没有不在场证明，过去还曾涉嫌绑架。可是如果是他，让自己成为第一目击者岂不是风险过高吗？所以，把他当成不知情的第一目击者更加合理。

白夜得出的结论是全员都不可能。这样一来凶手就是透明人了。他又重新思考了一遍，然而结论跟上次一样。哪怕绞尽脑汁，也只能让思绪更加混乱。

反正小黑会解决。我本来就不擅长推理。

白夜放弃思考杀人案，闭上眼睛。

响亮的钟声在房间里响起。白夜吓得一跃而起，环视四

第二章　她为何会遭到杀害

周,但是很快就冷静了下来。只是早上七点的时钟响了。

这是住在顶楼的特权,可以用身体切实地感受宿舍楼顶的钟声。太棒了,这样就不会睡过头了。但是很烦。

刚躺下还不到一小时,可是已经养成了每天七点起床的习惯,所以白夜起身下床。简单做过体操,用热水冲洗了一下身体,他换好衣服,准备泡咖啡。

泡完咖啡,叫醒睡在沙发上的黑绪,把咖啡端给她喝。在她喝咖啡的时候,让她把衣服换下来,再把脱下来的衣服扔进洗衣机里。白夜收集待洗衣物期间,黑绪完全没有帮忙的意思,只顾着喝咖啡。

早上八点。穿戴整齐的白夜他们,前往统领傀礼师的组长的办公室。白夜一面对组长就会变得畏畏缩缩、笨嘴拙舌,本来就不善言辞的他会变得更加沉默,变成一个摆设。

他不擅长跟组长交谈。说得更准确一点,是他不擅长跟黑绪以外的人交谈。所以他不太想去。可是他们有义务汇报,只能硬着头皮跑这一趟。

"愉快的谈话要开始了呢。"黑绪每次都会这么挖苦他。白夜每次听到这句话都心情沉重。

一到组长室,他就在黑绪的催促下,做了次深呼吸,敲响房门。门后传来一声"请进"。"组长在啊。"他有些失望。

白夜抬起耷拉下去的肩膀打开房门,和黑绪同步鞠了个四十五度的躬,踏入房间。

"等你们很久了。"

说话者嗓音温柔,是傀礼组的组长肆谷。

二度遭到杀害的她

　　她是一名年龄不详的女性，下垂的眼尾给人一种稳重的印象，可是实际上她冷酷无情，会毫不犹豫地清理掉那些影响自己行动的人。千万不能惹她生气。

　　白夜答了声"是"，和黑绪一起坐到肆谷所坐的沙发对面。像是料到他们两个会这个时间来访，桌上已经为他们准备好了茶水。

　　"任务怎么样？"

　　只听见这一句话，白夜的后背就如遭电击。听起来像是在问他们有没有搞砸。白夜的上下唇仿佛黏在一起，沉默不语。黑绪代替他干脆利落地回答："我来向您汇报。由于遗体遭到毁坏，我们判断难以进行傀礼，于是选择了中止。报警之后，我们配合做了笔录，凌晨四点多离开周防家，六点回到宿舍。"

　　黑绪详细地讲述起当时的情况以及事情的经过。肆谷饶有兴致地问道："'毁坏'的意思是发生了连环毁尸案吗？"

　　肆谷说着"真讨厌"，把手放在脸颊上。这个动作就像跟人聊家常的主妇，她的眼睛里却毫无笑意。不过，白夜判断不出其中究竟蕴藏着什么样的情绪。

　　"恐怕是模仿犯。如果凶手是刻耳柏洛斯，带走的东西未免太多了。"

　　"太多？"

　　"他们为了妨碍我们跟死者沟通，会带走眼睛和舌头，但是这次连手指都丢失了。我觉得凶手之所以带走手指，是害怕死者用手指传达信息。"

第二章 她为何会遭到杀害

"哎呀,也是。然后呢?"

"傀儡目标真珠小姐是被凶手从正面杀害的,估计她看到了凶手的脸。所以我在想毁尸者会不会就是杀害真珠小姐的凶手,因为担心真珠小姐醒来会导致自己的罪行暴露,便模仿刻耳柏洛斯毁掉了她的尸体。"

"哎呀呀。不是刻耳柏洛斯的话,有查到毁尸的凶手吗?"

"很遗憾。警方录了口供并且检查了随身物品,但是不光是作案时使用的凶器,连被割掉的遗体的一部分也没有找到。"

"究竟去了哪里呢?"肆谷优雅地喝了一口红茶,简直像是在享受下午茶,聊天的内容却非常不符合现在的气氛。

"不知道。但是凶手很有可能就在今天在场的人员当中。不过,虽然熟人作案的可能性很高,但是还不能断定不是刻耳柏洛斯所为。所以这起案件我想亲自调查。"

"哎呀,你要调查?"她话尾的语气听起来有些重。"不会惹肆谷生气了吧?"白夜战战兢兢地想。

黑绪却毫不在意地继续说道:"是的。我要调查。"

肆谷唇角的笑意消失了。"啊,果然惹她生气了。"白夜稍微做好戒备。

"这是你们的工作吗?"

"不是,是调查组的工作。但是,我要调查。"

黑绪也知道,福音协会的相关案件是由调查组负责的。但是她不肯放弃。每次都是这样。只要是在她眼前发生的案

二度遭到杀害的她

件，或者是她感兴趣的案件，她就会找各种借口调查。

"为什么？"

"因为很可能不是刻耳柏洛斯干的，不能麻烦调查组的同事，但是又不能确定，不调查的话有玩忽职守的嫌疑。"

她脸上笑眯眯的，却仿佛是在暗示肆谷：你要是拒绝让我调查，倘若将来查出事情是刻耳柏洛斯干的，那就是你肆谷的责任。肆谷似乎也听懂了她的言外之意。

"是啊，毕竟调查组的工作量很大。"肆谷向黑绪露出僵硬的微笑，"所以，真正的原因是什么？"

"因为我很生气。"

黑绪斩钉截铁地回答。她直言自己想要揪出凶手，只是为了发泄怒气，与刻耳柏洛斯无关。尽管肆谷有一瞬间变得面无表情，但是她不光没有发火，反而扯起红唇，扑哧一声笑了出来。

"呵呵呵。你这人可真是……"

这个笑代表同意。"傀礼师禁止插手傀儡以外的事"是肆谷的训诫，但是她对黑绪非常纵容。

从很早以前开始，肆谷就很喜欢黑绪。不只是肆谷，在福音协会估计没有人不认识黑绪。就白夜所知，讨厌黑绪的人寥寥无几。

黑绪比任何人都有傀礼的天分，又擅长交际。说她完美无瑕都不为过。她正是追求完美的一百分的父亲心目中理想的小孩。想必没有傀礼师会不尊敬黑绪。

黑绪七岁那年显露出了傀礼的能力，据说那是能力觉醒的最低年龄。她立刻接受培训，十五岁当上见习傀礼师，十七岁就破例当上了通常要年满十八岁才能当上的傀礼师。

至于白夜，他的能力则觉醒得比较晚，直到十二岁才能进行傀礼。他不能像黑绪那样看见幽灵、跟幽灵说话，还经常因为完不成傀礼挨骂。

明明是双胞胎，却存在这么大的差距。他总是会被拿来跟黑绪比较。所以他才会对一切感到厌烦，想要一死了之……

内心的自卑并没有因为死亡消失，对于受到所有人喜爱的黑绪，他既羡慕又妒忌。白夜咬住下唇，揪紧衣袖。

"好吧。要是查明与刻耳柏洛斯无关，立刻停止调查。这件事我会事先跟调查组打声招呼。"

"谢谢。麻烦您了。"

她的回应很得体。白夜想，哪怕查出凶手不是刻耳柏洛斯，黑绪估计也不会停止调查。她没办法独自追查凶手，所以白夜也必须帮忙。

"另外，我们在来周防家参加仪式的人当中，发现了一名有傀礼能力的人。"

"哎呀，你成功地把那个人挖来了吗？"

"不好说。毕竟在外人看来，福音协会是宗教团体。对方的母亲果然很反感。总之，我告诉她要尽快过来，最好今天就来一趟协会。"

黑绪耸了耸肩。肆谷大概是从一开始就没有期待对方会来，所以看起来既不生气，也不遗憾。

二度遭到杀害的她

"没办法，又不能强人所难。不过，要是不尽快来协会学习傀礼的使用方法，不晓得会酿成什么样的后果。"

"记得之前就有人不知道正确方法就使用傀礼能力，最后丢掉了小命呢。我倒是简短地跟对方说明了一下情况，不过也只是简短地说了一下。"

傀礼是要接触人类灵魂的行为。对方已经死了，如果在没有任何防护的情况下与对方接触，自己的灵魂也会走向死亡。惠实里子这次只是碰巧躲过一劫，不知道今后会有什么样的影响。

"让总务组再去说明一次吧。要是对方还不能理解，就只能先加以监视，观察一下情况了。毕竟拥有傀礼能力的人太少了。"

"啊哈哈。奴隶太少的话收入也提不上去嘛。"

"呵呵。你真爱说笑。我们这么做都是为了让突然失去亲人的人们，能够接受亲人的离去。"

两人的表情都很温和，现场的气氛却剑拔弩张。她们之间的对话经常这样。当事人毫不在乎，只有白夜一个人提心吊胆。

"对了，有两个消息要通知你们。一个是昨天调查组控制的傀礼师，他已经无法进行傀礼了。"

"是要送进保管室吗？"

"是的。今天下午五点执行。"

"好不容易找到一个傀礼师，为什么要送去保管室？"

"是他自己的选择，他说活着很痛苦。"

第二章　她为何会遭到杀害

"哦，又是调查组害的吗？"

"是的。"肆谷眯了眯那双下垂眼，"真是的，他们也很会给我找麻烦。"

唤回灵魂、操控灵魂时需要生命力，不过把傀儡当成式鬼用的时候，如果使用傀礼师本人的生命力，其寿命就会迅速缩短。所以要使用那些对于福音协会而言有害无益的人，代替傀礼师供应生命力。存放那些人类的地方，在福音协会被称为保管室。

一旦进入保管室，就再也别想离开。明明还没死，却会即刻沦为物品。这么残忍的事情要是泄露出去，只怕会发展成人权问题。

之所以没有发生这种事，是因为在福音协会内部也只有傀礼师和调查组的部分成员知情。其他人则被告知，保管室是制造提供给式鬼的人工能量的地方。

但也正因如此，傀礼师才可以不必担心自己的寿命会缩短，放心地进行傀礼，而且这对于傀礼师而言也是一种威慑，让他们知道要是胆敢反抗福音协会，自己也会被送进保管室。

由傀礼师以外的人提供生命力，还有其他好处：万一傀礼师被傀儡杀害，协会依然可以持续为式鬼提供生命力，哪怕傀儡失控，式鬼也能压制它们。这对于傀礼师以外的人而言也更加安全。

福音协会就这样恩威并施地管理、调教、消耗傀礼师。没有疑问、不快、罪恶感，纯粹是一个系统。这个系统表面上是为了傀礼师而存在，其实却并非如此。

二度遭到杀害的她

　　建立福音协会的人是没有傀礼能力的普通人。尽管他们是基于"为了杜绝军事化利用，对傀礼师进行管理"的条约建立的协会，但是实际上肯定有很大一部分原因是出于对傀礼师的畏惧，想要将他们隔离。毕竟傀礼师跟他们这些普通人不同，拥有特殊能力。正因如此，他们才要用恐惧约束傀礼师，告诉他们——你们这些家伙无路可逃。

　　"第二个消息是，有个傀礼师去世了。他希望成为式鬼，所以由保管室接管。他之前使用的式鬼没人想用，生命力会在明天十二点停止供应。"

　　大概是因为接触了太多死亡，哪怕听说有傀礼师死亡，白夜他们也非常平静。听说这种事，他只有一个感想："哦。"

　　就连名字也不想问，黑绪和白夜都只回答了一句"好的"。

　　汇报结束后，两人离开肆谷的办公室，回到自己的房间。

　　"小黑……要怎么办？真的要去调查吗？"

　　"当然了。第一步做什么好呢？从解散到现在还不到六个小时，下午或者傍晚再去周防家打探吧。"

　　她的口吻轻快得像是马上要哼起歌、跳起舞来。难道说她已经在某种程度上推理出真相了吗？

　　"小黑，你在怀疑谁？"

　　"根据药袋警官提供的信息，最可疑的是没有不在场证明又具备动机的武藏先生和佳弥小姐，还有吉永小姐、大弥少爷和红玉小姐。应该不是惠实里子小姐。因为如果她是凶手的话，在我们面前说她做了傀礼，就太不自然了。"

　　"你连大弥少爷和红玉小姐都怀疑吗？他们还只是小

第二章　她为何会遭到杀害

孩啊。"

"小孩怎么了？小孩也能杀人。"

黑绪的眼底仿佛有某种东西在蠕动，白夜不由得别开脸。小孩也好，大人也罢，只要是人类就能杀人。白夜也明白这个道理。可是他仍然希望凶手不是那两个孩子，或许是因为他想起了被黑绪抛到脑后的过去。他是在通过否认这件事，安慰当时一无所知的自己。

"话虽如此，那些情况终究只是间接听说，所以目前每个人都很可疑。总之，我想重新调查一次不在场证明。大和先生的公司或许有不为人知的密道。优香小姐说不定是通过某种方式暂时回过日本。亚美小姐参加茶话会的那户人家，搞不好也并没有开茶话会。义纯先生的视频会议也很可疑，说不定他利用了时间差。枝奈子小姐也有可能跟快递员有交情，请对方帮忙做了伪证。"

"也就是说，你几乎怀疑所有人？"

"嗯，是啊。因为真珠小姐确实是被他们当中的某一个杀掉的。否则，凶手又何必模仿连环毁尸案？"

黑绪从短外套的口袋里取出一个银色的烟盒，抽出一支烟咬在口中。她用桌上的火柴点燃香烟，细长的香烟像蜡烛似的瞬间点燃。火光很快熄灭，只剩下白蒙蒙的烟雾。

黑绪抽的不是那种卷了烟叶的市售香烟，而是福音协会独创的特制香烟，里面卷的是香草，因此跟普通香烟不同，会散发出各种香草的味道，有时是薰衣草，有时是柠檬草。

这种烟草可以帮傀儡师平复心神，帮式鬼遮掩尸臭。不

二度遭到杀害的她

仅如此，由于这种烟草具有安神的功效，所以也会卖给傀礼师或协会以外的人，不少人都喜欢抽这种烟。

"我想找惠实里子小姐打听一下她给真珠小姐进行傀礼时的事，不过她现在肯定在睡觉。大和先生是公司社长，应该去上班了吧。"

"不一定。自家小孩出了那么大的事，他说不定待在家里。"

"可是，社长这个职位责任重大。反正在家里也无事可做，他应该去了公司吧。不对，在公司反而更清静。"

白夜回忆起亚美不稳定的精神状态。他会抛下那种状态的妻子去公司吗？虽然心存怀疑，白夜仍然点了点头。

5

去大和的公司前，白夜提前查了一下公司的地址和企业性质。

大和的公司是加工速食产品和零食的食品加工公司，总公司位于品川。官网显示茨城、山梨、滋贺都有该公司的工厂。

大和是第二任社长。据网上的新闻报道，他在八年前，也就是四十岁时继承了父亲的社长之位。自那以后，他不断挑战新事物，但是均以失败告终，还因为速食产品中混入飞蛾的幼虫，被顾客在网上曝光，导致公司产品在一段时期内

第二章　她为何会遭到杀害

受到抵制，陷入经营困境。经过各种错误尝试，情况总算在五年前开始逐渐好转，目前销量也差不多恢复了过去的水平。财力雄厚的亚美家的支持，应该也功不可没。

电视上经常播放大和公司的广告，所以没有人不知道这家公司。大公司的千金遭到谋杀，原本应该被大肆报道，但是在真珠去世的当天，一名持枪男子闯入小学，致使三名教师、十七名儿童伤亡，所以真珠案在报纸上只占据了五厘米左右的版面，顶多只有公司的人和熟人知道。

世人更爱追求有冲击性的东西，况且每天都有案件发生。只出现一名受害者的真珠案，后来也无人问津。调查迟迟没有进展，这或许就是最重要的原因。听说没有多少目击证词。

上午十点半。两人来到大和的公司后，把车子停在停车场。白夜急忙从驾驶席下来，绕到副驾驶席，拉开副驾驶的门，让黑绪下车。

拉开车门后，黑绪像某户人家的千金小姐一样，双脚并拢落至地上。她的身体勾勒出优美的曲线，气势汹汹地站在那里。

"好了，不知道大和先生在不在。"

黑绪一副无所谓的态度轻声说道。大和要是不在公司的话，她打算随便找个借口打听监控和其他出入口的情况，所以大和在不在并不重要。

两人踏进大和的公司。这是一栋位于停车场旁边的五层建筑。前台好像在二楼。一进去就在楼梯旁看到一个公告板。

两人没有使用公告板后面的电梯，而是选择爬楼梯。路

113

二度遭到杀害的她

上遇到两名职员模样的人，擦肩而过时，那两名职员都面露诧异。这也难怪。黑绪一身黑色西装，像上班族，面庞却很稚嫩；白夜则身穿黑色高领毛衣搭配黑色长裤，像个大学生。两人的打扮既不像公司职员，也不像推销员。

到了前台，一名身穿制服的女子接待了他们。报出大和的名字，对方果然露出怀疑的表情，等她打电话确认以后，他们才如愿见到大和。

在女子的带领下，两人这次坐电梯来到五楼。下电梯后，在走廊上直走到头，出现了一扇挂着"社长室"门牌的门。

女子叩响房门，打开门鞠躬说道："我带客人过来了。"大和坐在房间深处的办公桌后，一看到白夜他们，就客气地起身，指了指办公桌前方的会客区。

"昨天，不对，今天谢谢两位了。两位请这边坐。"

大和交代女子为他们准备茶水，走到沙发旁，与白夜他们相对而坐。

"不好意思，您这么忙，我们还突然跑来打扰。凌晨四点才解散，您居然来公司上班了呢。"

"毕竟已经休假一周了，我担心公司有什么事。"他捏了捏内眼角，"哈哈，我只睡了不到一个小时。"

"不要太勉强自己，身体会吃不消的。"

"多谢关心。"

大和与黑绪正在寒暄，忽然传来敲门声。刚刚那名女子用托盘端着茶水走进房间。她将热茶放到白夜他们面前，马上鞠躬离开。确认她离开房间，黑绪才开口："您估计很忙，

第二章 她为何会遭到杀害

所以我就直说了。这只是我的个人见解。我怀疑真珠小姐的遗体遭到毁坏，是杀害真珠小姐的凶手在模仿连环毁尸案。"

黑绪特别强调这是"个人见解"，估计是不想让对方产生戒心吧。她似乎是觉得如果大和是凶手，听到不是警察的自己这样说，说不定会一时疏忽露出马脚，所以才故意说得这么直接。

"什么意思？"

"就连环毁尸案而言，丢失的东西太多了。"黑绪竖起手指，"以往的连环毁尸案只丢失了眼睛和舌头。可是这一次却连手指都被带走了。您认为这是为什么？"

"我怎么知道是为什么？我听说过那些案件，但是不了解详情。"

"我认为凶手是觉得如果有手指，真珠小姐通过傀礼复活后，就会用文字等方式揭发凶手的身份。"

大概是想到眼睛和嘴巴变成黑洞的真珠，大和喉咙里发出气流通过的声音，捂住嘴咳嗽了起来。

"那不是巧合吗？"

"我不认为是巧合。对于犯下连环毁尸案的那伙人而言，挖眼睛和割舌头的行为是一种仪式。对遗体造成过多伤害有违他们的信条。"

"所以你认为是模仿犯干的？可是谁会故意做那么残忍的事……而且对方还是真珠。"

"警方赶到前，房门是锁着的；根据警方后来的调查，窗户也都是锁着的。如果有备用钥匙，应该就有可能闯进来，

二度遭到杀害的她

您有想到什么人吗?"

"钥匙我和我太太各有一把,还有一把交给吉永小姐保管。因为钥匙是实名登记制的,只有本人才能复制备用钥匙,所以只有这三把。"

大和从口袋里掏出钥匙。那把钥匙吊在挂着一个方形钥匙扣的钥匙圈上,是一把形状平平无奇的凹槽形钥匙。

"这么一来,就代表从外面闯入很困难呢。"

大和大概是意识到了她话里的意思,"啊"了一声。他的脸色像是落幕一般逐渐苍白。

"你是在怀疑当时在场的人?"

"我认为有这种可能性。"

"不,可是,没人有过任何可疑行为。警方搜身时也什么都没有搜到,而且应该也没有人单独行动过。我太太帮我留意了房间内的情况,她说没有人离开过餐厅。跟武藏吵架的时候可能没有注意……不过,我劝阻他们之后确认过人数,当时除了你们、大弥和红玉,所有人都待在餐厅。他们应该很难作案吧?"

白夜试着回忆自己回到餐厅时的事。确实所有人都在。

这样一来,就只能考虑存在共犯的可能性了。可是没有人离开餐厅,也就代表不存在只有两人或三人等少数人结伴的情况。难道说在餐厅的所有人都是共犯吗?白夜刚想到这种可能性,就立刻摇头否定。专门请傀礼师来看这场闹剧,根本没有意义。

凶手在外面等待,里面的共犯算准时间开门放他进来,

第二章 她为何会遭到杀害

等凶手作完案逃走后再把门锁上——这种假设似乎也站不住脚。既然谁都没有离开餐厅，就不可能跑去玄关开门，再跑去锁门。

因为不擅长思考，白夜的大脑一片混乱。有个透明人出现在他的大脑里，将推理的前提逐一摧毁。果然还是内部作案的观点更有说服力吗？

"您说得对。毁尸很困难。所以，我觉得如果能找到杀害真珠小姐的凶手，说不定就能破解这个谜题。"

"找到凶手？"大和战战兢兢地问道，"你是想说杀害真珠的凶手在那些人当中吗？"

"我认为可能性很大。凶手都挖掉了真珠小姐的眼睛，割去了她的舌头，让她变得又盲又哑，却仍然不放心，因为他当时就在现场。如果真珠小姐用手指写字，大家就会知道谁是凶手。所以他才又特意割掉了她的手指。"

"你在怀疑谁？不会是我吧？"

才过去这么短时间，她就跑来问这种问题，也难怪大和会这么警惕。黑绪缓缓摇头。

"我怀疑所有人。所以，为了洗清嫌疑，希望您能提供不在场证明。公司入口有监控吧？我听警方说，那里的监控拍到了您进出的画面。可是假如还存在别的出入口呢？您不就可以溜出去杀人了吗？"

"很遗憾，只有一楼有出入口；而且我回家必须开车，不光是出入口的监控，停车场的监控也拍到了我上下班的身影。我不可能作案。"

二度遭到杀害的她

"您也有可能把自己藏在大型货物中，躲过入口的监控以后，再使用事先停在其他地方的车子呀。"

他都说自己不可能作案了，黑绪依然不依不饶地追问。大和按住头，像是在克制烦躁。

"只有我和我太太有车，所以如果我用了我太太的车，会被我太太怀疑。另外，即使我匆匆开车从公司赶回家，起码也要半个多小时。当时武藏给我打过一个电话，我马上就接了。如果我当时是在回去杀真珠的路上，就不可能马上接电话，因为我正在开车。何况那是我的亲生女儿，我有什么理由必须杀掉她呢？"

"世上谋杀亲生骨肉的父母数不胜数。谋杀父母或手足的人也不在少数。"黑绪轻佻地笑了一声，这个笑估计触怒了大和，他板起脸严词否认。

"不要把我跟那种人相提并论。不可能就是不可能。还有，你未免太不礼貌了。你又不是警察。"

"可是，那天您一直在这里工作吧？那岂不是没有人能够证明您当时在这里吗？而且，您接电话的时候也可以开免提呀！"

大和立刻噤声，视线因为动摇而游移不定。这种反应意味着什么？白夜盯着他。三分钟的沉默过后，大和终于小声开口："真珠遇害的时间，我正在打电话。"

"跟谁？"

"宫岛。她是我们公司的客户。"

"哦。"黑绪点了点头。他们已经从药袋那里掌握这个信

第二章　她为何会遭到杀害

息了，而且还知道两人在搞婚外恋，所以两人的谈话内容是不是真的跟工作有关，白夜持怀疑态度。

"两位相当亲密呢。否则真珠小姐的傀礼仪式，您也不会邀请她参加。"

"那是……是她强烈要求的。她是我的大客户，我实在无法拒绝。"

"您也是这么对亚美小姐说的吗？"

大和意识到黑绪在怀疑两人的关系，用稍显粗暴的语气说道："我说的是事实。"

"可是，一般来说会邀请客户吗？那可是家人的重要仪式。"

"葬礼不也会邀请各种人参加吗？都是一样的。"

他似乎不愿意坦白他们在搞婚外恋，于是黑绪放弃跟他绕弯子，选择打直球。

"记得您以前跟优香小姐交往过吧。你们现在还有关系吧？"

大和发出痛苦的呻吟声。黑绪将这个反应理解为肯定，满意地进入下一个话题。

"她说她跟您通电话的时候是在国外，两位特地打国际电话聊天吗？"

大和移开视线，像是做了什么亏心事。他用门牙磨了好几次唇，才再次将视线转向黑绪。

"因为当时突然有急事。"

"您说自己当时在打电话，有什么办法能够证明吗？"

二度遭到杀害的她

大和不情不愿地从口袋里掏出手机，点了几下，将屏幕转向黑绪。上面显示的是聊天软件内的聊天与通话记录，通话记录后面还有两个视频的缩略图，应该是结束通话后立刻发给对方的。其中一个视频的缩略图封面是优香的脸，下面那个视频的封面则是大和的脸。

察觉到黑绪捅自己的手肘，白夜轻轻叹了口气。接下来轮到他来扮黑脸了。没办法，他不能忤逆黑绪。他在心中对大和道了歉，从大和手中抢走手机。

"啊，等等！"大和急躁地喊道，伸长手臂试图夺回手机。白夜立刻站起来躲避。他把拿着手机的手伸向天花板，将屏幕调整到黑绪能看到的角度。

"啊啊，喂喂。你在干什么？这样不好。"黑绪用念课文一样的口吻斥责白夜，向大和微微低头致歉，"抱歉。他偶尔会不听话。"

"那你倒是想想办法啊！"

白夜将手臂举起来的时候，高度超过两米，大和的手完全够不到。即使如此，他依然驱使看起来十分沉重的身体跳起来，试图抢回手机。白夜觉得自己像个坏人，有些无地自容。

他不经大和同意，就点开映有优香的脸的视频。视频中的优香正在冲镜头挥手。她身后拍到了鱼尾狮。

视频很正常，没有什么不自然的噪声，应该确实是在国外拍的。

优香的手腕上戴着智能手表，多亏屏幕设置了常亮，可

第二章　她为何会遭到杀害

以看到当时是 2 月 4 日下午三点半。日本和新加坡的时差是一小时，新加坡的时间比日本慢。所以，换算成日本时间是下午四点半。优香无论如何都不可能作案。

而且，视频中的优香没有昨天见面时给人的强势感，而是像恋爱中的少女一样，娇滴滴地倾诉衷肠。大和是怎么回复她的呢？白夜稍微有些好奇。

视频时长不足一分钟，播完以后，他又点开映着大和的脸的视频。在此期间，大和也拼命地想要抢回手机，但是手机就像挂在树上的气球一样，怎么都拿不下来。

大和的视频就是在这间社长办公室拍的。在亚美面前还是一个成熟可靠的男人的大和，在视频中却像是一个喜欢撒娇的孩子。

大和为了向优香展示自己有多努力，拍了电脑屏幕给她看，嗲里嗲气地对她说："快夸一下宝宝。"

撒娇是可以，但白夜不想看这么大的男人跟恋人发嗲。白夜偷偷看了眼大和，发现他满脸通红，浑身发抖。

视频比优香的还要长，有三分钟左右。大和一直在嗲嗲地抱怨自己的压力有多大，自己有多努力，好几次找优香讨夸奖。

这是个不方便给外人看的视频，里面却透露出好几条信息。拍摄电脑屏幕的时候，可以看到右下角的日期与时间。正好是真珠遇害的那一天，时间是四点三十八分。这证明大和不可能回家。

看完以后，白夜心怀愧疚地静静坐回沙发上，乖乖把手

121

二度遭到杀害的她

机还给大和。大和立刻夺走手机，收进口袋里。

"不好意思……"白夜由衷地表达歉意。大和瞪了他一眼，没有应声。

黑绪强忍着笑意说道："不过，拜其所赐，我知道大和先生不可能作案了，优香小姐也是。多亏了大和先生愿意让我们看视频。因为我还推测过会不会是优香小姐对亚美小姐怀恨在心，杀害了真珠小姐。"

刚刚还怒不可遏的大和，表情略有缓和，大概是因为听说优香的嫌疑洗清了，心情有所好转吧。不过，他的声音依然带着怒意。

"那就好，因为无辜的人洗清了嫌疑。"

"看来凶手另有其人。谁比较容易作案呢？应该还是案发当天在家的人吧。比如，没错……武藏先生。"

"你也在怀疑武藏吗？"

亚美和义纯也在怀疑武藏。就不在场证明和动机而言，他的嫌疑确实最大。他当时在自己房间，没有不在场证明，又有绑架的前科，无论如何都容易被人怀疑。

黑绪毫不犹豫地点了点头。得知其他人也在怀疑自己的弟弟，大和似乎难掩震惊。能够听见他咬紧牙关的声音。

"不可能是那家伙。"

"为什么？他不是曾经企图绑架儿童吗？"

"那是有隐情的。那孩子是单亲家庭，一直受到父亲的虐待。武藏不忍心坐视不理，所以才……"

"您是说他是为了帮助受虐儿童，才试图绑架孩子？"

第二章　她为何会遭到杀害

"武藏做事有些鲁莽。他那个人总是想到什么就做什么。他把那孩子从家里带出去的时候，正好撞见孩子的父亲，被怒不可遏的父亲揍了一顿。当时他被揍得鼻青脸肿，断掉的肋骨还扎到了肺，差点丢了小命，足足住了两个月的院。"

"武藏先生为什么要做那种事？"

"家父是个很严厉的人。虽然讲这种话有点奇怪，但是我从小就很擅长察言观色，小小年纪就知道哪些话能讨家父欢心，所以家父一直很疼爱我。可是武藏却笨嘴拙舌，不善交际，跟亲生父母都有距离感。家父估计是不喜欢这种性格吧。不知道从什么时候开始，只要武藏说话，家父就会对他拳脚相向。我以前只是觉得弟弟为什么这么笨，没想过那是虐待，还以为只是家长在管教小孩。可是，说不定我的内心其实很清楚。大概是因为这样，在我自己也有了小孩之后，越来越觉得亏欠武藏。帮涉嫌绑架的武藏请律师，让无家可归的他住进我家，也都是为了赎罪。"

"跟我们家好像"，白夜心想。虽然没有遭受到来自父亲的暴力，但是白夜一直都是被忽略的那个人。如果自己没有傀礼的能力，或许直到今天也依然如此吧。回忆起从前，他的心中涌起一股落寞。

"您的意思是因为他从小受到父亲虐待，所以无法对遭受虐待的儿童坐视不理吗？"

"是啊。所以他不可能杀害儿童。"

"可是，他也有可能因为小时候您没有对他伸出援手，出于怨恨杀害了真珠小姐吧？"

二度遭到杀害的她

听到这句毫无怜悯的话，大和目瞪口呆地盯着黑绪。白夜有一种自己在遭受谴责的错觉。

"真珠小姐和亚美小姐很像吧。武藏先生对看自己不顺眼的亚美小姐怀恨在心，'不小心'杀掉了酷似她的真珠小姐，这也是一种可能。"

"不可能！武藏才不会因为那种事就杀人。要是这么说的话，我小舅子义纯才更加可疑。"

听到意想不到的名字，白夜吃了一惊。之前武藏说过真珠害怕义纯的妻子枝奈子，枝奈子又似乎对亚美心怀怨恨，所以她似乎有杀人动机，可是，义纯身上目前还没有疑点。

"您为什么会这么想？"

"他是个姐控，一碰到事情就跑来找亚美。都有枝奈子小姐了，他还是经常赞美亚美。就算亚美对枝奈子口出恶言，他也不会帮枝奈子回嘴，反而会站在亚美一边。我作为旁观者，还挺为枝奈子感到心寒的。虽说是姐弟，但是他对亚美的好感表现得太明显了，感觉很恶心。"

"这跟杀害真珠小姐有什么关系？"

"……可能是因为他对酷似亚美的真珠有好感，真珠却对他不屑一顾，他一怒之下杀了她吧。表面上看，义纯对大弥、真珠和红玉一视同仁，可实际上他对真珠异常宠爱。真珠拿到的零用钱和压岁钱总是比身为老大的大弥多。礼物他也总是挑真珠或者亚美喜欢的东西送。这太不正常了。"

"难道不是因为亚美小姐更疼爱真珠小姐吗？"

"我不这么觉得。而且，义纯明明什么都不知道，却也想

第二章　她为何会遭到杀害

把事情推到武藏身上，逮住机会就骂武藏，简直像是想要坐实他的罪名。大概是因为有义纯撑腰，亚美的言行也越来越激烈。别看义纯那样，他其实很狡猾。谁也不知道他心里在想什么。我们刚结婚的时候，他对我的态度还很尊敬，但是自从我接受了亚美家的帮衬，他的态度就立刻大转变。他还一副主人的嘴脸赖在我们家里，真是受不了。"

大和的话讲到一半，变成了对义纯的抱怨，看来这些话已经积压在他心里很久了。他滔滔不绝，肩膀剧烈地上下摇晃，连呼吸都忘了。

大和讨厌义纯，貌似不仅仅是因为义纯对真珠和亚美的言行，还存在私人理由。这大概也是人之常情。其他人在自己家里耀武扬威，他应该有一种威严与自尊遭到践踏的感觉吧。

大和刚歇了一口气，房间里便响起含混不清的音乐声。是从大和身上传来的。好像是来电铃声。这么可爱的旋律很不适合大和。

大和按住胸前的口袋，却并没有查看屏幕，估计他知道是谁打来的电话。

"不好意思，我还有个重要会议。两位没事了吧？"

这句话显然是在发逐客令。黑绪似乎也没有更多要问的，干脆利落地起身。

"谢谢。希望今天的谈话可以保密。毕竟案件还在调查当中。"

白夜他们轻轻点头，离开房间。在关门的前一刻，白夜

125

二度遭到杀害的她

听见了撒娇的声音,不过由于跟案件无关,他便装作没有听见。

6

回到停车场后,白夜拉开副驾驶的车门,让黑绪先上车,然后走到驾驶席,准备出发。

"接下来去哪里?"

"我想想。现在几点?"

白夜看了眼手表,回答:"上午十一点十五分。"黑绪立刻在空中晃动手指,唱起儿歌:"该怎么办好呢?听神明的旨意吧。"

"离这里最近的是义纯先生家吗?"

白夜从口袋里掏出手机,确认八月朔日给他的嫌疑人地址列表。义纯家位于大和公司跟大和家之间。按照义纯家、佳弥家、周防家的顺序拜访,估计是最顺路的。

"嗯。要去义纯先生家吗?"

"就这么办吧。正好刚刚聊到了义纯先生。"

"是啊。不过,不知道他在不在。"

"应该在吧。凌晨四点就解散了。大和先生是社长,可能不好随随便便请假,但是义纯先生上班的公司,社保制度和福利制度都很好,总能请到带薪假吧?"

你是怎么知道义纯在哪里上班的?更令人在意的是,身

第二章　她为何会遭到杀害

为一个从来没有去公司上过班的人，居然会懂这些。黑绪像是看透了白夜的想法，补充道："而且义纯先生有时会居家办公。"

这种事你又是什么时候打听到的？白夜只回了句"是吗"，就伸手设置起导航。正准备把义纯的地址输入导航系统，手机铃声突然响起。显示的是个未知号码。

"咦？谁啊？"他纳闷地按下接听键，"喂？哪、哪位？"

"嗨。你们那边怎么样了？"

笑嘻嘻的声音有些耳熟，听起来像是在嘲讽人。

"难道是……五木先生？"

他说完，立刻看向黑绪。黑绪依然面带笑意，却紧闭双唇，收敛声息，没有帮他接电话的意思。

"答对了！嗯——我们搞不好心有灵犀哦。"

五木打趣道，白夜却很想求饶。他好不容易才没发出厌恶的呻吟声。五木在福音协会工作的时间比白夜要长，是他的大前辈，不能对他太失礼。不过，五木和黑绪是同时入职的，要是黑绪肯帮忙接电话，就不用顾忌辈分了。

他又看了眼黑绪，她却盯着车顶装死，连眼睛都不眨一下。看来她无论如何都不想接这个电话。

"不、不知道。对了，您是从哪里知道我的号码的？"

"我们是同事，知道号码很正常吧？"

"我就不知道你的电话号码。"他克制住这么说的冲动。

"是吗？嗯，您有什么事吗？"

"想听听你的声音。没有啦，不是你的。黑绪在吧？"

127

二度遭到杀害的她

他又看了黑绪一眼。她睁开眼睛，嘴巴微微张开，继续装死。

"在是在……但是她死了。"

刚回答完，电话那头就传来笑喷的声音。五木的笑声听起来非常开心。因为太吵了，白夜把手机从耳旁拿远了一些。

"哎呀，黑绪怎么这么可爱。要是能一直当个死人，就更可爱了。"

被这种变态喜欢的黑绪好可怜，毕竟五木是性虐狂、恋尸癖加利己主义者。被这种性格有缺陷的人喜欢上，不可能会开心。黑绪应该尤其不会开心吧。

"那个，您要是没什么事的话，我就先挂了。"

白夜把大拇指移到结束通话的按钮上，准备挂断电话，但是在挂断前，对方却抛来一个奇怪的问题。

"还记得昨天我们逮到的那个流浪的吗？"

是去周防家之前，被五木他们带回来的那名男子吗？白夜想了起来。他重新将手机贴到耳畔，回答："记得。"

"调查结束了。"

流浪傀礼师被调查组带回来后，会被逼着招出迄今为止干过的所有不法行为。综合调查组查到的信息和没查到的信息，掌握他做过多少次傀礼。

既然要为傀儡供应生命力，只要循着连接供应者和傀儡的生命力之线寻找即可——曾经有不具备傀礼能力的普通人这样说。然而这是不可能办到的。双方距离很近的话，生命力之线看起来很粗，但是随着距离拉远，它就会变得细若蛛

第二章 她为何会遭到杀害

丝,最终难以用肉眼看见,根本不可能追踪。

所以需要流浪傀礼师自己坦白。这种时候,为了让对方招供,协会会满不在乎地使用违法手段审讯,所以大部分流浪傀礼师会被吓得性情大变。因此调查组还有个"缺陷制造机"的别名。

"听说那个人要被送进保管室。"

"没办法。"五木笑道,"因为他本人说已经不想再去外面了。"

白夜打了个寒战。五木乐于把人搞垮,并且乐在其中。或许正因如此,他才能在有那种别名的调查组待那么久。哪怕是在调查组中,五木也是个怪胎。

话虽如此,调查组也不是只有五木这样的人,还有正常人,比如和五木在一起的十王。他那种光明磊落、刚正不阿的人为什么会在调查组……不,就连他为什么会在福音协会都让人想不通。这样的人在福音协会并不多见。大家都有些不正常。或许是太接近死亡的关系。

"言归正传,关于那个流浪的,他好像五年前就在干这种事了,一直巧妙地躲到了今天。"

"哦。"白夜咕哝道。他完全不理解五木的用意。明明并不是在跟他面对面交谈,白夜却歪起头。

调查组的报告必须上传协会内部的服务器。傀礼师也有调查报告的阅览权限,想看的话随时都能看,没必要请他汇报。

可是,五木为什么要专程联系自己?他感到非常疑惑。

二度遭到杀害的她

是单纯想跟黑绪说话吗?但是五木不可能只为这点小事就打电话过来。

"所以,您想说什么?"

"你的脑子可真不灵光啊。我是想说,他说不定跟你们正在追查的周防家的案子有关。"

白夜惊愕得说不出话来。车内只有五木带着杂音的声音从听筒中传来。

"住在周防家的人当中,有一个五年前绑架儿童的吧?"

"对。您怎么知道?"

"是从肆谷组长那里听说的。言归正传,那个流浪的五年前为绑架案的受害者做过傀礼,而且委托人好像是叫武藏。因为那起案件上过报纸,也刊登过武藏的名字,所以流浪的对武藏有印象。"

武藏委托流浪傀礼师为他绑架的小孩举行过傀礼?为什么?更让人在意的是,绑架案的那个小孩死了吗?

"是武藏先生委托的吗?那个孩子是他杀的吗?"

"流浪的说他没问那么多。详细情况报告中都写了,你们自己去确认吧。我只是因为肆谷组长叫我联系你们,才会打电话给你。"

"好的。我会确认的。再见。"

白夜准备挂电话,却又听到五木的声音。他的手指停在距离结束通话按钮几毫米的地方,竖起耳朵。

"调查结果,那根本不是刻耳柏洛斯做的吧?"

根据黑绪的推理,凶手并不是刻耳柏洛斯,可是还不能

第二章 她为何会遭到杀害

确定。白夜看向黑绪。黑绪轻轻地摇了摇头。

"不，还不清楚。"

"哦，是吗？反正跟协会无关，直接停止调查得了呗。为什么要平白浪费精力？黑绪明明可以袖手旁观的。"

说完这些，五木撂下一句"再见"，挂断电话。白夜看向黑绪，她的脸上露出发自内心感到厌烦的笑容。

结束通话后，白夜立刻登录协会的服务器。输入账号和密码后，顶部菜单显示出来。他点进调查报告的阅览页，筛选上传日期为今天的报告。

负责人为五木和十王的报告只有一份。他点进去查看，发现那份报告中记录了十起傀礼。

第二起是五年前，估计就是五木说的那起案件。武藏委托他帮忙复活死去的小孩。他在电视上见过武藏的脸，所以推测是武藏下的毒手。他不想跟武藏牵扯太深，加上收了一大笔钱，因此没有打听要举行傀礼的理由。死者复活后对武藏表现出拒绝的态度，于是武藏立刻就让他解除了傀礼。报告中也没有提到理由。武藏和他想要绑架的小孩之间究竟发生了什么？

"看来武藏先生知道傀礼，那他还那种态度？"黑绪探头看着手机屏幕嘟囔道。

在他们给真珠进行傀礼前，武藏让他们住手。他当时应该已经知道傀礼不会成功了。如果武藏就是毁尸的凶手，他阻止仪式又有什么意图？

"这个流浪的举行傀礼的次数最近变多了。一开始还有所

二度遭到杀害的她

忌惮，后来是因为既能赚钱又能举行傀礼，所以开始乐在其中了吗？"

报告上显示，除了疑似武藏委托的这起案件，在此之前他还做过一起，接着是两年前做过一起，一年前做过三起，今年居然已经做过四起。

白夜将最近的几起案件浏览了一遍：有人一时冲动杀掉了恋人，希望复活对方；有母亲失手杀掉小孩，想让小孩多"活"一天，好掩饰罪行；有人的妻子被抢劫犯杀害，影响他去银行等机构办手续，所以希望让妻子再"活"五天左右；还有人为了领取恋人的养老金，希望让恋人复活。个个都是自私自利、令人作呕的理由。

流浪傀礼师的活动范围在周防家附近，所有案件都在二十公里的范围内。从报告来看，是因为犯人家就在这附近。

"确实，这种协助犯罪的委托，协会不会受理。能理解他们为什么会找流浪傀礼师求助。"

黑绪用不带同情的冷漠口吻说道。很少有人会为了追求快乐而杀人，大多是一时冲动。要是有人告诉他们可以帮忙复活死人，他们肯定会想要抓住那根救命稻草。白夜对那些估计怀着这种心情的委托人心生怜悯。

"咦，这次的傀礼地点好奇怪。"

黑绪指着两天前的傀礼记录说道。地点是工地。是那个妻子被入室抢劫犯杀害，希望让她复活的案件，但是傀礼的地点实在奇怪。

"确实好奇怪。难道是丈夫杀害了妻子，但是不敢承认，所以嫁祸给了抢劫犯吗?可是为什么要把尸体搬到工地?难道是在自己家不方便,怕被人看见吗?"

"是为了匿名吧?估计是想要隐藏身份,所以才把尸体搬到工地。如果是他自己杀的,肯定会心虚,想尽办法隐藏身份。"

黑绪轻笑道。白夜怎么听都觉得她像是在讽刺自己。

"小黑……"

"你那是什么表情?真有意思。别管那个了,快点走吧。去过义纯先生家,还得去找武藏先生确认以前委托傀儡的事。"

白夜低头盯着报告,只用细若蚊蚋的声音回了个"嗯"。

白夜正准备熄灭手机屏幕,上面突然跳出八月朔日的名字。八月朔日打电话过来还挺稀奇的。是真珠的案子有什么进展吗?白夜期待地接起电话,可惜那只是他天真的幻想。

"被杀了?为什么——"

7

白夜带着黑绪来到八月朔日的所在地,是昨天来过的周防家附近的木质公寓。穿着制服的警察在一楼的房间里忙碌地进进出出。

现场拉着警戒线,周围挤满了围观的群众。白夜在人群中寻找给自己打电话的人。他比对方高一头,于对方而言也

二度遭到杀害的她

很好找,两人很快就目光交会。

八月朔日举起手,对旁边的药袋说了几句话,药袋也朝他们走过来。他还是老样子,一脸嫌恶,不知在跟八月朔日说什么。他好像并不知道白夜他们会来,在骂八月朔日。对于脸上毫无愧色的八月朔日而言,他的辱骂毫无效果,纯属浪费口舌。

药袋板着张脸,和八月朔日一起朝黑绪他们走来。他从警戒线底下钻出来,与两人擦肩而过,走到无人的电线杆旁抽起烟来。

黑绪像是要陪他似的,也在药袋身边抽着一支香烟。两道烟雾缭绕着飘向天空。八月朔日张大鼻孔,吸了一口烟味。

"那种烟真的非常好闻。"

"是吧?协会自制的。要不要来一支?部分收益会捐赠给贫困儿童。可以帮助别人哦。"

黑绪拿起烟向他推销。八月朔日似乎被勾起了兴趣。药袋打断他们。

"你们来干什么?"

"您这不是明知故问吗?我们接到八月朔日警官的电话,可是马不停蹄地赶来帮忙的。"

药袋又瞪了八月朔日一眼。八月朔日只是笑眯眯地看着他,没有辩解。

"不知道他跟你们说了什么,但是这里还轮不到你们出场。"

"听说情况跟真珠小姐遇害时一样。"

第二章　她为何会遭到杀害

药袋的咂舌声比以往都大："你们听说了多少？"

"惠实里子小姐像真珠小姐一样惨遭杀害，仅此而已。"

"发现惠实里子尸体的人是她母亲。上午十一点，母亲佳弥醒来时，发现惠实里子被人勒死在自己身边。遗体的状态很反常，眼睛被挖出来，舌头和手指也被割掉了。根据现在的情况来看，遗体很可能是在死后遭到毁坏的。和真珠的状态一样。"

"和真珠小姐一样，代表有可能是同一个凶手。"

"是啊。勒死惠实里子的凶器是她的跳绳，上面同样没有提取到第三者的指纹。我们怀疑第一目击者，也就是死者的母亲佳弥，但是她不承认。她说她睡前把门锁上了，但是起床后发现门是开着的，怀疑是有人入室杀害了惠实里子。"

药袋敲着头顶，用力吸了口烟。烟顶端的烟丝燃着红光，那没有彻底燃烧起来的样子，似乎反映出药袋没有彻底燃烧的内心。

"您好像无法接受。"

"佳弥住的是房龄三十五年的木质公寓，有两个居室，一间是客厅，还有一间用作卧室。卧室里铺着小双人床尺寸的被褥，母女俩好像睡在一起。中间大概有两三个拳头的距离，并不算远。这么点距离，女儿在自己身边被杀害，她会察觉不到吗？"

将近凌晨四点，众人才在周防家解散。假如她们当时直接回家睡觉的话，有可能因为太累没被吵醒。但是，这是在惠实里子没有挣扎的前提下。脖子被人勒住的话，应该会因

二度遭到杀害的她

为窒息醒过来。难道她当时没有挣扎吗？还是说她是在其他地方遇害，死后才被搬到房间的？

"凶手有没有将惠实里子小姐绑起来，以免她挣扎呢？"

"四肢都没有捆绑痕迹。不过，她身上却有好几块瘀青。"

"她挨过打吗？"

"都是旧伤，大概跟案子无关。有可能是佳弥虐待她。"

"佳弥吗？"白夜很诧异。她看起来挺关心惠实里子的。

"顺便一提，她不可能是在其他地方遇害的，因为被褥上有残留的排泄物，应该是死后身体肌肉松弛造成了失禁。"

白夜的推理被药袋的话推翻了。但是这么一来，等于说凶手是在佳弥身边不慌不忙地杀害了惠实里子。要是佳弥醒了，他打算连佳弥也一起杀掉吗？这计划未免太不周全了。

"佳弥小姐说她睡前锁了门，门没有被撬开的痕迹吗？"

"锁孔上没有被撬过的痕迹，而且她还挂上了防盗扣，但是被拿掉了。防盗扣上也没有痕迹。我们问过附近邻居和辖区民警，他们都说没有看见可疑的人，也没有听到奇怪的动静。"

"不撬锁，凶手又是怎么进来的呢？"

"找地方复制了一把钥匙，开门进来的吧。"

"那他作案后为什么没有锁门呢？既然有备用钥匙，把门锁上，把屋子打造成密室，岂不是更容易嫁祸给佳弥小姐？"

八月朔日抢在药袋之前开口。药袋被他抢了话，显得有些生气。

"我也是这么想的。所以我在想会不会是佳弥故意打开的门，想要误导我们是变态作案。"

"总觉得这样想不太合理。死亡时间是什么时候？"

"已经出现了尸僵，估计是上午十点到十一点之间。"

这次回答的是药袋。

"为什么连惠实里子小姐的眼睛、舌头和手指都被拿走了呢？凶手是觉得光杀掉她还不够吗？"

"谁知道呢，或许是想模仿连环毁尸案吧。"

"这明显跟杀害真珠小姐的是同一个凶手。杀掉惠实里子小姐，毁掉她的遗体，会不会是有必须那么做的理由？"

听到黑绪的话，白夜想起惠实里子说她跟真珠说过话。假如凶手当时在场，他可能会觉得惠实里子说不定从真珠那里听说了什么，慌忙杀人灭口。凶手在那群人当中的可能性变大了。

"你想说凶手杀害真珠的时候，被惠实里子看见了？可是，真珠遇害的时候，惠实里子正跟她母亲一起在家里睡觉。"

"不是的。其实惠实里子小姐疑似拥有傀礼的能力，在我们前往周防家之前，她跟真珠小姐说过话。我在想凶手会不会是因为害怕她当时掌握了什么情况，慌忙杀掉了她。跟对待真珠小姐一样拿走眼睛、舌头和手指，应该也是为了防止她被举行傀礼。"

又是傀礼。药袋郁闷地皱起眉头。

"惠实里子从真珠那里听说了什么？"

"很遗憾，我们当时不在场，所以不清楚。她又因为害怕

二度遭到杀害的她

不肯告诉我们，所以我们今天才想过来问问她。"

药袋再度大声咂舌。他的咂舌声随着阶段的推进，变得越来越大了。他将快抽完的烟掐灭，摁在便携烟灰缸中，往排水沟盖的缝隙里吐了口口水。

"没用的东西。要那种力量干什么？有没有都差不多。"

他的话简直蛮不讲理。黑绪却仍然面带笑意。不过，白夜能感觉到她内心的不耐烦。

"好啦好啦，药袋警官，冷静一点。我们也一样没派上用场啊。总之还是先等等验尸结果，看看有没有什么可疑之处吧。"

八月朔日安抚药袋。黑绪对八月朔日说道："啊，那结果出来以后，请告诉我们一声。"

八月朔日拍着胸脯说道："没问题。"药袋冷冷地看了眼八月朔日，八月朔日却没有发现。

"对了，药袋警官，我还想问问武藏先生的事。"

"周防武藏怎么了？"

"听说武藏先生以前曾经涉嫌绑架。那位受害儿童现在怎么样了？"

药袋眯起眼睛，厌恶地瘪了瘪嘴。

"你知道那起事件啊。那是五年前的案子吧，跟这个案子有什么关系？"

"不知道是否有关。我只是好奇那个孩子现在怎么样了。"

"已经不在了。她死在了家里。有人打匿名电话说闻到怪味，警方赶到时，已经死好几天了。"

第二章　她为何会遭到杀害

　　白夜忍不住猜测是武藏杀的。既然他可以为了救人而绑架，说不定也可以为了救人而杀人。这实在是个令人讨厌的猜测。

　　但是这样一来，仍然有个问题：如果人是武藏杀的，他为什么要委托傀礼呢？

　　"是谁杀了她？"

　　"她父亲。那孩子大概是在绑架事件的两个月后去世的。她父亲是所谓的精英人士。绑架事件导致他的虐待行为被曝光，他因此失去了社会地位。由于在社会上失去了容身之所，他反过来怨恨自己的小孩，亲手杀掉了她。"

　　武藏请人给那个小孩举行过傀礼。特意找到死掉的小孩，请人为其进行傀礼，这不奇怪吗？

　　为了不让人发现自己是真凶，请人复活小孩后再让父亲杀掉，隐瞒自己的罪行。白夜本来是这样猜测的，但是又想起报告上写着当时傀礼马上就解除了。所以，事实不是这样吗？

　　他看向黑绪，黑绪却保持沉默，似乎并不打算告诉药袋他们武藏请人给那孩子举行过傀礼。看药袋他们的反应，别说是武藏委托过傀礼了，就连那孩子被举行过傀礼好像都不知道。

　　黑绪笑着说道："真是个人渣。"她的语气冰冷得令人不寒而栗。药袋用力吐出一口气，像是在表达赞同。

　　"原来是这样啊。嗯。幸好来问了下你们。谢谢。"

　　"喂，你知道什么了？跟案子有关吗？"

二度遭到杀害的她

药袋挑起一边的眉毛。黑绪回答"还不确定"。药袋烦躁地咂舌。

"那么,我们就先告辞了。验厂报告出来以后,麻烦通知我们。"

黑绪挥着手转身离开。白夜如影随形地跟在她身后。

她是否会就此死去

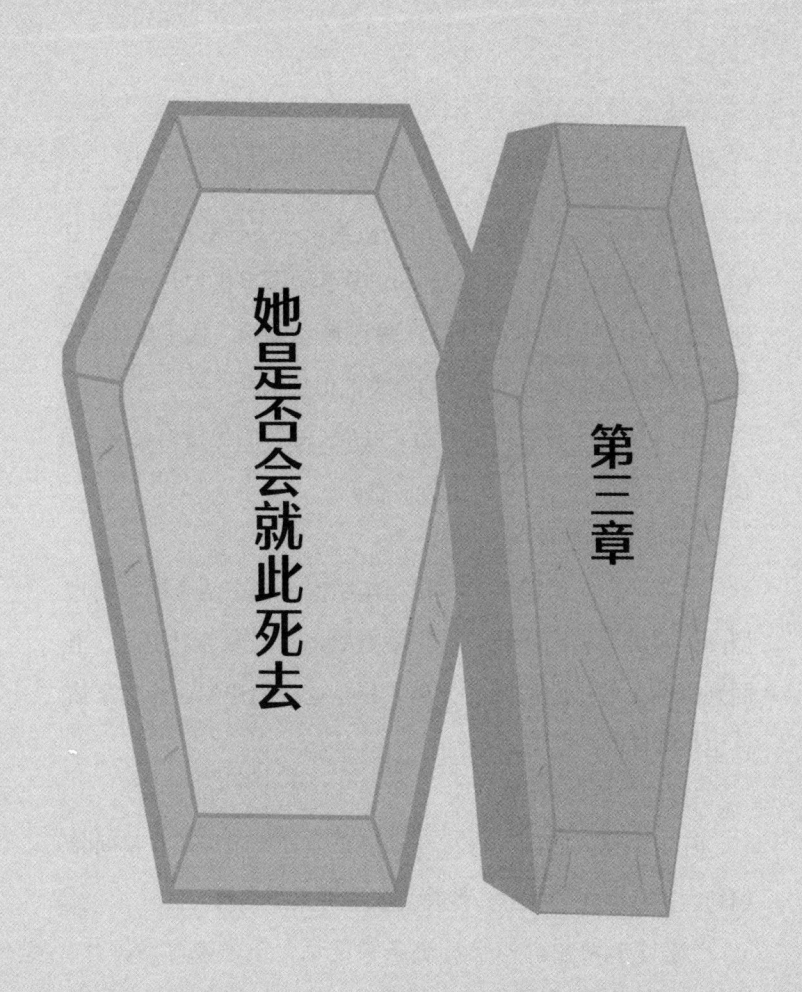

第二章

二度遭到杀害的她

1

回到车上，黑绪让白夜用手机搜索一下佳弥的住处。白夜不理解她的用意，但还是从口袋里掏出手机，开始搜索。他从列表中找到佳弥的地址，输入搜索网站，按下搜索键。第一条搜索结果就是佳弥住的公寓的租赁信息。

他点开那条信息，在名为"SUMOU"的租赁信息网上，找到了佳弥家隔壁两间的空房信息。

"可以让我看看户型图吗？"

白夜选择空房信息，打开与佳弥家一样有两个居室的户型图，将屏幕转向黑绪。进门就是厨房、浴室、卫生间，里面则是两个并排的房间。公寓大都是这样的户型。佳弥家估计也是同样的户型吧。

"有门口的照片吗？"

听到黑绪的问题，白夜滑动屏幕，寻找图片。有张同时拍到大门和厨房的照片，他将那张照片给黑绪看。

"是 U 形锁呢。如果是链条锁的话，还比较容易打开，但是 U 形锁没有工具很难打开吧；而且，如果没有事先研究过，应该不知道该怎么开，总不能现场查吧？"

第三章　她是否会就此死去

"那么，会不会是有计划的犯罪，凶手从很早以前就在等待机会？"

"未必。解散时间是早上四点左右，惠实里子小姐是在上午十点到十一点之间遇害的。六个小时，应该足够凶手做功课并且练习了吧。"

"那不就代表凶手早就知道佳弥小姐家用的是U形锁吗？"

"啊哈哈。那还不简单？只要知道地址和公寓名，就能像我们这样知道房子内部的情况了啊。笨蛋。"

黑绪指着手机。白夜喉咙里发出傻乎乎的声音。被嘲笑令他有些生气，但是他找不到语言反驳，就算反驳，显然也会被怼回来，所以只能生闷气。

"不要生闷气啦，真麻烦。"

黑绪嘴上说他麻烦，看起来却很愉快。白夜不太开心。

"可是，那不就代表凶手知道佳弥小姐家的地址吗？那些人里有可能知道她地址的，也就只有亚美小姐吧。"

惠实里子不肯离开母亲。她没有去找与她年龄相仿的大弥和红玉，可见她应该只跟真珠一个人熟，也没见她跟武藏交谈。她跟义纯和枝奈子感觉很陌生，肯定是第一次见。优香因为婚外恋的事情，应该不会跟周防家走得太近，她都不一定认识惠实里子。

"那点小事，很容易查到吧。"

"要怎么查？"

"跟踪佳弥小姐就好了。还可以把自己的手机或者定位设备偷偷塞进佳弥小姐的包包里，用定位追踪。设备只要在杀

二度遭到杀害的她

人后回收即可。万一被佳弥小姐发现了,也只需找个理由搪塞过去。我猜是在警方检查完随身物品后放进去的。"

黑绪面带笑容,嘴角看起来比平时挑得还要高。

这种办法建立在绝对要杀掉惠实里子的杀意之上。能马上想到这个计划的凶手,是个自私而傲慢的人。

对于杀害幼小的孩子,凶手没有丝毫犹豫吗?简直轻松得像是为了摄入营养而进食一样。

"那会是谁干的呢?真珠小姐的案子,佳弥小姐也是嫌疑人之一,不过这次应该可以把她排除吧。"

"因为死的是惠实里子小姐?"

"不是这个原因。你不觉得奇怪吗?假如佳弥小姐是杀害真珠小姐的凶手,就算怀疑惠实里子小姐从真珠小姐那里听说了什么,又何必这么残忍地杀掉她呢?再说,如果佳弥小姐是凶手,杀掉惠实里子小姐还不够吗?只要不请人给她举行傀礼就好了。"

"啊,也是。可、可是,她也有可能是想误导警方,让警方觉得这起案件跟真珠小姐的案件有关,让警方排除她的嫌疑。"

"那为什么要特意让她死在自己旁边呢?"

死在别的地方肯定更不容易惹人怀疑。药袋也在怀疑佳弥,睡在旁边怎么可能毫无察觉?白夜垂下肩膀,觉得自己想得太简单了。

"比起跟真珠小姐的案子扯上关系,把事情推到抢劫犯身上更轻松,凶手却没有这么做。显然是因为他不得不让尸体

第三章　她是否会就此死去

变得和真珠小姐一样。凶手是外人，无法阻止惠实里子小姐的傀礼。因此他知道只是杀掉她无济于事，自己的身份迟早会因为傀礼暴露。但他又不能把尸体藏起来，因为藏尸需要时间。既然如此，还是毁尸比较快，也比较安全。"

死人不会说话。所以，不光是真珠，惠实里子也被杀害了两次。怎么会有人做得出这么残忍的事？白夜对遇害两次的两人心生怜悯。

"所以，你是觉得嫌疑人是大和先生、优香小姐、佳弥小姐以外的人？"

大和跟优香在真珠遇害时有不在场证明，又没有杀害惠实里子的动机，应该可以排除。假如佳弥是凶手，在自己身边杀人风险太高，她也没有毁尸的理由，所以也可以排除。

"是啊。剩下的就是亚美小姐、武藏先生、义纯先生、枝奈子小姐、大弥少爷、红玉小姐、吉永小姐这七位。杀害惠实里子小姐的凶手应该就在他们之中。"

黑绪连小孩的名字都没有漏掉。小孩也被列入嫌疑名单里，让人感到非常不适。

"小孩有办法开锁吗？"

"跟年龄无关，而且也有更简单的开锁方法。"

"有吗？"

"想要没有撬锁痕迹，请人从里面开门就可以了呀。"

黑绪竖起食指，挺直胸膛。白夜下意识地蹙起眉头。

"请谁开门？"

"当然是住在里面的人啦。凶手如果是那天出席仪式的某

二度遭到杀害的她

一位,说不定可以随便找个理由叫里面的人开门。"

"你是说,是佳弥小姐或者惠实里子小姐开的门?这很奇怪啊。如果是佳弥小姐放凶手进来的话,她应该会跟警方说吧。啊,难道佳弥小姐有共犯?"

"我刚刚也说过,把凶手放进来,让他在自己身边杀掉惠实里子小姐,这样做未免太蠢了。还不如让他趁自己不在家期间动手,或者干脆把惠实里子小姐带到别的地方。"

"你是说开门的是受害者惠实里子小姐本人?惠实里子小姐说不定知道凶手是谁,她会给凶手开门吗?何况门铃一响,佳弥小姐就会听到。凶手又该怎么让她给自己开门?"

"提前让她把门打开呗。只要看准时间,偷偷溜进去就好。"

"话是这么说,他又是怎么说服惠实里子小姐的?"

"问题就在这里。"

黑绪伤脑筋地耸了耸肩。白夜看向手里的手机,尽管觉得不可能有这么荒谬的事,脑海中还是浮现出一种可能性。

"难道是用手机联系的?"

"惠实里子小姐还是小学生吧?"黑绪目瞪口呆。

"现在的小学生也有手机啦。"

"我都不知道。时代真是变方便了。"黑绪感慨道,仿佛她是出生在无手机时代的老人家。

"可是,假如她有手机,他们又是怎么交换联系方式的?"

听到黑绪的话,白夜才蓦然意识到这件事。自己刚刚才说过,如果她知道凶手是谁,就不会开门,应该也不会把自己的联系方式告诉对方。再说,那样做还会留下记录,成为

第三章　她是否会就此死去

追查凶手的线索。

药袋和八月朔日完全没有提到手机的事。或许惠实里子没有手机。仔细想想，生活困顿的佳弥估计也没钱给孩子买手机。

"以防万一，还是找八月朔日警官问问她有没有手机吧。接下来再考虑他们交换联系方式的方法。"

"好的。我问问看。"

"辛苦了。问完就出发。先吃午饭，再去离这里最近的周防家吧。"

白夜给八月朔日发信息，请他帮忙打听惠实里子有没有手机，然后开车前往下一个地点。

2

吃过午饭，两人前往周防家，于下午一点抵达。

这个时间他们很可能醒着，白夜按下对讲电话，立刻有人接听。是吉永。

"午安。刚刚承蒙关照。请问亚美小姐在吗？"

"夫人吗？那个，请问有什么事吗？"

"想跟她聊聊真珠小姐的案子。"

"请稍等，我去问一下夫人。"

对讲电话挂断了。两人乖乖在门口等待。

大概过了五分钟，对讲电话里终于又传来吉永的声音。亚美同意见他们了。大门自动开启，邀请白夜他们进去。

二度遭到杀害的她

两人再次走上今天凌晨走过的那条路。白夜再次后悔没有把车开过来。他忘了要走很远，又一次把车停在了马路旁边的停车场。

吉永站在门口。跟第一次见面时一样，鞠躬迎接两人。她抬起头，眼神似乎有些疲惫。吉永必须做家务，可能没有睡觉。

"夫人在会客室。"

"在此之前，我有些事情想要请教您。"

"我吗？"

黑绪叫住正准备开门的吉永。吉永左顾右盼，不像是害怕，更像是惊讶于黑绪有话要问自己。

"真珠小姐遇害的时候，听说您在一楼的厨房。"

"是的。我在准备晚餐。夫人和少爷他们六点半要用餐，所以我要提前准备。"

"您是几点进厨房的？"

"那天我买东西比较久，记得应该是四点十分左右。不过，我平时基本上会在四点进厨房，偶尔会因为买东西或者处理老爷、夫人交代的事晚一些，但是最晚不会超过四点半。"

"进厨房前，您有没有发现什么异常？"

"没有。"

"大门锁上了吗？还有房门。"

"都锁上了。老爷对锁门的要求很严格，平时总是叮嘱我，就算家里有人也要锁门。所以每次经过玄关，或者突然想起来时，我就会去查看一下，以防自己忘记锁门。"

第三章　她是否会就此死去

"关于家里的钥匙，大和先生说他和亚美小姐各有一把，另一把放在家里。请问那把钥匙放在哪里？"

吉永露出不知所措的表情，好像是在犹豫该不该对外人透露家里的事。女佣会这么想也正常。

"请问，为什么要问这个？"

"我们也在暗中调查真珠小姐被杀一案。傀礼被打断，必须查明原因；而且我们什么忙都没有帮上，希望起码能够找到凶手，让亚美小姐不要那么难过，也希望真珠小姐可以没有遗憾地离开。"

她的语气热忱，如同一位充满正义感的刑警。这个骗子——白夜眯起眼睛想。吉永似乎被黑绪骗到了，以为她真的是怀着一颗纯粹的心在调查，面露感激之色。

"所以我们需要找相关人员问话，寻找线索。啊，顺便一提，我们刚刚找过大和先生。他也希望我们尽快找出杀害真珠小姐的凶手。"

大和并没有说过这句话，但是也不能说他没有这种想法。听到这句话，吉永的表情立刻舒展开来。

"那就务必拜托两位了。真珠小姐还那么小，居然被人那么残忍地杀害。"

吉永的眼角隐约泛出泪光。黑绪对吉永的难过感同身受般点点头，又问了一遍："那么，钥匙放在哪里呢？"

"放在家政间。"

"都有谁知道？"

"家里的人应该都知道。"

149

二度遭到杀害的她

"你们平时会用放在家政间的那把钥匙吗?"

"基本上是我出门买东西的时候会用,其他人用得很少,因为我一定会到门口接送他们。事发当天,我出门买东西的时候也用过一次。四点十分左右,我把钥匙放回家政间,去了厨房。之后就发生了那件事。老爷想不通为什么家里的门早就锁上了,凶手还能锁上门离开,所以我去检查过一次。当时我亲眼确认那把钥匙放在家政间。所以,我真的不知道凶手是怎么办到的。"

吉永用食指指着自己的眼睛。那是一双眼角有皱纹的圆眼睛,诉说着自己绝对不会记错。

如果凶手是外面的人,那他是怎么开门的呢?白夜想起那把钥匙无法被轻易复制。他望着玄关思索,凶手果然是家里的人吗?

"那扇门可以手动打开吗?"黑绪回头指着保护这个家的大门。

"只要门没锁,就能手动打开。可是那扇门基本上是锁着的,所以我觉得很难。"

"要在哪里开锁呢?"

"只要按下开门按钮就能开锁了。按钮设置在家政间的对讲电话旁和房门口。大弥少爷他们没有钥匙,回来的时候由我帮忙开门。"

"回来时按对讲电话,请您帮忙开门吗?这栋房子这么大,能听到对讲电话的声音吗?"

"对讲电话响的时候,手机会收到通知,也可以接听。以

第三章　她是否会就此死去

前是把便携式呼叫器放在口袋里,但是这样就算知道有客人来,也只能走到对讲电话那里接听。家里这么大,经常来不及,害得我经常叹气。现在这个时代变得方便多了。"

吉永从口袋里掏出手机,抚摸屏幕,神色柔和地低垂下头。白夜突然想起来,今天警察来的时候,她好像也掏出过手机。

"那真是太好了,您也轻松多了吧。不过,要是停电该怎么办?"

停电的话,电子锁应该就不能用了吧。就算家里有人,遇上停电,按按钮也打不开吧?不过,这种担心似乎是多余的。

"停电也没事,里面装了电池,不用担心被关在外面。"

"那我就放心了。顺便一提,案发那天有客人来吗?"

"没有。"吉永摇了摇头。

黑绪食指抵着下巴,做思考状。可能是在想如果那天有客人的话,凶手就可以和客人一起混进院子了。但是门窗都上了锁,就算成功溜进大门,之后要怎么潜入家中,也是一个问题。

"您说自己当时在厨房,有听到什么动静吗?"

"没有。毕竟厨房的位置很靠里。"

厨房跟真珠的房间位于反方向,在对角线上,而且分别在一楼和二楼。她应该很难听到真珠那边的声音。如果是普通独户住宅的大小,说不定有人能注意到异样。看来家里太大也是一个问题。

"关于亚美小姐,有件事想跟您确认一下。三个孩子当中,她最疼爱的是真珠小姐吧?"

二度遭到杀害的她

"因为真珠小姐最像夫人。大弥少爷和红玉小姐好像因此非常寂寞。"

"三个孩子的感情如何？有吵过架吗？"

"以前倒是见过他们吵架，但是最近几年没有。因为只有大弥少爷和红玉小姐会挨骂，所以大弥少爷总是让着真珠小姐，两位小姐有吵架苗头的时候，他也会安抚红玉小姐。明明是亲兄妹，却受到差别对待，我也觉得很可怜，可是真没想到真珠小姐会以这种方式离开……"

这个家里没人会帮大弥和红玉说话吗？孩子本来就爱跟父母撒娇，希望得到父母的认可，可是父母把所有的爱都倾注到了真珠身上，他们应该很不满吧。白夜再次在大弥和红玉身上看见过去的自己，对他们很同情。

"站在您的角度，真珠小姐是个什么样的小孩？"

"非常可爱，天真烂漫，人见人爱。我也很喜欢她。真珠小姐经常找我聊天，还给我送过四叶草。她真的非常可爱……啊，当然，大弥少爷和红玉小姐对我也很好，他们两位对我来说也非常珍贵。"

吉永说大弥和红玉对她来说也非常珍贵，估计是真心话吧。不过，三个孩子在她心目中似乎也有先后顺序。吉永在提到真珠的时候表情非常柔和，说不定她也跟亚美一样偏爱真珠。

"感觉所有人都特别疼爱真珠小姐呢。"

吉永瞳孔微张，却没有否认。

"是啊。或许我也无意识地偏心了吧。不过，只有武藏先

第三章　她是否会就此死去

生会一视同仁地对待大弥少爷、真珠小姐和红玉小姐。多亏了武藏先生，大弥少爷和红玉小姐才没有自暴自弃。"

"武藏先生吗？"

"武藏先生从小就是个温和的人。看到今天的大弥少爷和红玉小姐，他应该会想起小时候的自己，心里很不好受吧。"

听到这句话，白夜的脑海中浮现出武藏的模样。他给人一种性格乖僻、难以接近的感觉，再加上他有可能是杀人犯，"温和"这个评价实在令人怀疑。

"是吗？亚美小姐说武藏先生是凶手，您怎么看？"

"我觉得不是他。总的来说——"吉永犹豫地环顾四周，把手放在嘴边，悄声说道，"我认为夫人更可疑。"

她是真珠的母亲，看起来比任何人都难过。没想到吉永会说出她的名字，白夜吃了一惊，黑绪却镇定地点了点头。

"您为什么这么想？"

"听说夫人以前的梦想是当演员，但是因为父母的反对放弃了。真珠小姐跟夫人长得一模一样。所以，夫人似乎把自己未能实现的梦想寄托在了真珠小姐身上，最近半年开始认真地培养她。"

"是往表演方面培养吗？"

"是的。可是，真珠小姐相对来说更喜欢绘画和阅读，所以上课前总是闹着罢课。夫人经常训斥真珠小姐，有时还差点对她动粗。真珠小姐所有的事都是夫人决定的，包括房间的布置。但是，真珠小姐看都不愿看那些东西一眼，还经常把夫人放的装饰品藏到衣架底下或者柜子里……"

二度遭到杀害的她

怪不得真珠的房间前后风格反差那么大。衣服和房间里的装饰品应该都是亚美喜欢的风格,真珠并不喜欢。所以,同一个房间给人的印象才会那么不统一。

从亚美的样子就能看出,她是一个独断专行的人,令人吃惊的是她对待真珠也是这种态度。

"她的脾气好像很易怒。"

"是啊。刚嫁过来的时候,夫人的脾气还很好,是个贤内助,可是自从老爷的公司遇到困难,接受了她娘家的帮衬,她就越来越飞扬跋扈。如今老爷在她面前跟个赘婿一样,低声下气的。"

吉永愤愤不平地说道。身为常年服侍周防家的人,看到外人这么作威作福,心里应该很不舒服吧,说不定会有一种当婆婆的心态。

"对了,凌晨四点解散以后,您一直没睡吗?"

"睡了。六点左右,送走所有的警察后,我睡到了九点。"

"也就是说睡了不到三个小时。真辛苦啊!之后您都做了些什么?"

黑绪似乎不打算提惠实里子的案子。媒体估计还没报道,所以只要吉永出现什么反应,就能推测她是凶手。但是,吉永似乎很疑惑黑绪为什么要详细打听这些,跟案件又没有关系。

"九点半约了保洁,我在接待他们。因为警方交代说要维持现状,我就请保洁回去了,然后就去准备午餐了。"

"好辛苦。啊,突然跟您打听这些有的没的,真不好意思。我只是觉得当女佣很不容易。"黑绪急忙低头行礼,"我

第三章　她是否会就此死去

们要快点过去了，不能让亚美小姐久等。"

吉永听见这句话，猛然回过神来，慌忙打开房门。

3

走进会客室，亚美坐在初次见面时同样的位置。宽敞的会客室里只有一个人，哪怕有华丽的家具，也显得有些冷清。

"让您久等了。"黑绪低下头，白夜也跟着模仿。亚美眼神空洞，指了指前方。黑绪坐到她指定的座位上，白夜见状也坐了下来。

站在门口的吉永鞠躬离开，会客室里只剩下亚美、黑绪和白夜。

"协会的人找我有什么事？"

上次见面时她还很客气，现在态度却这么冷淡。应该是想起有人推测遗体之所以遭到毁坏，是因为福音协会在场，所以重新燃起了恨意吧。

可是，白夜却觉得她的冷淡有些假。是因为刚刚听到吉永说亚美想当演员吗？他怀疑她是不是在演戏。

"没能帮上忙，我们心里很过意不去，所以想帮忙找出杀害真珠小姐的凶手。"

亚美似笑非笑，手指不耐烦地用固定的节奏敲击着桌面。

"外行人的侦探游戏好玩吗？"

"绝无此意。我无法原谅凶手，一次还不够，居然杀了真

二度遭到杀害的她

珠小姐两次。为了快点抓住他,我需要线索,所以才会过来找您这样的相关人员问话。"

"谁知道呢。说不定就是你们害真珠又被杀了一次。"

"您是指刻耳柏洛斯的事吧?他们确实视我们福音协会为眼中钉。但是这件事我认为不是刻耳柏洛斯干的。"

亚美不悦地瞪着黑绪,眉毛、眼睛和嘴巴都在用力。

"你想说什么?难道想说这件事跟你们无关?"

"不是的。但我认为杀害真珠小姐的凶手之所以伤害遗体,很有可能是为了掩饰自己的罪行。您在怀疑武藏先生吧?请问您为什么怀疑他?"

"怀疑他还需要理由吗?他本来就是罪犯。"

亚美望向天花板。那个方向是武藏的房间。感觉她从心底相信武藏就是凶手,没有丝毫怀疑。

"是因为他曾经涉嫌绑架吗?"

"不止如此,还有别的原因。以前我进过他的房间,发现他的书架上都是主角是儿童的动画片……好恐怖。"

"动画片吗?"

"他肯定是个恋童癖,因为里面有很多小学女生变身战斗的内容。我查过片名,吓了一跳。变身时居然有裸露的场景,有的连内裤都看得到。总之很暴露。看那种东西,他肯定很兴奋。好像还有以受虐儿童为主题的片子。他说不定还是个虐待狂。"

亚美抱着手臂反复摩擦,张大的瞳孔里流露出厌恶。

白夜想,武藏之所以看那种动画片,该不会是把过去的

第三章 她是否会就此死去

自己投射在动画片的主角身上，沉浸在幼年的自己过得没那么惨的优越感中，或者想在心中找到那些角色还心怀希望的故事，试图拯救当时的自己吧？

大概是因为听大和跟吉永提起武藏的童年经历，他才会产生这样的想法。如果没有听说，说不定自己也会像亚美一样讨厌他。

白夜也经常把自己投射到别人身上，因为他心里有缺失感。儿时的自己一直在内心深处哭泣。看到主角的境遇和自己相似的漫画或小说，他会忍不住拿起来看，设法让自己产生"啊啊，我比他幸运"的优越感，不停地寻找打破现状的方法。选择死亡后，他依然没有找到答案。

"亚美小姐，您知道武藏先生过去的经历吗？"

"知道啊。他跟我老公不一样，不会做人，经常被我公公虐待。搞不好他就是因为这样才会厌童。在虐待中长大的小孩，不是会变成暴力狂吗？啊，好可怕。"

"您家的三个孩子好像跟武藏先生挺亲近的。"

"谁说的？我从来没见过孩子们跟武藏先生在一起。"

应该是因为孩子们不会当着亚美的面找武藏说话吧。

亚美眼里只有真珠，很少关心大弥和红玉。所以，她很可能没有发现大弥他们跟武藏关系亲密。三个孩子当中，她的眼里明明只有其中一个，却觉得自己什么都知道。白夜很反感亚美的这种态度。

"听说您最疼爱真珠？"

"有吗？"亚美别开目光，不敢与黑绪对视，却又放弃辩

二度遭到杀害的她

解般点了点头。或许是想起上次分别时,黑绪曾经让她多关心大弥和红玉吧。

"是啊。没错,我最疼爱真珠。因为她最像我。九十九小姐,你也这么觉得吧?那孩子动不动就会跟我撒娇,也很爱缠着我聊天,在学校发生的任何事,她都会告诉我。"

亚美望着远方喃喃自语,陷入回忆。她的眼睛里又泛起泪光。那双眼睛仿佛永远不会枯竭的湖泊。

"听说您想让真珠小姐当演员?"

"哎呀,讨厌。谁跟你说的?"

"吉永小姐。您自己也有过演员梦吧?"

"讨厌,吉永小姐真是多嘴。差不多到初中时期,我的梦想都是当演员,但是遭到家父的反对,最终放弃了这个念头。"

"真珠小姐有可能成为演员吗?"

"那当然。"亚美坚定地说,"因为她是我的女儿。"

理由不是"真珠有才华",而是"她是我的女儿",实在是独断专行、自命不凡。她是想说她们母女一条心吗?真珠的想法被彻底忽略了。白夜感到愤怒,在桌子底下握紧拳头,抑制住怒火。

"真珠小姐也想当演员吗?"

听到黑绪的问题,亚美一边的眉毛骤然挑起。她尴尬地收起下巴,却斩钉截铁地回答:"那当然。"仅从这个反应就能看出,真珠对当演员并没有兴趣。

"我听吉永小姐说,比起当演员,她似乎更喜欢绘画和文学,所以实在不像您说的——"亚美噌的一下站起来,打断

第三章 她是否会就此死去

黑绪的话，凶巴巴的表情令刚才的美丽形象荡然无存。

"你一直在否定我的话，难道是在怀疑我？"

"您是来福音协会委托的人，肯定比任何人都希望真珠小姐醒过来。这样的人是不可能杀害真珠小姐的。因为如果是您杀的，您根本不需要委托福音协会，只需假装难过就是了。专程找傀礼师过来，还要毁坏真珠小姐的遗体，不仅毫无意义，搞不好还会成为暴露自己罪行的主要因素。我只是想要了解一下真珠小姐。"

亚美似乎还没有彻底打消疑虑，瞪着黑绪坐回椅子上。面对那盛气凌人的目光，黑绪毫不畏惧，继续提问："请问是什么人介绍您来福音协会的？"

"什么人吗？"她的眼珠突然左右乱转，"是我老公。"

"大和先生又是听谁说的呢？"

"是谁都无所谓吧？"

亚美将头扭向一边。这个举动非常可疑，甚至令人怀疑她是不是知道武藏委托过流浪傀礼师的事。

她知道武藏与某起犯罪事件有关，并且委托过流浪傀礼师，因为心虚才不肯说。白夜不禁这样想。

"是武藏先生吧？"

亚美虽然没有回答，目光却出卖了她，她的反应相当于肯定。黑绪抢在她开口前说道："武藏先生阻止傀礼的时候，您一边肯定傀礼，一边把他骂了一顿，我觉得很奇怪。没有实际见过傀礼的人都会半信半疑。您当时已经见识过傀礼了吧？"

159

二度遭到杀害的她

"怎么可能？再说，那起绑架案是犯罪未遂，他又何必继续干涉呢？"

"我可完全没说武藏先生复活了他绑架的孩子。"

亚美愣住了。她估计是想表达自己什么都不知道吧。亚美似乎一激动就容易说些没必要的话。就像她之前为了骂武藏，将绑架案的事说出来一样。

"啊，是我说得太多了。没错，武藏先生复活过他绑架的孩子。我并没有亲眼见到，只是听见他和大和聊这件事。我本来不相信，但是后来在新闻上看到那个孩子的死讯……"

"凶手是死者的父亲，但是您怀疑武藏先生。所以，您才会觉得杀害真珠小姐的人也是武藏先生？"

"是啊。武藏先生说他发现了那孩子的遗体，请人做了傀礼。大和似乎相信了他的话，但是直觉告诉我，是武藏先生杀了那孩子，为了掩饰罪行才委托傀礼师。"

"既然如此，您为什么还跟他一起住？"

"我也没办法。虽然我很讨厌他，但是我老公说如果我不同意，他就搬出去。"

"武藏先生委托的是流浪傀礼师，您为什么会选择福音协会？"

"我不知道那什么流浪傀礼师的联系方式。或许可以从武藏先生那里问到，但是我不想找他帮忙，就去请了侦探，侦探告诉我福音协会更安全。所以——"亚美缩紧肩膀，偷偷观察着黑绪的表情，问，"比起这个，你也觉得武藏先生是凶手吧？"

第三章　她是否会就此死去

"还不清楚。因为还没有找其他人问过详细情况。"

没有得到肯定的回答，亚美鼓起脸颊。黑绪无视亚美孩子气的部分，继续提问："您说案发当天自己去参加茶话会了，那是个什么样的聚会？"

"每个星期五下午三点开始，大概会开两到三个小时。只是轮流到每个成员的家里聊聊天而已，跟大家讨论讨论育儿的烦恼，放松一下心情。平时我会请老师来这里给真珠上课，但是星期五会休息，所以我也会参加茶话会。"

"聚会的日期是固定的呀。请问都有哪些人参加？"

"有小孩跟真珠同年级的坂田太太，有以前做过保姆、两个小孩都已经成年的夏井太太，还有这个聚会的策划人、小孩上高中的小木太太，加上我，一共四个人。她们都住在这附近。那天我们在隔壁三栋的小木太太家喝茶。"

白夜产生一个疑问。黑绪似乎也想到了同一件事，向亚美询问："成员不包括佳弥小姐呀。"

"……女儿们的关系很好，但我和佳弥小姐的观念有点合不来。真珠升小学的时候要去上私立学校，我还以为她们能分开了呢，没想到佳弥小姐居然想办法把惠实里子送进了同一所学校。烦死了。"

亚美似乎打心底感到厌烦，深深地叹了口气。

她邀请佳弥来参加傀礼仪式，对她模仿自己也表现得毫不介意，白夜还以为她们的关系肯定很好。

邀请她参加傀礼仪式是为了女儿吗？大概是觉得醒来的时候有认识的小孩在，真珠也会开心吧。

161

二度遭到杀害的她

"而且，惠实里子好像在被霸凌。那种小孩怎么可能跟真珠合得来？所以我曾经设法阻止真珠跟她一起玩，真珠却不肯跟她绝交……"

"惠实里子小姐被霸凌的事，您是听谁说的？"

白夜想起惠实里子身上的瘀青。那说不定就是遭到霸凌的痕迹，难道跟这起案件有什么关系吗？

"坂田太太撞见过。记得那天坂田太太有事，茶话会迟到了一个半小时左右。她说看见一个男生在往惠实里子头上泼水。貌似还有一个人，但是躲起来了，她没有看到。不过，那个男生穿着黑色的制服，所以肯定是初中生。佳弥小姐家附近有一所公立初中，说不定是那里的学生对她做了什么。"

亚美一副无所谓的口吻。看来对她而言，真珠以外的孩子都没必要关心。哪怕露出一点难过的表情也好啊——白夜努力克制住，不让自己露出反感的表情。

"是吗？"黑绪神色严肃地点了点头，将话题扯回来，"开茶话会的时候，听说您离开了一小会儿。那大概是几点？"

"四点半左右。我只离开了十分钟左右。要在这么短的时间内来回，不可能做到吧？茶话会是在客厅办的，我一直在隔壁房间打电话，绝对不可能溜出去。毕竟去门口肯定要经过客厅。"亚美说着板起脸来，"你果然在怀疑我吧？"

"没有。我只是在想您会不会出于某种原因回过家，要是发现了什么和平时不一样的地方，希望您能告诉我。"

"哎呀，是吗？"亚美恢复刚才的表情，挺直前倾的上半身，调整好坐姿。

第三章　她是否会就此死去

"这个嘛，有异常的话我也很想告诉你，但是我真的没有回过家。而且，那天一切如常。顶多是真珠跟我撒娇，害我迟迟没能出门。那孩子总是那样，茶话会前总是闹着不让我去。她真的很喜欢我，让我很伤脑筋。可是，我也有自己的社交。所以我每次去参加茶话会之前，都要先想办法安抚好真珠。"

大概是回忆起真珠生前的模样，她的神色变得很柔和，脸上挂着浓浓的慈爱，散发出母性的光辉。

"真是既可爱又任性。"

听到黑绪的话，亚美呼出一口气。

"是呀。可是，我再也见不到她了。好寂寞。"

"您不是还有大弥少爷和红玉小姐吗？"

"他们两个当然也很可爱。可是我还是最爱真珠。"

大弥和红玉会得到母爱吗？白夜在亚美的身后，看见两个孩子孤寂的幻影。现在的亚美肯定不会注意到他们的目光。真令人心酸。

"是吗？对了，听说警方在府上待到早上六点，您休息了吗？"

"我一闭眼就会想起真珠……我老公好像睡着了，但是我睡不着，也有偏头痛的原因。"

"您有偏头痛吗？"

"对，但是这次痛得特别厉害。哎呀，还不是都怪枝奈子，香水的味道那么浓。"

义纯说他打翻了香水，因为来不及换衣服，只好直接过来。那个味道确实很浓。白夜在心中附和亚美。

163

二度遭到杀害的她

"确实。"黑绪用力点了点头,"香水也要适量使用,味道才会好闻。"

"是啊。真是的,都怪义纯非要送她香水。她平时又不会喷香水。做平时不会做的事,就是会变成这样,而且还是在我的宝贝真珠的告别仪式上。守灵那天她明明没有喷,为什么要在告别仪式,而且还是复活真珠的日子喷那种东西?一般来说,参加葬礼不喷香水不是礼数吗?她那个人连这种礼数都不懂。"

"枝奈子小姐平时不喷香水吗?"

"我没见过,不,是没闻到过。她是个没什么情趣的人,才不需要那种东西。真是的,义纯为什么要选择那种对象?"

亚美按住太阳穴摇了摇头。由此可见,她并不满意枝奈子。估计她平时就不加掩饰吧。所以在白夜他们面前,她也能面不改色地表现出这种态度。

"那个人总是穿暗色系的衣服,连我的心情都变得很郁闷。义纯说对她一见钟情,向她求婚,但我觉得绝对是枝奈子小姐要了什么心机。否则义纯怎么可能会跟她那么无趣的人结婚?义纯学生时代是田径队的队员,跑得很快,特别受女孩子欢迎。那些女孩里面就有配得上义纯的人。可是他却选了枝奈子小姐,真伤脑筋。而且他们都结婚五年了,还没有要小孩的迹象。南方家没有继承人,这像什么话?枝奈子小姐的父母也都不在了。连个小孩都没有,将来怎么办?希望不要过来投靠我。"

说着说着,她对枝奈子的怒火就爆发了,像机关枪一样

第三章　她是否会就此死去

停不下来。白夜担心再这么下去,她会连夫妻床事也拿出来说,幸好黑绪果断地改变了话题,才不用听她说那种事。

"今天您一直待在房间吗?"

亚美似乎还没有说尽兴,但还是回答了她。

"我一直在房间发呆。七点叫我老公起床,七点半左右送他出门,然后就回房间继续发呆。我完全不想动。"

"除了大和先生,还有别人出门吗?"

"估计没有。我给孩子们请假了,吉永小姐应该在接待保洁。武藏先生……我不知道他在干什么,准确地说是不想知道。"

亚美小题大做地摇了摇头。武藏、大弥、红玉和吉永的房间,都离亚美的房间很远。他们想悄悄出门的话,也不是不可能。

"好的。谢谢您愿意忍着悲痛配合我们。"

黑绪礼貌地低下头。像是算准了对话会在这个时间结束,口袋里的手机振动起来。白夜掏出手机,瞄了眼屏幕。是八月朔日打来的。

"不好意思。"白夜打了声招呼,走到房间的角落里接电话。

是惠实里子的事。白夜听完对方的话,不由得发出一声:"咦?"

他得知了一个新情况。

聊了三分钟左右,白夜挂断电话,将手机收进口袋里。他回头看向黑绪,然后看向一脸担心的亚美。他做了个深呼

二度遭到杀害的她

吸,走到黑绪身边,用亚美听不见的声音转达了八月朔日告诉他的内容。

警方查明惠实里子是在意识清醒的状态下遇害的,耳后有抓伤,是轻微反抗留下的痕迹。

至于她身上那些瘀青则跟本案无关,是以前留下的。尽管怀疑她遭受过虐待,但是根据周边邻居的证词,她疑似被大概是初中生年龄的男生霸凌,所以警方推测那些伤痕是当时留下的。

从手指的断面来看,跟毁坏真珠尸体的是同一把凶器。

警方对放在桌上的罐装啤酒进行了药物检测,在里面检测出了安眠药的成分。躺在旁边的佳弥之所以没有察觉,是因为服用了安眠药。但是,佳弥平时不会服用安眠药,也没有购买过。警方找到了包装袋的碎片,发现那种安眠药并不是市售药品,而是必须凭处方单才能购买的处方药,因此她有可能是被别人下了药。

惠实里子并没有手机之类的设备。

转达完毕之后,黑绪喃喃道:"原来如此。"大概是感受到了不寻常的气氛,亚美不安地询问怎么了。黑绪沉着地回答:"其实,警方在上午十一点发现仁川惠实里子小姐死了。"

亚美脸颊抽搐,呻吟了一声。

"为什么……"

"疑似被人杀害。对了,有件事想请教您,今天的在场人员中,您知道有谁在服用安眠药吗?"

亚美面露惊讶:"应该……只有我。"

第三章　她是否会就此死去

　　白夜想，如果是亚美，应该可以让佳弥毫无戒心地喝下安眠药。

　　虽然黑绪说是惠实里子把凶手放进房间的，但是白夜觉得把这个人换成佳弥更合理。如果对方是亚美，佳弥应该会毫无戒心地让她进去。她只要趁佳弥不注意，偷偷将安眠药放进罐装啤酒里，在佳弥睡着后把惠实里子勒死即可。

　　可是，佳弥并没有对警方说亚美来过她家。是在包庇她吗？再怎么仰慕对方，应该也不会包庇杀害女儿的凶手吧？

　　白夜的脑子里如同一团乱麻。旁边的黑绪则冷静地继续跟亚美聊天。

　　"您用的是哪种安眠药？"

　　"三唑仑。真珠走后，我一直失眠，四天前刚刚去医院开了处方。"

　　和八月朔日提到的药品名称一致。不会就是她吧？亚美在白夜心中的嫌疑越来越大了。

　　"平时药放在哪里？"

　　"放在卧室。"

　　"您记得药的数目吗？"

　　"你的意思是，我的安眠药被拿去用了吗？"

　　"不知道。我想确认一下，可以和您一起去房间看看吗？"

　　亚美为难地点了点头。

　　亚美在前面带路，快步走向位于二楼的卧室。登上楼梯，通过夹在储物间和儿童房之间的细长走廊，进入房间后，亚

二度遭到杀害的她

亚美走到房间右前方的梳妆台前,拉开从下往上数的第二个抽屉。她取出一个看起来像是装珠宝用的小匣子,打开盖子。

"太奇怪了。"亚美的声音在颤抖。

"怎么了?"

"丢了一次的剂量。一共是十次的剂量,我只吃了两次,这里却只剩下七次的剂量。"

虽然不排除她的惊慌有表演的成分,但是也有可能真的是被人偷走了。亚美刚刚是直接开门走进房间的,代表她的房间平时不会锁。谁都有可能偷走。

"有人知道您吃安眠药的事吗?"

"今天在场的人应该都知道,因为昨天晚餐的时候我提过。"

"有谁知道您把安眠药放在这里?"

"只有我老公。"

"昨天到今天有人来过二楼吗?"

"应该没有吧。晚餐前后大家都待在一起。每个人都去过一两次厕所,但是应该都在五分钟之内回来了。"

"所有人都知道这栋房子的格局吗?"

"除了佳弥小姐和优香小姐,应该每个人都知道。义纯和枝奈子小姐经常过来玩。"

哪怕知道家里有安眠药,想要找到也需要时间。要是不知道放在哪里的话,与其去偷,还不如买市售药更稳妥。之所以没有去买,一定是因为凶手是当天才决定动手。这件事明确表示,凶手就在参加傀礼仪式的成员当中。

第三章　她是否会就此死去

"谢谢。凶手使用了安眠药这件事，能麻烦您保密吗？"

"为什么？"

"警方好像只找到了包装袋的碎片。凶手带走了包装袋，但是有一部分忘记回收了。凶手不知道这件事。说不定能在什么时候派上用场。"

"好、好的。"

"谢谢。对了，我们能找武藏先生问问情况吗？"

"随便你们。"

亚美关上卧室，走到武藏的房间前，臭着脸敲了敲门。门后传来低沉的嗓音。武藏好像在里面。

"九十九小姐他们有事问你。"

大概等了两分钟，门终于开了。

4

"你们想问什么？"

武藏代替亚美，与两人一起回到会客室，坐到他们对面的座位上。武藏坐的还是之前的座位。刚刚亚美也是。看来他们有固定的座位。

武藏不耐烦地挠着头。黑绪笑眯眯地点头致意。

"有些关于真珠小姐的事想请教您。听说案发那天您待在房间里，请问您当时在做什么？"

武藏明显面露不悦。他的视线从下往上移动，瞪着黑绪。

二度遭到杀害的她

"你们是协会的人吧？为什么要问这些？不关你们的事吧？"

"那天没能派上用场，所以想看看能不能在破案方面帮上什么忙。"

"就凭你们？你们就只会添乱吧。"

武藏毫不掩饰自己的反感。看他的样子，与其说是讨厌别人打听真珠的情况，更像是讨厌看到黑绪他们。白夜偏过头，躲避武藏锋利的目光。

"我们会尽量不添乱。"

"我才不信。别以为我不知道，你们在靠死人赚钱吧？真不知道亚美小姐究竟在想什么。"

他嗤之以鼻，轻蔑地抬起下巴。黑绪没有反驳，而是附和道："是啊。"大概是看不惯她的反应，武藏的语气更加粗暴。

"照我说，复活死人的人就该遭天谴。那种行为根本不考虑已经安息的死者的心情，非要把他拉回这个世界。要是他不想回来怎么办？不想见到活着的人怎么办？复活他的人倒是乐得轻松，可以沉浸在自我满足中。但是死掉的人呢？说不定死的时候无牵无挂，见到还活着的人反而有了留恋。那不就没办法安息了吗？"

白夜理解武藏的意思。死者的意志并没有得到尊重，但是那也没办法。人类在死掉的一瞬间就丧失了人权，徒留"人"这一形式。

如果这个世界是死者的世界，大概会优先考虑死者的心

第三章　她是否会就此死去

情吧，但是白夜他们所在的是生者的世界。既然如此，尊重生者的意志也是理所当然的。

"武藏先生，您当时试图阻止傀礼仪式，就是出于这种想法吗？"

"就算复活，真珠肯定也不会开心。那孩子确实得到过很多人的爱。可是一旦死去，她就再也得不到那些爱了吧。明知如此，还要强行唤醒她，那孩子未免也太可怜了。"

"真珠小姐对您很重要吧？"

"那当然了。她可是我的侄女。不光是真珠，大弥和红玉对我而言也一样重要。"

"可是真珠小姐在三个孩子当中得到的爱最多吧，您不也是一样的态度吗？"

"别把我跟那个女人相提并论。我很平等，绝对没有偏心任何一个人。"

武藏紧紧握住放在桌上的手，他似乎不愿意听到别人说自己偏心，怒火似乎烧得更旺了。

"话说回来，五年前，您想要绑架的那个孩子去世时，您跑去委托过流浪傀礼师吧？"

武藏的脸色瞬间变了。他开始坐立不安，像是一个秘密被揭穿的孩子。

"您为什么要给她举行傀礼？因为她是您杀的吗？"

"不是我。"他急忙摇头，"我赶到的时候她已经死了！"

白夜很怀疑这句话的真实性。药袋说凶手是死者的父亲，但是也有可能是冤案。武藏的惊慌很奇怪，这种反应愈发加

171

二度遭到杀害的她

剧了白夜对他的怀疑。

"为什么您都绑架失败了，还要去那个孩子的家？武藏先生，您当时被那个孩子的父亲狠狠揍了一顿吧？"

"我很担心她，所以一出院就跑去找她了。结果我赶到的时候她已经……我知道是谁杀了她。我很后悔没能保护好她，想要跟她道歉。当时我想起有人跟我说，有个人能复活死人，我就去要了他的联系方式，委托他帮忙。那个人很快就来了。"

"听说您很快就让他结束了傀礼。是因为那孩子醒来后很惊慌，害怕自己可能会再见到父亲吗？所以您才会说死者未必想见到活人。"

"是啊……可是，她不是我杀的。我说的是真的！"

"我相信您。您没有杀那个孩子。毕竟您都特意请傀礼师复活她了，警方找到她的时候她却再次死亡，这样做一点意义也没有。"

黑绪好像从一开始就没有怀疑武藏。白夜对此感到很惊讶。

"您为什么要做那种事？她和您素不相识吧？是因为您小时候也经常被父亲家暴吗？"

武藏瞪大眼睛望着黑绪。想到是谁告诉她的，他哀伤地垂下眼帘。

"是我哥告诉你的吧？是啊。所以我才会想，至少我要站在孩子们那边。"

白夜有种错觉，仿佛面前的武藏又变成了一个少年。或

第三章　她是否会就此死去

许他是不希望出现跟自己一样的孩子吧。由于这种情绪过于强烈，他才会不小心做出绑架那种糊涂事。

"真伟大呀。可是在旁人看来，您明显讨厌亚美小姐。真珠小姐跟亚美小姐很像。您恨亚美小姐，某个瞬间把真珠小姐当成亚美小姐，误杀了她。这样想似乎也很合理。"

黑绪的口吻温和而从容。武藏的脸瞬间涨红，怒吼道："你想说是我干的吗？"

"案发当时，只有吉永小姐、大弥少爷、红玉小姐和您在家。所有房间都上了锁。所以比起外来人员，内部人员更值得怀疑。吉永小姐说她在厨房做饭，她也没有杀害真珠小姐的动机。如果您仍然主张不是自己，难道是觉得我应该去怀疑大弥少爷和红玉小姐吗？毕竟他们的房间跟真珠小姐的房间很近。"

听见她说出孩子的名字，武藏惊慌失措，拼命维护两个孩子："你、你怎么能怀疑他们？他们还是孩子啊！怎么可能做出那么残忍的事？"

"可是您不觉得他们的房间挨得那么近，却什么都没有听到很可疑吗？还是说您觉得真珠小姐是乖乖被杀的？床都乱成那样了。"

大弥和红玉住在真珠对面，两个房间隔着一条走廊，而且大弥他们房间的推拉门中间是磨砂玻璃做成的。如果有人经过，他们应该能注意到。

"他们不会是在包庇某个人吧？"

黑绪观察着武藏的反应。武藏的拳头砸到桌子上。"她居

173

二度遭到杀害的她

然怀疑孩子。"武藏太阳穴上暴出青筋，否认黑绪的话。

"你胡说什么？被杀的可是他们的姐姐或妹妹。那两个孩子能包庇谁？他们在看动画片，没注意倒也不奇怪。两个孩子每星期都很期待电视时间，看动画片的时候甚至不让人打扰他们。"

孩子的专注力确实很强。如果视觉和听觉都集中在动画片上，只要没有弄出特别大的动静，他们就有可能不会察觉。

可是，其中一人是初中生，还是看到一半才感兴趣的动画片，他会沉迷到听不到周围的声音吗？

"那么，您没有听到什么奇怪的声音吗？"

白夜意识到，黑绪是故意提到大弥他们的。武藏看起来很顽固。如果是自己遭到怀疑，他或许会硬着头皮守口如瓶，可是一旦搬出大弥他们，他就不能再沉默下去。为了证明两个人的清白，他必须说出跟案子有关的信息。

"我一直待在房间里，所以什么都不知道。我在房间里工作。"

武藏的语气恢复了一些冷静。黑绪也收起责备的口吻，向他提问："案发前后，有发生什么跟平时不一样的事吗？"

"没有。"

"听说您在大和先生的公司工作，是居家办公吧？您平时总是待在房间里吗？"

"我的工作是收集和分析数据，在家也能完成。我申请了弹性工时，上午八点到下午五点是办公时间。晚餐后我会陪大弥和红玉学习。只有星期五会从五点开始陪真珠学习。"

第三章　她是否会就此死去

"不是三个人一起呀？"

"因为他们三个的时间对不上。真珠大部分时间要上课，只有星期五有时间。她的学习进度有些落后，原本应该晚餐后也一起学习，但是因为她妈妈太惯着她了，导致她不肯在晚餐后学习。我好不容易才说服她，起码保证每个星期五能够学习到晚餐前。"

真珠似乎不爱学习。爱学习的孩子本来就跟抽到"再来一根"的冰棍一样罕见，要是再从母亲那里得到"可以不用学习"的赦免令，更不可能会主动去学习吧。

虽说是自己的侄女，但是能够为别人家的孩子操心到这种程度，证明武藏确实比亚美更关心孩子。白夜心里涌现出类似羡慕的情绪。

"在武藏先生眼中，真珠小姐是个什么样的孩子？"

"可爱的侄女。虽然因为父母的宠爱有一些任性，但是骨子里是个善良的孩子。你记得今天也在场的惠实里子吧？那孩子好像不喜欢主动表达，朋友也很少，真珠却经常邀请她一起玩。真珠可能是把她当成了红玉吧，她们内向的性格有点相似。"

武藏立刻回答黑绪的问题。聊起孩子的时候，他的神色无比温柔。白夜心想，要是能让亚美看到，说不定能消除一些对他的误解。

"真珠小姐和惠实里子小姐感情很好吧？"

听到黑绪的问题，武藏爽朗地说了句"是啊"。

"她们在幼儿园就认识了。可是，亚美小姐好像不喜欢她

二度遭到杀害的她

们一起玩。她经常说惠实里子不适合跟真珠做朋友。大人一旦干涉孩子交朋友，孩子会没办法自己交到朋友的。"

"您说得对。不多管闲事，才是为了孩子好。"

"哈。没想到我跟你还挺合得来的。"武藏展颜一笑，"真珠不在了，不晓得惠实里子会不会有事。"

"'会不会有事'是什么意思？"

"听真珠说，有人在欺负惠实里子。"

没想到武藏也知道，看来真珠相当信任他。黑绪佯装不知，故意发出惊讶的声音。

"如果是真的，那就太可恶了。武藏先生知道欺负她的人是谁吗？"

"不知道。真珠好像知道，但是不肯告诉我。要是肯告诉我的话，我就可以想办法处理了。算了，我会找机会替真珠关心一下惠实里子的。"

白夜担心地想，他该不会又要像当初绑架受虐儿童那样，用犯罪手段解决问题吧？可是再一想，已经没必要担心这个了，因为惠实里子已经死了。

武藏是明知如此，故意这么说，还是说他并不知情，只是在展现对孩子的关爱？白夜无法揣摩武藏的感情。

"您好温柔啊，真珠小姐一定也很开心。"

武藏微微露出笑容。黑绪似乎不准备告诉他惠实里子的事，也有可能是时机未到。

"我也想为了真珠小姐尽快破案。所以，能麻烦您详细说说五点左右去真珠小姐房间时的事吗？"

第三章　她是否会就此死去

黑绪恭敬地低下头。武藏虽然面露惊讶，但大概是看出她并不是在消遣自己，于是断断续续地讲了起来。

"那一天，真珠没来找我，我以为她在睡觉，就去她房间接她，结果发现她倒在房间里。一开始我没发现她死了。她的脖子上缠着绳子，我还以为她在跟我闹着玩儿呢。因为她偶尔会搞一些奇怪的恶作剧……大弥他们听到我的声音跑了过来，可是我感觉不能让他们看到那一幕，就把他们赶出了房间。随后我立刻叫了救护车，然而已经来不及了。"

"您发现真珠小姐的时候，有发生什么奇怪的事吗？"

"真珠死了，仅此而已。"武藏发出沉重的叹息，房间里沉默片刻。

黑绪等沉重的气氛散去一些，开口问道："话说回来，你们在餐厅发生口角的时候，您说过真珠小姐害怕枝奈子小姐，这句话有什么依据吗？"

"真珠总是很活泼，但是义纯先生和枝奈子小姐一来，她就会变得很安静。起初我以为她是不怎么喜欢他们两个，直到我看见枝奈子小姐趁没人注意，偷偷掐真珠的后背。不止一次，而是好几次。她还打真珠的手、踩真珠的脚。真珠很害怕枝奈子小姐。"

那是虐待。枝奈子外表温柔无害，没想到这么恶劣。受到亚美苛待的枝奈子，选择把心中的愤怒发泄在真珠身上吗？曾经为了解救受虐儿童而采取绑架形式的武藏，当时是什么心情呢？

"这件事还有其他人知道吗？"

二度遭到杀害的她

"我告诉我哥了,但是他没有采取任何措施。所以枝奈子小姐来的时候,我都会守在真珠身边。其实我很想做些什么,但是被我哥阻止了。他说如果我轻举妄动就会被赶出去,那就更加保护不了真珠了,还有大弥和红玉……"

他不能被赶出去。这次他好像理智地思考了后果。但是只能眼睁睁地看着真珠被欺负,他的内心该有多煎熬啊。不过,身边有人可以理解自己的痛苦,真珠应该会安心很多吧。

"有您陪在真珠小姐身边,她应该很开心吧。"

黑绪的语气很温柔。这样的态度让武藏既惊讶又惭愧。

"可是我没能保护好她。"

"尽管如此,我相信您的心情一定能传达给她。"

"谢谢。说实话,我很讨厌那个人。不只是因为真珠,还因为讨厌她的个性。"

"枝奈子小姐的个性吗?"

"她对义纯先生百依百顺。无论义纯先生说什么,她都会笑着说'好'。一想到她或许是拿真珠发泄丈夫给的压力,我就受不了。不只是枝奈子小姐,义纯先生也不无辜。"

"是啊。哪怕亚美小姐当着本人的面数落枝奈子小姐,义纯先生也不会维护她,还会反过来帮亚美小姐说话。都这样了,枝奈子小姐还总是笑眯眯的,反而让人觉得很恶心。"

听亚美说,枝奈子好像没有其他亲人。搞不好也是因为这个,她才会养成讨好义纯的习惯。

"我可以走了吗?"

武藏冷不防结束对话。黑绪嘴上说着"好的",却继续提

第三章　她是否会就此死去

问："啊，今天快凌晨四点才结束调查，您挺累的吧？请问您睡着了吗？"

武藏的屁股已经离开座位，听到这个问题又坐了回去。起初对白夜他们的厌恶如今已经不复存在，他很平常地回答："我是十二点起床的，睡了六个小时。"

"那挺好的。亚美小姐好像没有睡着。"

"真珠死后，她好像一直失眠。"

"不吃安眠药的话，身体可吃不消呀。"

她明知亚美在吃药，却佯装不知。哪怕听到"安眠药"这个词，武藏也没有什么反应。

"她好像在吃吧，昨天晚餐的时候说过。应该是想彰显自己多么不容易吧。常有的事。"

"哦？是吗？不知道她吃的是哪种药。"

"安眠药还有类别吗？"

武藏瞪大眼睛。没吃过安眠药的人当然不清楚。安眠药有各种类别，药名也不一样。武藏连药名都不知道，看来从亚美的药箱中偷走安眠药的人不是他。

"好像有。根据不同的效果，有超短效和短效安眠药。商品名有唑吡坦、依替唑仑、盐酸利马扎封、三唑仑。"黑绪略作停顿，提到三唑仑的时候稍微提高了音量，确认武藏的表情毫无变化后，她才接着说道，"氟西泮、奥沙唑仑。不过，各自的药效我就不知道了。"

"我不了解这些。算了，我没兴趣知道她吃的是什么安眠药。"武藏看了一眼挂钟，"我可以走了吗？"

二度遭到杀害的她

"啊,您要工作了吗?"

"上午我请了带薪假,但是下午要工作。我刚刚是溜出来的。"

"是吗?真不好意思。"

"没关系。接下来你们要干什么?要是回去的话,我叫一下吉永小姐。"

"不劳您费心。再过五分钟左右亚美小姐会来。"

她在说谎。之后没人会来。亚美让他们跟武藏聊完后,按室内呼叫铃叫吉永过来。武藏没有起疑,说了声"再见",离开了会客室。

白夜他们又待了一分钟左右,也离开会客室。确认四下无人之后,他们经过玄关前方,从楼梯登上二楼。

目标是大弥他们。因为亚美说孩子们受到打击,不方便让他们问话,所以只好偷偷去找他们问话。

两人如同小偷,蹑手蹑脚地前进。

5

两人悄悄打开通往儿童房的门,推拉门后传来播放动画片的声音和说话声。

"真珠的房间会给我们用吗?"

"不一定。妈妈最喜欢真珠,说不定会一直维持原样。"

"什么都是真珠的,不公平。"

第三章 她是否会就此死去

"就是。不过,她已经不在了。"

"对呀。她已经不在了。"

他们愉快地笑出声。这实在不是姐姐、妹妹死后该有的反应。

黑绪跟大弥聊天的时候,他明确说过自己讨厌真珠。可是他的笑声令白夜深刻地意识到,他对真珠的感情不只是讨厌,还有憎恨。

"谁?"

不知道大弥是在问谁。难道是手机接到了电话吗?白夜心不在焉地站在那里,推拉门突然开了。

大弥透过缝隙,仰脸望着他们。白夜这时才意识到,他刚刚是在问他们。黑绪佩服地问道:"你是怎么发现我们的?"

"玻璃上有人影啊。"大弥一脸无语,仿佛是在问她:身为大人,你连这种事都不知道吗?

"你们好像挺开心的呢。"

黑绪面不改色地继续提问,语气熟稔得像是来做客的朋友。大弥尴尬地低下头,红玉则躲到大弥身后。

"那个,你们为什么会在这里?不是不做傀礼了吗?"

"我们也想找出杀害真珠小姐的凶手。"

"咦,要找出凶手吗?"大弥发出怪叫。他看起来有些紧张,难道是隐瞒了什么?

"有什么问题吗?"

"没有。"大弥慌忙否认,"只是在想为什么你们要做

二度遭到杀害的她

这个。"

"因为在真珠小姐的事情上没能帮上忙,希望至少……嗯,就是这样。"

跟面对大人的时候不同,她只简单解释了一句。大弥惊讶地点了点头:"哦。"

"那我就长话短说了。真珠小姐遇害时,你们都在这个房间对吧?没听见什么声音吗?"

"我们正在看动画片,所以没听见。"大弥指着壁挂电视机。这是第二次看到这台电视机了,巨大的屏幕很有存在感。屏幕上是粉发女孩和蓝发女孩去上学的画面。

"案件发生前后,有没有什么奇怪的事?"

"完全没有。"

"你们总是跟真珠小姐分开玩吗?"

"没办法,我们又不住一个房间。"

大弥的应答给人一种他早就知道问题,所以提前准备好了答案的感觉。为什么呢?白夜很不解。

"是吗?话说回来,仁川惠实里子小姐被杀了,你们知道吗?听说她和真珠小姐一样是被人勒死的,眼睛被挖掉,舌头和手指也被割掉了。"

冷不丁跟孩子说这个干什么?而且还说得这么详细。白夜翻了个白眼。他们不小心看过真珠受损的遗体,要是想起那一幕,出现精神问题怎么办?白夜按住头。

"哦,是吗?"

大弥眼睛稍微睁大,但是除此之外就没有更多的反应

第三章　她是否会就此死去

了。这种态度实在有些不对劲。简直像是毫无兴趣，或者说漠不关心，像是在说"那又怎样"。不对，反而有种松口气的感觉。

"你好冷静呀。"

"毕竟是外人。"

"她不是真珠小姐的朋友吗？"

"跟真珠是朋友，又不代表跟我们也是朋友。"

黑绪用食指指着大弥："不如说，死得好？"

这句话估计让大弥大吃一惊。他警惕地向后退去，远离黑绪。大弥身后的红玉也像小动物一样威吓黑绪。

"你这话是什么意思？"

"因为你们好像很高兴真珠小姐死了呀，所以我在想你们会不会对她的朋友也是同样的想法。"

"才不会。"大弥面不改色地回答。红玉不住地点头，像是在肯定哥哥的回答。

"真珠小姐的案件发生的时候，你们真的在家吗？"

听到这个猝不及防的问题，不光是大弥他们，连白夜也很惊讶。她究竟在说什么？武藏发现真珠的时候，他们不是跑过去看了吗？白夜完全搞不懂黑绪在想什么。

"为什么这么问？"

"因为，真的会什么都没注意到吗？就像刚刚发现我们一样，如果有人经过这里，你们应该会注意到吧。"

"那、那是因为你们一直站在那里，我才会发现。"

"而且，你看这里。"黑绪踩了下木地板，响起嘎吱的声

183

二度遭到杀害的她

音,"杀害真珠小姐的凶手要是从这里经过的话,搞不好会踩到哦。"

"只要不踩到这里不就行了吗?"

"你说得对。可是,刚刚杀完人,还有心思注意这种小事吗?而且如果凶手故意绕过这里,就会像刚刚那样被你们看到影子吧?"

除非是专业杀手,否则哪怕是有预谋的犯罪,大脑也会非常亢奋。在亢奋状态下,会注意到地板的声音吗?大弥一下子就发现了站在这里的白夜他们。只要凶手在这里停下脚步,他应该也能立刻发现吧?

"你该不会是觉得我是凶手吧?"大弥看了一眼真珠的房门,瞪向黑绪,刚刚的礼貌与客气已经荡然无存。

"我不知道。不过,我推测你们当时不在这里。"

"你凭什么这么说?"

"例如,案件发生的时候,你们正在欺负惠实里子小姐。"

大弥的肩膀重重抖了一下。红玉不安地垂下眉梢,求助地望向大弥。白夜也难掩无措,因为他不知道黑绪的话有什么依据。

"惠实里子小姐似乎在被霸凌。有位坂田太太说,她在来参加茶话会的路上,看见一个初中生在欺负惠实里子小姐。那个初中生究竟是谁呢?"

大弥依然闭着嘴巴,沉默不语。黑绪维持着原本的姿态,像是在跟他闲聊一样语气轻松。

"这是我的猜测。只是猜测而已。你们很忌妒受到父母宠

第三章　她是否会就此死去

爱的真珠小姐。不光是父母，很多人都喜欢真珠小姐，包括惠实里子小姐。今天在这里看到惠实里子小姐，发现她打扮得跟真珠小姐很像时，我就猜她肯定很崇拜真珠小姐。可是，你们应该很看不惯吧？为什么受欢迎的只有真珠？你们想要设法发泄对真珠小姐的怨恨。但如果对真珠小姐动手，她就会向父母告状，到时候挨骂的还是你们。所以你们盯上了惠实里子小姐。"

"胡说。"大弥的声音稍微有些激动，表情也很僵硬。

"武藏先生告诉我们，惠实里子小姐很内向。你应该利用了她内向的性格吧？比如，你对惠实里子小姐说：'只要你肯代替真珠，我就不欺负她。'啊，这只是我的猜测。说不定你的说法更温柔。总之，你应该是用类似的理由，把她喊出来欺负吧。时间估计是星期五。因为星期五妈妈要去茶话会，不用太担心会被发现。"

"你、你胡说什么？我什么都不知道。"

"惠实里子小姐和真珠小姐年纪相仿，而且喜欢模仿她的穿着。你不能动真珠小姐，但是惠实里子小姐胆子小，又孤立无援，是个很好欺负的对象。你是这么想的吧？"

"才没有，那只是你的猜测。"

"嗯，是呀。我不是说了只是猜测吗？可是，我知道你们之间发生过什么。今天的聚会上，你们在跟惠实里子小姐保持距离吧？惠实里子小姐说她能做傀礼的时候，你凶巴巴地瞪了她一眼。而且，刚刚我告诉你她的死法跟真珠小姐一样的时候，你松了口气对吧？你当然会松口气。因为如果她复

185

二度遭到杀害的她

活,说不定会把你们的罪行说出来。"

黑绪的眼睛一下都没有眨。她这恐怖至极的表情,让大弥有些害怕。那双眼睛死死盯着他。

"听说欺负惠实里子小姐的是个初中生。惠实里子小姐家附近就有一所公立初中。那里的学生制服是黑色的,你的制服也是黑色的。只要你穿着制服,就能让别人误以为你是那所学校的学生。"

"你是在污蔑我。"

"顺便一提,真珠小姐好像知道欺负惠实里子小姐的凶手。"

大弥的肩膀重重晃动了一下。他似乎很惊慌。白夜将这种反应理解为肯定。他有种遭到背叛的感觉。

亚美说她要去茶话会的时候,真珠总是拦着她。说不定真珠是想通过把亚美留在家中,阻止他们欺负惠实里子。想到这里,白夜的心情更沉重了。

"听说她没有告诉任何人的时候,我就猜到了。这种事很难以启齿吧,毕竟霸凌者是自己的哥哥和妹妹。"

"凶手只有一个吧?你为什么怀疑我们?"

"为什么你会觉得凶手只有一个?"

大弥的脸颊抽搐,移开目光。能看出他的内心很紧张。黑绪若无其事地继续说下去。

"凶手是两个人哦。听说另一个人躲在旁边。要躲就躲得好一点呀。动手的人是你,红玉小姐是旁观者吧?毕竟两个人在一起的话,别人一眼就能认出你们两个。之所以选择在惠实里子小姐家附近欺负她,就是为了嫁祸给附近的初中生,

第三章　她是否会就此死去

没错吧？"

黑绪讨厌这种连累无辜人员的做法。采用这种恶劣的说话方式，根本就是在故意嘲讽他们。如果他们欺负的是真珠本人，她的措辞肯定会相对温和。白夜还在思考该在什么时候阻止她，但已经彻底错失了时机，有些不知所措。

"或许你想把罪名嫁祸给我们，但是惠实里子说过，真珠遇害的时候，她跟她妈妈待在家。你要无视这件事吗？"大弥的声音在颤抖。他们待在房间，惠实里子也待在家，所以他们才没有欺负她。在白夜听来，这更像是他的一种愿望。

"你说得没错。可是，她妈妈说自己当时身体不舒服，在睡觉，所以她也有可能偷跑出去。不去的话真珠小姐说不定会被欺负，她肯定不会选择不去。"

"我、我们在这里看动画片，连内容都说得出来。而且，吉永小姐和武藏叔叔应该也听见了动画片的声音。麻烦你自己去问他们。"

大弥像是拿出免死金牌一样指着电视机。他的脸颊抽搐，表情却很得意。黑绪发出笑声，仿佛在嘲笑他傻。

"可以录像吧，毕竟那是带外接硬盘的电视，回家后再看录像就行。确认一下就知道了，肯定还留着录好的影片。"

"我、我录下来只是为了方便以后再看一遍……总之，应该有人听到我们看动画片的声音，麻烦你自己去确认。"

"没意义的，你录下来只是为了给自己制造不在场证明，万一有人怀疑你霸凌，就可以请家长帮你做证'那孩子在房间看电视'。只要听见声音，家里人就会以为你们待在房间。"

二度遭到杀害的她

　　大弥叹了一口气。他没有反驳，大概是明白自己说什么都没用。他露出一副目中无人的表情，和方才的优等生判若两人。这才是真正的大弥吗？明明是第一次见到，却完全没有奇怪的感觉。

　　"没错。我们讨厌她，也讨厌真珠，她们两个都瞧不起我们。这不觉得很让人生气吗？凭什么大家都只在乎真珠？"

　　他挑起一边的眉毛，面容扭曲，吐出一口气。他不觉得自己有错，反而还露出一副自己才是受害者的表情，一脸困扰地望着黑绪。

　　"只在乎真珠啊。"

　　"九十九小姐，你也看得出别人是怎么对待我们的吧？要多敷衍有多敷衍。什么事都优先考虑真珠，爸爸妈妈也不关心我们。还有义纯舅舅和枝奈子舅妈，总是只买真珠喜欢的东西。我不止一次看见义纯舅舅叫她出来给她零用钱，也不止一次看见枝奈子舅妈讨好她。可是真珠却仗着自己受宠，耍公主脾气。义纯舅舅和枝奈子舅妈对她那么好，她却总是冷冰冰的。就算这样，爸爸妈妈、义纯舅舅和枝奈子舅妈也不会生气。"

　　他挑起嘴角，泄愤一般地侃侃而谈。他似乎还没有说尽兴，不给黑绪插嘴的机会，继续说道："惠实里子的妈妈眼中也只有真珠。那倒也是，她想巴结妈妈嘛。她只对妈妈疼爱的孩子感兴趣。吉永小姐虽然努力试图平等地对待我们，但是结果她也只关心真珠。我见过她偷偷给真珠点心，是客人送的点心的最后一个。每次都是这样，最后一个总是属于真

第三章 她是否会就此死去

珠。真正关心我们的就只有武藏叔叔。"

受到疼爱的,被大家珍视的,能够得到礼物的,可以获得最后一个的,都是真珠。

因为一直在旁边看着,两兄妹时时刻刻都感觉不被爱,心灵越来越扭曲。白夜想象了一下大弥他们的痛苦,感到很心痛。

"抱歉,我理解不了你的心情。"黑绪一句话就把让人产生负罪感的控诉驳回。

黑绪不可能理解。白夜是她身边的人,所以非常清楚。黑绪跟大弥他们不是同类人,她跟真珠才是同类人。境遇跟大弥他们相似的人,是白夜。

大弥目瞪口呆。身为孩子的自己诉说他们的痛苦,她居然毫无触动。黑绪没有发表更多感想,将话题拉回正轨。

"那么,你们那天果然不在家了?"

"是啊。"大弥露出愤怒的表情,"听说真珠是下午四点半死的,我们是十分钟前出门的,所以什么也不知道。"

有人死了,他却为了保护自己撒谎。大弥的语气满不在乎,没有丝毫歉疚。黑绪没有谴责他,继续问道:"你们大概几点回来的?路上有碰到什么人吗?"

"记得是四点五十分左右,谁都没有碰到。"

"出门的时候,你们锁门了吗?"

"如果开着门,会被吉永小姐发现,但回来的时候又必须打开门,所以我拿走了放在家政间的钥匙。因为吉永小姐买东西回来以后,就不会再用钥匙了。"

189

二度遭到杀害的她

  他都计划好了,知道自己怎么做可以不用挨骂。这副冷静陈述的模样,看起来有些没心没肺。

  白夜扫了眼大弥身后的红玉。红玉也冷着脸,一副无聊的样子。看她的表情,似乎是不理解自己为什么会挨骂。

  两个人都没觉得自己有错,脸上毫无愧色。白夜感觉心口很沉重。

  "你们回来的时候,房门有没有锁?"

  "锁了。"

  "那天有没有发生什么你觉得奇怪的事?"

  "不记得了。"大弥歪着头,突然说道,"啊,回来的时候,电视机的音量好像小了一些。我跟其他人说过,看电视的时候不要来打扰我,所以应该不会有人进我的房间。是凶手调的吗?为什么呢?不过,就只有这件事。"

  黑绪沉默数秒,似乎在反复咀嚼大弥的话。大概过了三十秒,黑绪又问道:"还有,今天上午十点到十一点,你在做什么?"

  "你怀疑是我杀了惠实里子吗?"

  "哟,懂得真快。你不是讨厌她吗?我确实是在怀疑你。在找所有人问完话之前,我决定怀疑所有人。"黑绪笑眯眯地回答。

  大弥并未露出不满,反而轻笑一声,愉快地回答:"我是无所谓。我和红玉待在房间。这次是真的。不过应该很难证明,对吧?"

  大弥向身后的红玉征求同意。红玉带着灿烂的笑容,活

第三章　她是否会就此死去

泼地回答："嗯。"

"是吗？对了，你知道你妈妈在吃安眠药吗？"

"知道啊。昨天晚餐的时候妈妈跟大家说过，所以在场的人应该都知道。这种事妈妈会立刻跟人说，她想要博取关注和同情。就连真珠死了，我都怀疑她是不是真的在难过。"

大弥对着红玉歪起头。红玉也模仿他歪头。

大弥会这么说，好像不是因为得不到母爱在赌气，而是发自内心地觉得亚美的悲痛是在表演。白夜觉得只需要一点冲击，这个家就会分崩离析。

"惠实里子是被人下了安眠药杀掉的吗？"

"有点不一样。不过应该有关系。有人长时间离开座位吗？"

大弥用手抵着下巴，闭上眼睛，似乎是在回忆昨天的事情。

"吉永小姐要准备晚餐，所以一直在走来走去，应该有很多独处的时间。不过，她可能不知道妈妈在吃安眠药，因为她当时正好去厨房端菜了。剩下的人嘛，大家应该都去过一两次厕所。不过都只去了两三分钟。这么短的时间，要去妈妈的房间找到药再回来，应该不够吧？你们来了之后，大家基本上没分开过。"

"是吗？"黑绪双手在身前合十，抬头望天花板，"顺便问一下，你觉得杀害真珠小姐的人是谁？"

大弥也随着黑绪的目光望向天花板，很快目光又回到黑绪身上。

"是谁都行。"

大弥笑容满面地回答。

二度遭到杀害的她

6

离开周防家后,两人去亚美参加茶话会的小木家,确认她们喝茶的地点和亚美打电话的地点。喝茶在客厅,打电话在佛堂,两个房间用推拉门隔开。

佛堂里有扇窗户,打开窗户,映入眼帘的是一面水泥墙。墙与房屋之间留有供人通行的空间。只要有意愿,就能从那里溜出去。但是佛堂的窗户锈迹斑斑,打开时会发出乌鸦被掐死般的瘆人声音。也有不发出声音的办法,但是需要一些时间,亚美不可能溜出去。

确认完毕后,两人决定开车去下一个地方——义纯家。虽然佳弥家距离周防家更近,但是惠实里子刚刚遇害,警方大概还在做笔录,所以他们决定先去义纯家。

"咦,这里是……"

往导航系统中输入义纯家地址的时候,白夜还没注意,等到目的地的地图显示出来以后,他才发现地方有些眼熟。

十天前,他们在那附近做过一次傀礼。由于死者刚刚去世,再加上委托人那个时间比较方便,他们便定在傍晚举行仪式。当时发生了一点小意外。死者的母亲看到过世的女儿真的动了起来,情绪过于激动,导致痉挛发作,以至于面色青紫,差点失去性命。

"哦,是之前那家呀。当时可真不容易,好多邻居跑来围观。虽说那种事不常有,但是受到关注真的麻烦死了。"黑绪

第三章　她是否会就此死去

想起当时的事，发出笑声。

"不过幸好她没有大碍，身体好转后，傀礼仪式重新举行，最后也顺利跟女儿完成了道别。"

"当时你吓得惊慌失措，还挺好玩的。"

白夜回忆起自己当时的反应，羞愧地低下头。他沉默地操作导航系统，确定目的地。

"不过，大和先生怀疑义纯先生，吉永小姐怀疑亚美小姐，亚美小姐怀疑武藏先生，武藏先生怀疑枝奈子小姐。答案可真不统一呀。就和那个家一样。"

黑绪一边吞云吐雾，一边喃喃自语。缭绕在车内的柠檬草香气，从打开的车窗徐徐飘散出去。

白夜脑海中浮现出周防家和相关人员的身影。在富裕优雅的表象背后，疑云密布。他们当中的某个人杀害了真珠和惠实里子。事情会就此结束，还是又会出现新的牺牲者？

"不知道大弥少爷和红玉小姐有没有事。"

白夜厌恶他们自私的言行，但又无法否认缺爱才是原因所在。他在心中盼望他们能够平安长大。

"像是看到了从前的自己，很担心他们？"

黑绪语气中带着讽刺，对着白夜吐出一口香烟，脸上挂着从小到大惯常的冷笑。她总是在笑，像是在隐藏自己的真心。

黑绪总是面带笑容，都是因为父亲的教导。白夜已经好几年没有看到过她真实的样子、听到过她的真心话了。哪怕能推测，也无法确认对不对，因为她的表情早已固定住了。

二度遭到杀害的她

白夜家是傀礼师辈出的家族。父亲生前当然也是傀礼师。

听说父亲因为母亲的名字里有他理想的名字的字"一",便对她展开热烈追求,最终与她步入了婚姻的殿堂。但是当时父亲似乎已有女友,对方还怀了孩子。

白夜对明明只能使用一方的姓氏,却不惜抛弃怀孕的女友也要实现那种幼稚想法的父亲多少有些不屑。

和母亲结婚后,父亲离开福音协会的宿舍,两人一起搬进独栋住宅。按规定,傀礼师应该住在宿舍,只有结婚才能搬去自己喜欢的地方,前提是要在福音协会附近。

两年后,白夜他们出生了。但是,父亲对双胞胎不感兴趣,非但如此,还对他们视而不见。

父亲对黑绪产生兴趣,是在她七岁那年。两人跟父亲一起出门兜风的时候遭遇车祸,在生死边缘徘徊了一遭。恢复意识,回归日常生活后不久,黑绪就显露了傀礼的能力。自此以后,父亲的眼睛里有了黑绪。

为了让黑绪早日成为傀礼师,他开始培训黑绪。他总是只跟黑绪说话,只陪着黑绪。无论白夜多么努力地学习、运动、争取奖项,没有傀礼能力的他,都不被父亲放在眼里。

出人意料的是,有一天,白夜居然成功地对一只老鼠做了傀礼。他很开心,想要向父亲汇报,却因为黑绪的阻挠没能说出来。

白夜不理解黑绪为什么要那么做。

只要两个人都成为傀礼师,就能互相帮助,也能让父亲开心。

第三章 她是否会就此死去

然而，白夜没有放弃，他到处寻找能进行傀礼的动物进行挑战。未经培训就擅自进行傀礼，现在想想实在是很危险，当时一无所知的白夜却掩人耳目、不顾后果地练习。

可是，每次成功，黑绪都要过来捣乱，导致父亲一直没有发现白夜的能力。黑绪霸占着父亲，令白夜越来越烦躁。

"小黑总是看不起我。看到父亲不理我，她会沉浸在优越感中。小黑讨厌我。"

这样的想法随着年纪的增长越来越强烈。

十二岁那年，悲剧降临在白夜身上。在跟母亲外出购物的路上，两人遭遇事故，母亲撒手人寰。

白夜很自责，每天都沉浸在悲伤当中。然而就在那场事故后，他拥有了给人类举行傀礼的能力，这仿佛是母亲给他的礼物。可是，对于当时的白夜而言，自己一直渴望的复活人类的能力，俨然是个诅咒。

讽刺的是，从那一刻起，父亲看到了白夜，开始像对待黑绪一样对待他。黑绪当时的表情无比扭曲，脸上带着仿佛最珍贵的东西遭到了破坏的焦躁。

当时，白夜感觉积压在自己心头的阴霾消散了一些。这样一来，自己和黑绪就是平等的了。他曾经这样认为。

时间流逝，白夜十七岁了，马上就要长大成人。缺爱的白夜无比渴望父亲只关注自己。可是，黑绪却挡在他面前，像一座无法跨越的高山。所以，那天白夜拿着刀——

"没有……"白夜低声回答。

二度遭到杀害的她

回忆起往事,他有些难受。忘掉那件事不好吗?手上还残留着刀的触感。白夜盯着自己的手腕,踩下油门,仿佛要逃离那段记忆。

7

两人于下午两点五十分到达义纯家。不出所料,他们十天前举行过傩礼仪式的那户人家,斜前方的两栋房子就是义纯家。

义纯家的房子比周围的房子都大,是个附带庭院的独栋二层小楼,从外墙到各种细节都做工精致,大概是自建住宅。

房子旁边有两个停车位,里面停着一辆黑色轿车,旁边有条路通往房门口。跟大和家不同,从院门口走到房门口,只需要五到七步。看来用不着开车过去。

这个时间他应该醒着,问题是不知道他在不在家。白夜按下对讲电话,幸运的是立刻就有人接听了。

"我是九十九。您还记得我吗?"黑绪的口吻轻快得仿佛和谁在大街上巧遇。对讲电话那边隐约传来类似呻吟的声音。

"那个,你是怎么知道我们家地址的?"

接听者是枝奈子,她的声音有些不悦。在个人信息泄露成为严重问题的这个时代,被理应不知道自己家地址的人突然登门,她担心自己的地址泄露,感到不舒服也在情理之中。

"是听大和先生说的。"

第三章　她是否会就此死去

"骗人。其实是听八月朔日说的。"不过，白夜推测她是怕说出警察的名字，会让枝奈子产生戒心，所以才说出大和的名字。

"啊，是这样啊。请问有什么事吗？"

"关于真珠小姐的案件，有几个问题想要请教两位。"

"真珠的……"讶异的声音过后，是一阵沉默。对讲电话中传来嘀嘀咕咕的交谈声，应该没有挂断。

"请进来说吧。"

低沉的嗓音从对讲电话中传来，这次是义纯的声音。看来他愿意邀请他们进去。白夜开门让黑绪先进，随后才跟上去，关上大门。

他听见房门"咔嚓"一声打开的声音。门缝中露出义纯的脸。确认访客的确是白夜他们之后，义纯才把家门全部打开。

"请进。"他爽朗地迎接他们。两人在他的邀请下踏入家中。

黑绪一进去就坐到玄关的台阶上，白夜习惯性地蹲下来，握住她的靴子，拉开拉链，帮她脱鞋。义纯见状惊呼出声。黑绪抬头看着义纯。

"哦，我的生活琐事都交给他打理。"

"啊，是吗？没什么，我只是有点惊讶。"

"啊哈哈。贵族不是都会让仆人帮忙更衣吗？"

听到黑绪把白夜称为仆人，义纯似乎不知道该如何回应。他生硬地笑了笑，没再说什么。

帮黑绪脱完鞋，白夜自己也脱掉鞋子，走上台阶，环视

二度遭到杀害的她

四周。不知是白色壁纸的原因，还是玄关的挑高设计，这里给人的感觉非常敞亮。玄关左手边是通往二楼的楼梯，里面有一扇通往客厅的门。虽然比不上周防家，但白夜觉得这栋房子也挺大的。

义纯走进客厅，黑绪和白夜也跟上去。一进客厅，就看到枝奈子坐在窗边的沙发上。

她在家也戴着口罩，跟在周防家的时候一样，看来身体还没好。但是，房间里似乎没有开空调，稍微有些冷，枝奈子在室内也披着披肩，穿着厚衣服御寒。

在节省电费吗？有的有钱人在生活必需品方面也锱铢必较，节省开支。亚美看起来是花钱如流水的人，义纯是相反的类型吗？

白夜暗自思忖，与黑绪四目相对。他们并不是靠双胞胎之间的心灵感应，而是靠眼神和手势交流的。看到黑绪边摩擦皮肤边歪过头，白夜也模仿她。

"两位不开空调吗？"黑绪问义纯。义纯看了一眼天花板，慌忙打开空调。

"不好意思。挺冷的吧？我们刚来客厅，还没来得及开空调。"

"两位睡到现在吗？"

"今天我不上班，所以睡到了自然醒。啊，两位是喝茶还是咖啡？"

"都可以。如果让我选，我选咖啡。"

听到黑绪的回答，义纯拍拍胸脯，朝她抛了个媚眼。他

第三章 她是否会就此死去

长相端正,如果是普通女性,说不定会因为这个动作小鹿乱撞。黑绪却专注地环视四周,对他毫无兴趣。

"我挺喜欢泡咖啡的,不过不知道好不好喝。"

义纯指了一下沙发,走向里面的岛台式厨房。白夜他们坐到枝奈子对面的沙发上。

又闻到那股甜香了,和在周防家闻到的是同一个味道,感觉是从枝奈子身上散发出来的。难道她很喜欢义纯送她的香水,所以在家里也会喷吗?

"啊,有味道吗?香水全洒到地板上了,味道一直散不掉。不好意思。"

义纯不好意思地挠了挠头。原来不是枝奈子,只是洒掉的香水残留的味道。黑绪笑着回答"没关系",担心地问枝奈子:"您感冒了吗?"

枝奈子隔着口罩捂住嘴巴,轻轻咳嗽一声后点了点头。

"不好意思。我怕传染给你们。"

"哦,毕竟天气挺冷的,听说最近还爆发了流感。"

"那还挺可怕的。"

枝奈子一边回答,一边看向厨房。她看到岛台后的义纯后,说了声"抱歉",起身走向厨房。

义纯看着吊柜,好像在找什么东西。枝奈子大概是看不下去了,忍不住跑去帮忙。在枝奈子的指点下,义纯总算找到目标,望着白夜他们羞涩地挠头。

武藏说义纯和枝奈子之间是主从关系,刚刚的他们却没有给人那种感觉。是因为有外人在的关系吗?枝奈子仿佛陪

199

二度遭到杀害的她

伴小孩第一次下厨的母亲，注视着泡咖啡的义纯。不时传来她嘲笑义纯出错的笑声，感觉这是个温馨的家庭。

白夜不禁怀疑，武藏说枝奈子对义纯百依百顺，那是不是为了洗脱自己的嫌疑而编造的谎言？

他环视房间，试图寻找可疑之处，却没有任何发现。

大概过了十分钟，义纯端着放了四只杯子的托盘回来了。枝奈子一脸担心地追在他身后。

"久等了。希望能好喝。"

他给两人端来咖啡，给自己和枝奈子也各端了一杯。香水味比咖啡味还要浓烈，盖过了咖啡的香味。

"好香啊。"黑绪恭维后喝了一口。义纯望着白夜，用目光询问白夜："你不喝吗？"然后，他像是突然想了起来，不好意思地轻轻扇了自己一巴掌。

"瞧我这记性，一先生不喝咖啡。不对，是不能喝吧？"

他似乎还记得黑绪说过的话——式鬼不需要进食。自己特地泡的咖啡，白夜却不能喝，这似乎令义纯颇为遗憾，但是他立刻露出灿烂的笑容掩饰过去。

"他喝不了咖啡。不好意思，您都特地准备了，我会把两杯都喝掉的。"

听到黑绪的话，义纯开心地露出笑容。

黑绪又喝了一口咖啡，透过落地窗眺望庭院。庭院里铺着草皮，上面铺着石板路，旁边放有白色的桌椅，夏天在那里喝茶应该也挺惬意的。

庭院里种了好几种植物，令人吃惊的是连苹果树都有。

第三章　她是否会就此死去

白夜还没有在谁家的庭院里见过苹果树。树上的红苹果仿佛已经等不及要被采摘了,有一个掉在了地上,羡慕地仰望天空。

"好漂亮的庭院。很少有人在家里种苹果树呢。"

"哦哦,是我太太喜欢。盖这栋房子的时候,她说想要一棵苹果树,所以我们就种了一棵。"

"是吗?苹果结了不少呢。两位不打算摘吗?"

"被你这么一说,最近都没怎么吃过呢。"

义纯转向枝奈子,枝奈子一副战战兢兢的样子,结结巴巴地说:"是、是啊,有些吃腻了。"

"那倒是。毕竟每天都在吃。啊,两位难得来一次,要不要带一些回去?"

枝奈子盯着义纯。义纯毫不在意,但是枝奈子可能不喜欢自己的东西被他随便送人吧。黑绪从枝奈子的表情中察觉到这一点,却装作没有发现,点头说道:"那我就不客气了。我很喜欢苹果。"

"真的吗?太好了。请稍等一下,很好吃哟!"

义纯站起来。枝奈子一脸惊慌地追上他。义纯拉开电视旁边的抽屉,开始找东西。

"咦,放哪里了?"他好像在找采摘苹果的工具,但是找不到了。看来义纯很少自己摘苹果。

这时,枝奈子在义纯耳边悄悄说了几句话。义纯疑惑地听完,走出客厅。外面传来他上楼的脚步声。不到一分钟他就回来了,手里拿着一把美工刀。

二度遭到杀害的她

义纯打开窗户，走进庭院。他穿着拖鞋走到苹果树下，握住一个红苹果，用美工刀割断苹果蒂。将苹果放进口袋后，他又采了一个装进口袋，接着采下第三个。他将第三个夹在腋下，采第四个的时候，因为一边的胳膊不能抬起来，看起来有些艰辛，但他还是成功采了下来。

义纯双手各拿一个苹果，口袋里装着两个，一副大丰收的样子，笑容满面地回来了。他直接从白夜他们面前经过，走去厨房，从橱柜里拿出塑料袋，把苹果装进去。

义纯回到白夜他们身边，坐到沙发上，将装苹果的塑料袋放在黑绪面前，用手势劝她收下。

"请收下吧。我挑的都是看起来好吃的。"

"谢谢您。我回家立刻尝尝。"

气氛温馨祥和，但是事情不能就此结束，黑绪直奔主题。

"对了，关于真珠小姐的案件，有些事情想请教两位。"

"你刚刚说过呢。九十九小姐，你为什么要做警察的工作？"

"因为上次没能帮上忙。"黑绪再一次讲出对亚美他们讲过的话。义纯听后感动地点了点头。

"我明白了。既然如此，我就尽量配合吧。"

在积极配合的义纯身旁，枝奈子缩着肩膀，神色阴沉得像一只被虐待的鹅。两人截然相反的态度，令白夜觉得不太对劲。

"那么，方便问一下真珠小姐出事那天，两位都在做什么吗？"

第三章　她是否会就此死去

"我的工作形式很特殊，两天去公司上班，三天在家办公。那天我在家办公。大概从四点半开始，我参加了一个视频会议，是个十五分钟左右的简单会议，下午四点四十五分就结束了。这件事我也跟警方说过。他们好像找出席人员确认过了，我确实参加了会议。而且，枝奈子也听见了我开会的声音。是吧，枝奈子？"

突然被问到的枝奈子磕磕巴巴地回答："是的。"她用手掩住嘴角，低着头，仿佛一朵枯萎的花。

"您是在哪里开会的？"

"紧挨着二楼楼梯的房间。"

"可以在家开会，真让人羡慕啊。"

白夜愣了一下。因为他还是第一次听见黑绪对别人说"羡慕"这个词。不过或许正因如此，听起来非常可疑，仿佛在嘲讽对方。

"哎呀，可是那个房间面朝马路，路上的声音听得清清楚楚，还挺不适合开会的。附近有工地，所以经常有卡车经过，偶尔还会有广告车。"

"那应该还挺吵的。"黑绪点了几下头，没有向还想炫耀自己辛苦的义纯提问，转而望向枝奈子。

"请问枝奈子小姐，真珠小姐出事的时候您在做什么？"

"我、我跟平常一样在做家务。然后，下午四点五十分左右有人来送快递。"

"可以让我看看对讲电话的历史记录吗？"

"可以啊。"义纯马上代替枝奈子回答。

二度遭到杀害的她

　　白夜起身走到装在客厅墙上的对讲电话前,是家庭常见的类型,想看录像只要按下播放键即可。最先出现在屏幕上的是前天中午十二点,快递员来的时候。白夜按下返回键,选择想看的日期。

　　时间退回真珠遇害那天。下午五点三十八分,屏幕上出现义纯的脸。

　　白夜招手叫黑绪过来。黑绪看完对讲电话的录像后,问义纯:"真珠小姐遇害那天傍晚,您出过门吗?"

　　"咦?"义纯愣了一下,一脸疑惑地走到对讲电话前。看到自己被拍到,他一副恍然大悟的样子,露出笑容。

　　"会议结束后,我出门散步,顺便去附近的便利店买东西。回来的时候门锁住了,所以我请枝奈子帮忙开门。出门的时候我只带了钱包,没带钥匙。应该是我太太收完快递就把门锁上了,运气真背。"

　　"您去哪里散步了?"

　　"就在附近,随便走走。因为在家的时候要一直坐着,工作告一段落的时候,我会像那样出去走走。应该是五点十五分左右,我去便利店借了下洗手间,在店里转了一圈,最后买了冰激凌回家。"

　　"请问是哪家便利店?"

　　"站前那家。从这里步行过去,正常情况下十分钟左右就能到。"

　　药袋没说这些。不知道是他忘了说,还是觉得跟案件无关所以没说。看来稍后得跟他确认一下。

第三章　她是否会就此死去

大概是接受了义纯的说法，黑绪说道："上一条。"白夜翻到上一条记录。

时间是下午四点五十分。一名女快递员拿着货物站在门外。案发当天确实有人上门送货，看来没有问题。

"你瞧，拍下来了吧？枝奈子确实在签收快递。"

听到义纯自信满满的话，黑绪回答了一句"是啊"，回到座位。她喝了一口咖啡后问道："对于您和枝奈子小姐而言，真珠小姐是个什么样的小孩？"

"特别可爱。和姐姐小时候一模一样，一看就知道她们是母女。姐姐以前也是个心地善良、天真烂漫的孩子。把她小时候的照片跟真珠放在一起，说不定都分不出来呢。"

明明是在问真珠，又不是在问以前的亚美多可爱，他的回答令白夜很无语。

"比大弥少爷和红玉小姐都可爱吗？"

"三个孩子都很可爱。"

"可是，听说您会偷偷给真珠小姐零用钱，大弥少爷很羡慕哦。"

义纯瞪大眼睛，收起下巴，像是做坏事被人揭穿了一样。他立刻笑着挠头掩饰。枝奈子盯着义纯。或许因为戴着口罩，看不出她的情绪。

"被看到了啊。我很想一视同仁，但还是忍不住觉得真珠最可爱。是吧？枝奈子。"

突然被问到，枝奈子颤声表示同意："是啊。"武藏说枝奈子虐待真珠，大弥他们却说她疼爱真珠，两个说法截然不

205

二度遭到杀害的她

同,到底哪个说法是对的?

"枝奈子小姐也很喜欢真珠小姐吗?"

枝奈子发出仿佛呻吟的声音,却立刻肯定黑绪:"嗯。我觉得她的笑容很可爱。"

"既然如此,您为什么要掐她的后背、踩她的脚呢?"黑绪果断问道。原本面带笑容的义纯瞬间沉下脸。

枝奈子用几乎听不见的微弱声音否定,那惊慌失措的模样却等同于肯定。

"枝奈子没做过那种事。肯定是武藏先生说的吧?那个人不知道为什么讨厌枝奈子。枝奈子对真珠很温柔,虽然真珠不太喜欢她。"

义纯的语气越来越弱。看来他也知道真珠不喜欢枝奈子。

"听说亚美小姐对枝奈子小姐不太好。真珠小姐跟亚美小姐很像,会不会是枝奈子小姐愤怒到极点,一时冲动杀害了她?"

黑绪淡淡说道。枝奈子捂住嘴巴,蜷起身子,像是紧闭的贝壳一般拒绝回答。

"九十九小姐,你说想要调查真珠的案子,我才会配合你,可你却怀疑到我太太头上,实在是太过分了。要怀疑也该怀疑别人吧?"

义纯代替枝奈子表达愤慨。他的语气冷静,眼睛却冷冷地瞪着黑绪。

"您是指武藏先生吗?"

"是啊。真珠遇害时那个人不是在家吗?最可疑的就是

第三章　她是否会就此死去

他吧？"

"记得给真珠小姐举行傀礼那天,您也怀疑武藏先生。为什么呢？"

"当然是因为他绑架过儿童。那个人好像在怀疑枝奈子,但是对讲电话的历史记录你不是看过了吗？那个时间枝奈子有不在场证明。她不可能作案。要怀疑的话,也该去怀疑没有不在场证明的人。"

黑绪稍加思考,痛快地做出让步："嗯,有道理。"她若无其事地喝起咖啡,态度转变得太快,义纯愣在那里。

"抱歉,问了您这么讨厌的问题。因为我想彻底碾碎怀疑的种子。"黑绪停顿片刻,问起别的问题来,"今天一大早就一堆事情,两位挺累的吧,有好好休息吗？"

"哦,还好。不过睡得不深,动不动就醒。"

"那还挺辛苦的。要是有安眠药的话,就能好好睡一觉了。"

她又像面对武藏的时候那样,强调"安眠药"这个词。义纯没有反应。枝奈子却开始坐立不安。

"是啊。早知道就找姐姐要一些了。真珠去世后,姐姐就一直失眠,最近好像在吃安眠药。"

"是哪种安眠药？"

"具体不清楚,不过好像是找医生开的处方药,所以应该还挺有效的。"

"是吗？枝奈子小姐知道亚美小姐在吃安眠药的事吗？"

黑绪看向枝奈子。枝奈子不敢跟黑绪对视,咕哝了一声

二度遭到杀害的她

"不知道",就不再说话了。

"枝奈子,你怎么了?身体不舒服吗?"义纯担心地观察她的脸色,枝奈子却将头垂得更低,躲避他的目光。

"对了对了,今天上午,仁川惠实里子小姐好像被杀了。"

黑绪猝不及防地告诉他们。枝奈子突然抬起头,担心地望着她的义纯也受到影响,重新看向黑绪。

"惠实里子被杀了?"

"据说是她母亲佳弥小姐发现的。"

"佳弥小姐。"义纯摩挲着下颌,低下头道,"说不定就是佳弥小姐杀了惠实里子。"

"您为什么会这么觉得?"

"其实是我姐姐说的,她说惠实里子身上貌似有挨打的痕迹和割伤的伤疤。所以,会不会是佳弥小姐虐待她……"

"不是的。她和真珠小姐一样,尸体被发现时都缺少了眼睛、舌头和手指。"

"为、为什么惠实里子会……"

义纯捂住嘴,呻吟出声,似乎很震惊。枝奈子却望着地板一动不动。白夜感觉她像是在害怕。

"枝奈子小姐怎么想?"

"我、我吗?我觉得她很可怜。"

从喉咙里硬挤出来的声音,不像是真心话,完全听不出怜悯的意思,感觉更像是在焦虑。就在这时,枝奈子突然站起来。

"那个,我,身体不太舒服,可以先失陪吗?"

第三章　她是否会就此死去

她不等白夜他们回答，就跑上二楼，不见了踪影。目瞪口呆的义纯回过神来，一脸为难地跟他们道歉。

"不好意思。我太太前天感冒了，今天又一夜没睡，说不定病情又反复了。那个，我很担心她，今天能够到此为止吗？"

"也是。谢谢您的配合，还有您的苹果。"黑绪乖乖点头，从沙发上站起来。白夜拎起装苹果的塑料袋，也跟着她起身。两人在义纯的陪同下走向玄关。

到玄关后，白夜帮黑绪穿上靴子，接着穿上自己的鞋子。义纯低头看着他们，像是在看两个奇怪的生物。

穿完鞋子，白夜站起来，和黑绪一起面朝义纯，互相行礼道别。

"今天冒昧登门，打扰两位了。希望枝奈子小姐早日康复。"

"哦，谢谢。"义纯回头看向二楼，"她没事，很快就会好起来的。"

"那我们就告辞了。"听到黑绪的声音，白夜转过身，发现玄关的门把手凹了进去，好像并不是原本就是这样的设计，形状像是一个歪歪扭扭的"3"，不太美观。

"以前不小心碰坏了。"

义纯不好意思地挠了挠头。这个家这么精致，只有这里如此不美观，他不会在意吗？白夜握住没有歪掉的部分，打开门。

二度遭到杀害的她

8

"你为什么要收下苹果?反正又不会吃。"

"给肆谷组长就好了。她喜欢吃苹果。"

"……好吧。"白夜轻轻噘嘴,将塑料袋放到后座。

"啊啊,如果这是金苹果就好了。"

"不存在那种东西。"

"你不知道吗?金苹果可是长生不老的源头。"

白夜有些吃惊。"她怎么突然间说起这个?难道她想长生不老吗?"白夜搞不懂黑绪的想法,不知该如何回答。为了掩饰自己的无措,他改变了话题。

"对、对了,接下来要做什么?"

"我想想。要不还是去找佳弥小姐吧。"

话题突然改变,黑绪并没有露出不悦。白夜为成功扯开话题松了口气。

他看了眼手表,现在是三点半。警方应该已经做完笔录了吧。白夜表示同意。

"在此之前,不知道药袋警官他们知不知道义纯先生去过便利店的事。药袋警官应该知道吧。"

她语带讽刺,估计是不满对方没有告诉她。白夜从口袋里掏出手机,从通话记录中找到八月朔日的号码。

"不好说。毕竟他们什么也没说。我问问吧。"

他打开免提,拨给八月朔日,电话响了三声后,对方接

第三章　她是否会就此死去

了起来。他好像正在吃迟来的午餐，身后传来顾客点单的声音。

白夜为打扰他吃饭道歉，问他知不知道真珠出事那天，义纯去过便利店的事。他立刻就承认了。警方似乎去取证过，下午五点十五分到五点半，义纯确实在便利店。

"怎么样？你们查到什么了吗？"

听到八月朔日的问题，白夜看向黑绪。黑绪前后甩动手掌。

"不，还没有。"

"是吗？没关系，别理会药袋警官的态度，我很看好你们，拜托你们了！"

虽然这句话是在推卸责任，但是有人依赖自己，让白夜有些开心。他努力不让这种情绪表现在脸上，对八月朔日道谢后，挂断了电话。

"先把目前问到的内容整理一下吧。"黑绪竖起食指，在半空画圈。

"不在场证明吗？"

"嗯。真珠小姐的案件，没有明确不在场证明的人有吉永小姐、五藏先生、大弥少爷、红玉小姐、佳弥小姐。惠实里子小姐的案件，没有不在场证明的人有亚美小姐、吉永小姐、武藏先生、大弥少爷、红玉小姐、佳弥小姐、义纯先生、枝奈子小姐，没错吧？"

"真珠小姐出事的时候，大弥少爷和红玉小姐不在家，不是能排除吗？"

二度遭到杀害的她

"惠实里子小姐去世了，现在没有人可以证明他们当时在哪里。总之先保留。"

"什么保留，又不是在买东西。"

白夜皱起眉头，指责黑绪的措辞。黑绪毫不在意，继续说道："其中有谁的不在场证明可以推翻？"

白夜回忆着目前为止收集到的信息，回答："例如真珠小姐的案子，共有五人有不在场证明，已经证实大和先生正在跟优香小姐通话，亚美小姐也不可能溜出去。至于义纯先生，警方应该找参加会议的成员求证过。枝奈子小姐也有快递员帮忙做证。非要说谁的不在场证明有可能推翻，那就只有当时在签收快递的枝奈子小姐吧。不过，假设她在最早的推断死亡时间——四点半杀害真珠小姐，有办法在二十分钟之内回家吗？按照药袋警官的看法，她走到周防家的大门大概需要五分钟，所以应该需要二十五分钟。这样她就会来不及签收快递。而且也没有迹象显示她用过车，用别的交通工具会花更多时间。"

"确实。不过，至少枝奈子小姐有可能毁坏真珠小姐的遗体。"

"你说她吗？"白夜发出比预想中更大的声音。

枝奈子看起来弱不禁风，连虫子都不敢杀。白夜想象了一下她行凶的场景，怎么想都很别扭。

"午夜十二点五十分，大和先生带我们参观房子的时候，真珠小姐还没有被毁尸。所以，行凶时间在午夜十二点五十分到凌晨一点半这四十分钟之间。凶手是什么时候行凶的

第三章 她是否会就此死去

呢？其他人在餐厅发生争吵的时候，大弥少爷和红玉小姐虽然离开过餐厅，但我们马上追出去了，他们没时间毁尸。不知道有没有别人出去过。"

"没有吧！既然如此，枝奈子小姐也不可能行凶。亚美小姐说应该没有人离开餐厅。"

"那是他们开始吵架前。我们回到餐厅的时候，武藏先生和义纯先生在吵架吧。"

"那又怎么了？"

黑绪指了一下自己的头，又指了一下白夜的头。

"你也独立思考一下。你有脑子可以用。"

黑绪的挖苦让白夜喘不上气来。明明是你非要查这个案子的，他本来想怼回去，却咽了口唾沫，选择作罢。

"算了。枝奈子小姐当时不是在我们背后吗？"

"嗯。"他想问"那又怎么了"，却担心黑绪再次挖苦自己，因此只是点了点头。

"在餐厅的时候，枝奈子小姐坐在红玉小姐和优香小姐中间，吵架的时候，她却不在了，你不觉得很奇怪吗？"

"是吓跑了吧。"

"为什么要跑？她那个位置不会被波及吧。就算要跑，她也该跑到后面的墙边贴着墙站，就像大弥少爷他们那样。所以我在想，会不会在大家的注意力被吵架分散的时候，枝奈子小姐趁乱溜出了餐厅。"

吵架是在白夜他们回来前开始的。所有目光都集中在吵架的两人身上，趁乱溜出去大概不会被任何人发现。枝奈子

213

二度遭到杀害的她

回来后,因为白夜他们挡在前面,她没办法回自己的座位,只好在白夜他们身后假装害怕。被黑绪一说,他的脑海中浮现出这种画面。

"可、可是,检查随身物品时,警方没有在任何人身上找到凶器以及真珠小姐丢失的部位。而且,如果血沾到衣服上,可能会因为穿的是丧服看不出来,但是沾到手上就没办法遮掩住了。可是,所有人的手上都没有沾上疑似血迹的东西,否则药袋警官他们应该能发现。"

"戴上手套就不会沾到血了。"

"那些人当中有人戴手套吗?"

"我。"黑绪玩笑般举起戴手套的手,"开个玩笑,先不闹了。塑料手套很薄,应该能提前藏在口袋里。"

"你、你的意思是说,凶手把手套和凶器一起藏起来了?即便如此,只要找不到凶器,就不能光凭这点断定枝奈子小姐是凶手。说不定她是真的太害怕了,才会躲到餐厅的角落中。"

黑绪竖起食指和中指,比了个"V"的手势,模仿剪东西的动作。

"药袋警官说过凶器是剪刀吧。不是普通剪刀,而是园艺剪刀。义纯先生的庭院里种着一棵苹果树。他为什么会从二楼拿美工刀下来?还有,他拿过来的为什么不是剪刀,而是美工刀?要弄断硬的东西,剪刀明明更安全。就算他们家用的是美工刀好了,他们好像经常要摘苹果吃,工具却没有放在一楼,你不觉得奇怪吗?每次都要跑去二楼拿,不麻

第三章　她是否会就此死去

烦吗？"

义纯找采摘苹果的工具时，枝奈子非常惊慌。义纯问黑绪要不要苹果的时候，她的表情也很不情愿。是害怕被他们知道自己家里没有剪刀，自己的罪行会败露吗？

"还有，刚刚枝奈子小姐说她'不知道'亚美小姐在吃安眠药，那怎么可能呢？因为亚美小姐在吃饭的时候说过。会不会就是枝奈子小姐偷走了安眠药，然后交给了惠实里子小姐？毕竟枝奈子小姐有机会接近惠实里子小姐。"

"你是说惠实里子小姐也是枝奈子小姐杀的？"

"至少，偷走安眠药的那个人是枝奈子小姐。"

"'那个人'？你的意思是这起案件还有其他人参与？"

"有这种可能性吧。因为很多事情一个人办不到，只要有共犯就能够办到。"

如果是这样的话，枝奈子在真珠遇害时有不在场证明倒也不足为奇。把事情交给共犯即可。案发当时，周防家的门是锁着的。会不会她的共犯就在周防家？

"如果你的推理是正确的，周防家的人就很可疑了。案发当时家里是锁着的，这代表在家的吉永小姐或者武藏先生是共犯。"

"要是这么说的话，大弥少爷和红玉小姐也有嫌疑。"黑绪补充道。

她又提到这两个名字，白夜面露反感。无论他们看起来多没心没肺，他也不愿相信事情是两个孩子做的。

"不要摆出那种臭脸。一般来说都会这么想吧？"

二度遭到杀害的她

　　黑绪咯咯笑道。白夜依然面色阴沉，脑中浮现出否定的话语，却说不出口。

　　"不过，应该不是他们两个。毕竟他们就是因为不敢碰真珠小姐，才会跑去欺负惠实里子小姐。真珠小姐的案子又不是临时起意，而是有计划的犯罪。所以应该就是像你说的那样，是吉永小姐或者武藏先生吧。你觉得吉永小姐和枝奈子小姐联手，对她来说有什么好处吗？"

　　吉永似乎也对亚美没有好感，白夜试着猜测她是因为这个和枝奈子联手的。可是，吉永对真珠没有敌意，反而还很喜欢她。帮忙杀害亚美还能理解，帮忙杀害真珠不是很奇怪吗？

　　"我觉得没有。我本来在想有没有可能是武藏先生。但是武藏先生怀疑枝奈子小姐。如果他和枝奈子小姐串通好了，应该会嫁祸给其他人。不行。我感觉谁都不可能是共犯。枝奈子小姐会不会是独自作案？"

　　"我倒是认为她有共犯的可能性很高。所以，这次可以把有不在场证明的人也考虑进去，想想看谁有可能是共犯。"

　　"可是，警方不是也已经确认过不在场证明吗？并没有什么可疑之处。"

　　"眼见未必为实。不是吗？如果根据现有的信息不能推翻，那就再去收集别的信息。"

　　黑绪说得对。人只愿意看自己想看的东西，所以才会误会，才会犯错。白夜逃避般地从黑绪身上移开目光。

　　他突然在后视镜中看到一张熟悉的脸。那个人影越来越

第三章 她是否会就此死去

近。黑绪似乎也注意到了。

是枝奈子。她的手背在后面，步伐像是在散步，却心神不宁地东张西望。

嫌疑人越来越近，令白夜有些紧张。这里是人迹罕至的停车场。上车后他就只看到过一个行人。这是一个哪怕出事也不足为奇的绝佳地点。

枝奈子走到副驾驶旁边，跟黑绪打招呼："那个。"因为车窗是关着的，听不太清她在说什么。白夜不知所措地看向黑绪，黑绪用眼神示意他开窗。尽管犹豫，白夜还是降下黑绪那侧的车窗。冷风灌进车内。

"有什么事吗？"黑绪笑着问道。

枝奈子谨慎地环顾四周，然后用手掩住嘴角，悄悄说道："那个，有件事我想告诉你。"

"什么事？"

"关于真珠的事。那个，这里有点不太方便。你能出来一下吗？"

枝奈子是最大的嫌疑人，白夜猜测她是不是来自首的。要是自首的话，她不应该来这里，而是应该去警察局。

白夜一边忖度，一边关注枝奈子的状态。她这副心神不宁的模样，感觉不像是认罪前的恐惧，更像是准备做坏事前的忐忑。白夜心如擂鼓。

黑绪却不顾白夜的担心，打开车门，准备下车。就在这时，枝奈子藏在身后的手回到身前。她的手里握着什么东西，闪烁着深灰色的光泽。

二度遭到杀害的她

　　枝奈子毫不犹豫地将它刺进黑绪的心脏。

　　刀利落、温柔地贯穿了黑绪的心脏。

　　"唔……"黑绪只呻吟了一声，就靠在座位上不再动弹。白夜盯着这副光景，发出一声惊呼。

　　"成、成功了……"

　　白夜听见枝奈子充满成就感的声音，心里总算产生黑绪被捅了的真实感。他尖叫出声。

　　"咦，式鬼还在动？这个人死了，式鬼不是会停止活动吗？不，没事的，没事的。把他一起杀掉就好了。"

　　枝奈子自言自语。她的眼睛黯淡无光，宛若死鱼的眼睛。

　　枝奈子看向白夜，将刀从黑绪的胸脯中拔出来，重新握紧，朝驾驶席走来。明白她的意图后，白夜下意识地松开离合器，踩下油门。一阵仿佛空转的嘎吱声后，汽车像是瞬间移动一般，飞速甩开枝奈子，冲到马路上。

　　已经铭刻在体内的动作，让白夜自动踩下离合器，切换到最高速度。他踩住油门，不断加速。映在后视镜中的枝奈子的身影，如同海市蜃楼一般消失不见。

　　看不见枝奈子的身影后，白夜激动的情绪平复下来，他切换回正常的车速，呼唤坐在副驾驶座的黑绪。

　　"小黑，小黑！"

　　没有回应，坐在那里的只是一尊精致的人偶。

第四章

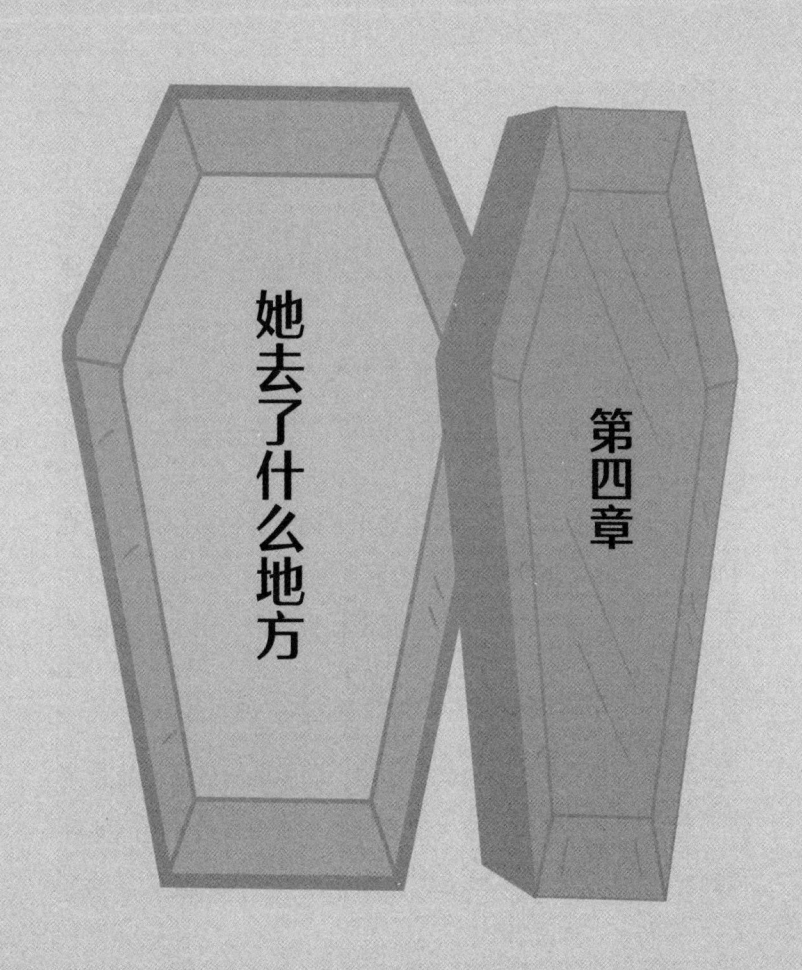

她去了什么地方

二度遭到杀害的她

1

抵达福音协会，白夜立刻跳下车，绕到副驾驶席，抱起一动不动的黑绪飞奔出去。下午六点的钟声响彻四周，仿佛在宣告凶兆。

他冲向手术室。手术室禁止无关人员入内。白夜也不例外。一到手术室门口，怀里的黑绪就被医务人员抢过去。白夜只能呆立在手术室外。

为什么会变成这样？都怪她非要插手那种案件。所以他才叫她不要再假装刑警跑去调查啊。

白夜攥紧胸前的衣服。大概是扯得太用力了，他听见某处的线绷断的声音，但是他毫不在乎。

"欢迎回来。"

他回过头，看见肆谷站在那里。回来的时候他提前联系过，应该是手术室的某个人通知肆谷的。白夜目光空洞地看向肆谷。

"辛苦了。你没事吧？"

她的声音温柔却不带感情，仿佛事不关己。白夜低下头，咬住嘴唇。

第四章　她去了什么地方

　　他明明就在旁边，却无能为力。谁能想到枝奈子会突然拿出刀来？他也没办法。白夜试着这样开解自己，却无法轻易释怀。

　　"说不定她不能再用了。"肆谷淡淡说道。

　　这句话让白夜心中燃起怒火。难道对于肆谷而言，只要不再有利用价值，连黑绪都不值得关心吗？这一点跟父亲很像，所以白夜才不喜欢肆谷。

　　白夜通常不会反抗，也不会顶嘴，但是今天他的情绪阀门似乎松动了。他低吼道："小黑都变成那样了，您难道不担心她吗？我记得您很喜欢她。"

　　"喜欢。是啊。毕竟她很优秀。"

　　"呵呵呵。"肆谷把手放在嘴角，优雅地笑了。白夜握紧拳头。肆谷没有带式鬼，他一拳就能把她捶倒在地。但是这么做毫无意义，只是在迁怒罢了。

　　"我也很认可你的能力。所以如果黑绪挺不过去，请你考虑一下接下来的搭档。"

　　黑绪能不能挺过去还是未知数，她怎么能这么轻易地考虑这种事？仿佛搭档是传送带上的货品，可以一个接一个地传送过来。傀礼师终归是消耗品。只要没有工作能力，就没有意义。

　　"你在生什么气？你不是讨厌她吗？既然如此，你又何必犹豫呢？"

　　心里的想法被她戳穿，白夜抖得像只小鹿。

　　他讨厌黑绪。无论何时，她都是那么优秀，通晓人情，

二度遭到杀害的她

可爱而讨喜。她擅长隐瞒，嘴上说是为了自己，其实总是在为别人牺牲。

身为双胞胎，却跟自己截然不同。看着这样优秀的她，被别人拿来跟她对比，白夜一直都怀着什么样的心情呢？他一直被自卑感折磨，无时无刻不在忌妒她。他怎么有办法喜欢上自己憎恨的黑绪？

可是，她仍然是他最珍贵的家人，自己的另一半。他不想把她当成玩具，不能动了就换下一个。而且，只要黑绪不拒绝自己，自己就会一直跟随她，只有这样他才有存在的意义。他没办法考虑黑绪以外的搭档。

"我还……不知道。"

他用尽全力表示拒绝，声音却无比懦弱。父亲已经死了，但是每当站在肆谷面前时，他就心生恐惧，仿佛又见到了父亲，仿佛突然间又回到了童年时代。

"真是美好的姐弟情。"

肆谷面带微笑，笑容中却蕴藏着对白夜的轻蔑，感觉像是在说黑绪会变成这样都是他害的。白夜倒吸一口凉气。

或许是他看错了，肆谷满脸都是温柔的笑意。

她只看了一眼手术室，便沿原路返回。灯光昏暗的走廊逐渐将肆谷吞没。肆谷的身影消失后，一种仿佛做了场噩梦般的疲劳感朝白夜袭来。

他开始害怕待在手术室外面。因为黑绪说不定会像肆谷说的那样，再也无法醒来。这种恐惧感渐渐朝他逼近。白夜转身快步走向宿舍。

第四章　她去了什么地方

"不会有事的。"他默念着这句话,冲向和黑绪一起生活的房间。回去以后,说不定会发现黑绪就像平时那样,躺在平时的那张沙发上。他的脑海中存在这种愚蠢的妄想。

回到房间,打开房门,沙发映入眼帘,但是黑绪不在那里。被刺中心脏的黑绪在手术室,这才是现实。

"要醒过来啊。"

她一定很快就能活蹦乱跳地回来,会像平时那样嘲笑白夜,遇到案件的时候一头扎进去。白夜则会勉为其难地陪着她。

这样真的好吗?手术成功,可以重新活动,黑绪会更幸福吗?还是就这样陷入沉眠更幸福?以式鬼的身份行动的黑绪的身影,在白夜的脑中一闪而过。

"对不起,小黑。"

没能保护好她的愧疚感涌上心头,无意义的道歉脱口而出,但是黑绪不可能回应。

白夜摇摇晃晃地走向沙发,默默坐下。

他必须思考今后要怎么办。是继续调查,还是就此打住?对于白夜而言,这个案子无关紧要。但是黑绪希望案件得到解决。既然如此,是不是应该为了黑绪一查到底?

他深深地叹息,仰望天花板。露出水泥的天花板是没有生命的无机质,却可以让现在的白夜冷静下来。

"枝奈子小姐为什么要刺杀小黑?"

话刚出口,刚刚的情景就又清晰地浮现在眼前。她跑来刺杀黑绪,估计是因为他们知道了她不想被别人知道的事。

二度遭到杀害的她

既然她动手行凶,代表她肯定是凶手。

她是为了灭口,才捅了黑绪一刀。理由呢?如果黑绪的推测没错,可能是家里没有剪刀的事被他们知道了,枝奈子担心真相暴露,才会在情急之下采取行动。

枝奈子捅了黑绪,警方有足够的理由逮捕她。那么只要通知药袋逮捕枝奈子,逼她交代真珠的案件即可。

可是,那一带没有监控,作为凶器的刀也留在枝奈子手中,他没有证据。事到如今,凶器应该已经被扔掉了,估计很难找到。黑绪被送进了手术室,伤口估计已经被缝合,即便把伤口给警方看,也无法证明是什么时候受的伤,没办法用来追究枝奈子的责任。

现在他手里没有任何证据可以证明事情是枝奈子做的。

目前缺乏证据,就算告诉药袋,他也不可能相信;何况他讨厌黑绪,搞不好他会说"是在开玩笑吧"。

如果相信黑绪他们,逮捕枝奈子,万一枝奈子不是凶手,对于药袋而言损失就大了。向福音协会求助,却抓错了人,肯定会让他在同事面前颜面扫地。在没有证据的情况下,药袋不可能轻易相信自己。

一个人调查果然不可能。还是算了吧。

白夜垂头丧气。遇事轻易言弃,是白夜的坏习惯。

"不行!必须找到凶手。小黑就绝对不会放弃。"

白夜拍了拍脸颊。动动脑筋,如果枝奈子是凶手,这一系列案件她又是如何办到的呢?

真珠遇害时,枝奈子正在签收快递。哪怕是在最早的推

第四章　她去了什么地方

断死亡时间四点半杀害真珠，也得瞬间从那么大的房子逃出房门，再走很长一段路逃出大门。除此之外，还必须把周防家的房门锁上，不熟悉周防家的人绝对办不到。

若想在二十分钟内从周防家回来，枝奈子必须用车。但是，南方家的行车记录仪中没有行车记录，这代表她是靠其他方式移动的。

例如，打出租车。但是，没听说有出租车在周防家附近停留，否则药袋他们应该会调查。

那她一定是离开周防家五分钟后，在路上叫的出租车。但是即便是这样，她作案后也要花半个多小时才能回到家。这么一来，杀害真珠对于枝奈子而言应该有难度吧？

是不是应该像黑绪说的那样，往她有共犯的方向思考？

"咦？"

白夜发现这个推理存在漏洞。枝奈子如果没有共犯，就无法杀害真珠。但是如此一来，如果真是枝奈子毁坏了真珠的遗体，那就太奇怪了。

假如是枝奈子以外的某个人杀害了真珠，枝奈子应该没必要让对方毁坏真珠的遗体。因为真珠看到的只有凶手的脸，哪怕傀礼成功也不成问题。对枝奈子有威胁的人，反倒是杀害真珠的凶手吧？为了防止自己是共犯的事情被暴露，杀掉凶手会更加安全。

那么，认为一切都是枝奈子做的，有人帮助她制造不在场证明，岂不是更符合逻辑？

枝奈子的丈夫南方义纯很可疑。他和枝奈子住在一起，

二度遭到杀害的她

可以为她制造不在场证明。义纯说他在开视频会议，不过会议结束的时间是下午四点四十五分。他完全有时间代枝奈子签收快递。

为什么没有立刻想到他？因为义纯有不在场证明，自己就擅自排除了他。黑绪说不定想到了。所以，她才会思考推翻不在场证明的方法。

警方找快递员求证过，枝奈子确实签收了快递。当时是什么情况？会不会是隔着对讲电话签收的？那就有可能作假。他立刻给八月朔日打电话。

电话响了五声才接通。电话另一侧传来吸面条的声音。八月朔日似乎正在吃饭。今天打电话的时机总是不巧。

"啊，您还在吃饭啊，不好意思。"

"没关系。也不是正经吃饭，只是便餐。有什么事吗？"

"那个，听说真珠小姐遇害时，枝奈子小姐在签收快递，这件事警方跟快递员确认过了吧？"

"是啊。"

"有问她当时是怎么签收快递的吗？"

"快递员说枝奈子出来了，跟平时一样亲自签收。"

白夜猜错了。枝奈子和快递员见过面。他依然没有放弃，又确认另一个推测。

"请问有给快递员看照片，确认对方就是枝奈子小姐吗？"

"看来你在怀疑有人假扮枝奈子收快递啊，可惜我们给快递员看过照片，确认那个人就是枝奈子。我们也考虑过这种

第四章　她去了什么地方

可能性。毕竟听说枝奈子和亚美关系很差，跟真珠的关系也不好。所以枝奈子也有杀害真珠的动机。但她不可能办到。确实是枝奈子签收的快递。"

自己想到的可能性，刑警一开始就想到了吗？

还有别的可能性吗？既然她和义纯是共犯，会不会是义纯杀的人？但是他刚刚也想过，如果是义纯杀了真珠，枝奈子就没理由毁坏真珠的遗体。

不对，他们是夫妻，怎么会没有理由？枝奈子无依无靠，只能依赖义纯，对义纯言听计从。要是义纯不在了，枝奈子要怎么办？所以，她会不会是在帮义纯？

这个推测有个问题，那就是义纯有无法推翻的不在场证明。若是只有枝奈子一个人的证词，倒是有做伪证的可能性，但是除她以外，还有三个人帮义纯做证。

他开会的时间有没有可能更早？

"那个，义纯先生真的是在四点半到四十五分之间开会的吗？有没有可能更早？"

"他是准时参加会议的。已经跟出席人员确认过了，也有会议记录。听说他们为了制作会议记录，一直会录视频。他们提交了那次的记录。我也看过了，包括日期和时间在内，会议内容确实跟证词一致。难道你在怀疑义纯？"

八月朔日的声音很雀跃。白夜不像黑绪那样有自信，所以无法肯定。他嗫嚅着道："还不确定，只是想重新评估一遍有不在场证明的人。"

耳边传来失望的叹息。白夜的声音卡在喉咙里，不知该

二度遭到杀害的她

说些什么。这种时候，笑着糊弄过去就行了吗？还是该骂他不要寄希望于普通人？

"唉，没办法。这次九十九小姐也没辙了吧。"

电话那头隐约传来敲击声，接着传来八月朔日呼痛的声音。看来药袋也在旁边。因为寄希望于黑绪，八月朔日似乎被药袋教训了。

小黑肯定已经快要推理出来了。如果没有枝奈子的事，现在……

他又在依赖黑绪了。总是这样，死后也在依赖黑绪。没有任何进步。

"——你也独立思考一下。你有脑子可以用。"

黑绪的话又在耳畔响起。

没错。他必须独立思考，用自己的脑子思考。为此，全部都要自己确认。他必须推翻不在场证明。靠既有信息无法推翻的话，就只能去收集其他信息。

是不是缺少某些信息，某些自己不知道的情况？看了义纯的会议记录，会不会发现什么？

"请问……义纯先生的……那个记录，可以给我看看吗？"

"会议记录？"

八月朔日的话戛然而止，还能听到嘀嘀咕咕的交谈声，所以电话并未挂断。估计他正在跟药袋商量吧。

"那好歹算是证据。"

八月朔日的语气有些勉强。要怎么说，才能让他借给自

第四章 她去了什么地方

己呢?枝奈子肯定参与了犯罪。只要看到会议记录,说不定就能发现遗漏的信息……

"那、那个,刻耳柏洛斯说不定有参与……所以……"

他试着模仿黑绪,但是没能把话说完。他正在支支吾吾,听筒中就传来一阵轻笑。

"药袋警官说让我看着办。代价是出事的话要我自己负责。很过分吧?他可是前辈。心胸真够狭隘的。"

八月朔日豪爽地笑道。他自己大概也知道,万一出事的话,药袋肯定会帮忙处理。白夜也亲眼见过几次。药袋比想象中还要会照顾人。

"您的意思是可以给我看吗?"

"破例哦!"

白夜感觉眼前一片光明。"那么——"就在他准备跟对方商量怎么接收文件时,八月朔日的声音突然慌乱起来,听筒中传来他询问的声音:"失踪?谁?"

谁失踪了?白夜正在思考,就听八月朔日说道:"南方枝奈子失踪了。"

"怎么会?"他不由得叫出声来。

"是义纯报的警,说枝奈子失踪了。他说你们回去后,枝奈子出去买东西,到现在都没有回家。警员正在赶往南方家。你们刚刚去过他家吧?有什么头绪吗?"

她捅了黑绪却没能杀掉我,觉得自己会被逮捕,所以选择了逃跑吧。

白夜本来想告诉他黑绪被枝奈子捅了,话到嘴边却决定

二度遭到杀害的她

作罢。因为一旦说出来，就必须说出她被捅的理由，但是现在还无法确定。如果推理有误，说不定会干扰调查方向。

"没有。"他只回答了这么一句。八月朔日遗憾地嘟囔道："哦。"白夜有些良心不安。说不定自己掌握了一些重要线索。但是他对自己的推理没有自信，他没办法在没有证据的情况下，说出那种不确定的话。

"好吧。啊，对了，义纯的会议记录我传到光盘里拿给你，可以吗？毕竟数据量很大，我也不想留下传送记录。我最远可以送到东京站，如果你愿意跑一趟那就太好了。"

"我没问题。谢谢您。"

白夜对看不见的八月朔日和药袋鞠了个躬。

2

挂断电话后，白夜立刻驱车前往东京站，花了将近一个半小时。很久没有在副驾驶席没人的情况下开车了，他的心情难以平静。

两人约好在丸之内北门的闸机前碰面。八月朔日看到白夜，笑着朝他走来，手里拿着一个褐色信封。

两个身材高大的人站在一起，极具压迫感。他们的身高加起来将近四米，大概是因为这样，周围不时传来"哇""好高"的惊呼声。白夜弓起背，好让自己显得不那么高，躲避那些目光。

第四章　她去了什么地方

八月朔日将褐色信封递给白夜，里面装的应该就是有义纯会议记录的光盘。白夜伸手道谢，但是只来得及说了个"谢"字，伸出去的手就接了个空。

"九十九小姐呢？"

八月朔日用褐色信封敲着脖子，环顾四周。总是跟白夜一起行动的黑绪不见了踪影，他会感到疑惑也在所难免。何况，八月朔日是明知黑绪的真实身份，仍然对她怀有好感——更正，怀有好奇心的稀有人物，不可能没有发现她的消失。

白夜咬住嘴唇。他原本打算一拿到东西就回去，谁知八月朔日不允许他这么做。自己跟八月朔日身高差不多，从他手中夺走信封大概并不难。但对方是警察，要是告自己妨碍公务就麻烦了。

"……在车上。"

"你们总是形影不离，今天她居然在车上等你？"

"是啊，毕竟这种杂事全部是我的工作。"

八月朔日双臂交叉，摸了摸下巴。迫人的目光在白夜周身来回打量。白夜战战兢兢，担心他会发现黑绪并不在车里。

负责推理的人是黑绪。要是他知道黑绪不在，说不定会质疑白夜的推理能力，不肯把证据拿给他看。

白夜本来很担心，八月朔日却遗憾地吐出一句"是吗"，将褐色信封递给他。他松了口气，伸手去接。

这次又接了个空。白夜看向八月朔日，对方嘴角上扬，将头发从前往后梳。

二度遭到杀害的她

"你在撒谎。怎么可能呢？我知道你像九十九小姐的仆人一样为她效力，但是她不可能让你独自见刑警。毕竟这是打听情报的绝好机会。"

他跟黑绪没讲过几句话，居然这么了解黑绪的个性。白夜在佩服之余也有点忌妒。

"没有啊……小黑也很累。"

"她怎么可能会累！"

八月朔日哈哈大笑。笑声传遍站内，引来无数人的注目。白夜低下头躲避那些目光，将身体缩得更小。

"所以，实话是？"

白夜判断自己如果继续隐瞒，就拿不到光盘，死心地叹一口气，决定把刚刚发生的事告诉八月朔日。

"其实，小黑被枝奈子小姐捅了一刀。"

八月朔日目瞪口呆，似乎没料到事情会这么严重。

"什么时候的事？"

"离开南方家后。我和小黑在停车场讨论案情的时候，枝奈子小姐朝我们的车子走来。当时刚好在讨论枝奈子小姐很可疑，所以我没有放松警惕。但是，没想到她会突然拿出刀……"

"你在电话中不是说你不知道吗？"

听到他责备自己说谎，白夜垂下头。早知道当时就该说出来。他悔不当初。

"对不起。"

"算了。反正我现在知道了。怪不得九十九小姐不在。她被捅之前，你们在讨论枝奈子很可疑，是哪里可疑？"

第四章 她去了什么地方

"南方家有棵苹果树,但是用来采摘的不是剪刀,而是美工刀,还是从二楼拿下来的。枝奈子小姐似乎知道一楼没有采摘工具,小黑感觉不对劲。"

"毁坏真珠遗体的工具是剪刀,所以南方家的剪刀很可能就是凶器吗?所以,枝奈子果然是一系列案件的凶手了?"

这个说法仿佛已经确定凶手就是枝奈子。白夜一直坚信枝奈子不可能杀害真珠,难以置信地反问道:"'果然'的意思是已经确定了吗?"

八月朔日神色古怪地从口袋里掏出手机,操作一番后,将屏幕转向白夜。那是一篇用电脑打出来的文章,文字如同整齐排列的锁链。

"这封信疑似枝奈子失踪前留下的。信上也提到了九十九小姐的事。她没跟你在一起,我还在想她该不会是出事了吧……没想到是真的啊。"

白夜在八月朔日的催促下,用他的手机读起那封信。

我是南方枝奈子,我承认,是我杀害了周防真珠。

那天下午四点左右,我离开家前往周防家。我提前跟真珠说过,让她把门开着,所以轻而易举地进入了周防家。我知道她的秘密,可以威胁她。至于她的秘密,为了维护她的名誉,我就不说了。

进入周防家的大门后,房门果然已经提前打开了,我从房门进入家中。由于那栋房子很大,没有任何人发现我进去。我直接来到二楼,走进真珠的房间,然后悄

二度遭到杀害的她

　　悄用绳子勒住真珠的脖子。她试图反抗，但是小孩的力气怎么可能比得过我？我轻而易举地勒死了她。她不动之后，我由衷地松了口气，离开了周防家。

　　我杀害真珠的理由很简单，纯粹是讨厌她。最讨厌的就是她跟亚美小姐相似的相貌。就这么简单。

　　总而言之，真珠死了，我心情很好。亚美小姐却说要复活真珠，这不是很荒谬吗？我虽然心存怀疑，但是又担心如果真珠真的复活，大家就会知道我是凶手。我很着急，觉得自己一定要想想办法。

　　这时，我突然想到了刻耳柏洛斯这个团体引发的事件。我对那起事件印象深刻，至今记忆犹新。对于现在的我来说，正好可以利用。我决定模仿他们，毁坏真珠的遗体。

　　当天，我把家里用来采摘苹果的剪刀藏在包里，和义纯一起前往周防家。不能让任何人看到我毁尸，所以我决定利用我丈夫。丈夫很爱我，只要告诉他武藏先生怀疑我，他应该就会维护我。去毁尸前，我丈夫果然按照我的预期，跟武藏先生吵了起来，引起骚动。我趁乱溜出餐厅，来到放真珠遗体的地方，用随身携带的剪刀毁坏了她的遗体。

　　但是，我依然无法放心。因为葬礼结束后，我无意间看到惠实里子在跟真珠说话。从那以后，她就变得很怕我。她似乎知道了真相，告诉别人只是时间的问题。我心想只能杀掉她了，所以就借用了亚美小姐的安眠药，

第四章　她去了什么地方

趁大家不注意，把安眠药和一封信一起交给惠实里子。我在信上对她说："真珠有东西寄放在我这里，我想交给你。不过这件事要瞒着你妈妈。你把这个给她喝，让她睡着。"她跟她母亲一样，被真珠迷得晕头转向，所以我确定她会听我的话。果然，她一脸惊讶，却没有把信丢掉，也没有给她母亲看，而是悄悄地放进了口袋里。

录完口供后，我等了一段时间，确认丈夫睡着后，去了惠实里子家。和杀害真珠时一样，我提前让她帮我开门，轻而易举地进去了。惠实里子要是复活，同样会给我带来麻烦，所以在杀害她之后，我也像对真珠那样，拿走了她的眼睛、舌头和手指。

本来以为这次肯定没问题了，谁知又来了一场灾难。这次是那个叫九十九的人来了，她说想要了解一下真珠的案件。估计是想玩侦探游戏吧。真会给人添乱。再加上我丈夫多此一举，九十九小姐似乎知道了毁尸的凶器是我家的剪刀。究竟什么时候我才能过上平静的生活呢？迫于无奈，我只好去杀了九十九小姐。但是我失败了。和九十九小姐在一起的一先生跑了。我行凶的时候被他看到了，这样下去迟早会被逮捕。所以，我决定逃跑。

唯一的遗憾是，我什么都没跟我丈夫说。

真的很对不起，对不起，我是这样的妻子。你要好好保重。

南方枝奈子

二度遭到杀害的她

　　这篇文章无比流畅，不像认罪书，倒是更像小说。这真的是那个枝奈子写的吗？

　　"按照这封信上的说法，一切都是枝奈子一个人做的。你怎么看？"

　　八月朔日从白夜手中接过手机，塞进口袋。

　　读完这篇文章，白夜确实觉得枝奈子就是凶手。信上连杀人方式都写了。但是，处处都漏掉了关键信息。

　　"我觉得奇怪的是，有些地方写得很详细，有些地方却没有写。比如，她是怎么去周防家的？杀害真珠小姐之后，她又是怎么锁上房门离开的？还有，毁坏真珠小姐的遗体后，她把拿走的部位和凶器藏在了哪里？"

　　八月朔日像是要打响指似的，用食指伸向白夜。白夜因为他猝不及防的动作，吓得下巴往后缩。

　　"原来如此。难怪我总觉得有些不对劲。还有，她说自己杀害九十九小姐后决定逃跑，怎么还有空写这么长的文章？"

　　"枝奈子小姐是下午三点半到三点四十分之间来攻击我们的。您接到她失踪的消息，正好是在跟我打电话的时候，所以应该是下午六点多。时间倒是够用，但是我不认为一个决定逃跑的人有空写信。"

　　"会不会她从一开始就决定逃跑，所以提前写好了信？不对，信上还提到了她刺杀九十九小姐的事，应该不是。再说她既然都决定要逃跑了，何必留下这种东西呢？"

　　"都要逃跑了还留下信承认自己是凶手，应该会被警方通缉，迅速被缉拿归案吧。所以，她会不会是在包庇什么人？"

第四章 她去了什么地方

白夜只能想到一个人。为了包庇他,她不惜做到这种地步吗?但是,对方有明确的不在场证明。她有必要包庇他吗?

"总之,我们会调查枝奈子的行踪。一两个小时应该跑不了太远。所以你去看一下这个,帮忙找找线索。"

八月朔日将褐色信封递到白夜面前。白夜愣了愣。

"怎么了?"

"没有。这样好吗?小黑……不在。我……还不知道能不能找到。"

八月朔日像做完运动的运动员一样,露出爽朗的笑容。

"你不是一直和九十九小姐在一起吗?那么,应该能找到线索吧。"

"咦,可是……"

"我不是说过吗?我很看好你。"

白夜心里涌起一股暖流。他接过信封,紧紧地抱在胸前。他从来没有被人看好过。哪怕有,也总是作为黑绪的附属品。

他第一次感觉到自己被需要,虽然有些尴尬,却克制不住喜悦。

"虽然这不是刑警应该拜托普通人做的事。我会不会被药袋警官骂啊?"

八月朔日梳理着头发,表情却并没有多担心。白夜不自觉地笑了。

"好的。那我去看一下,要是有什么发现,我再联系您。"

白夜鼓足干劲。八月朔日抬了下右手,消失在人潮中。

二度遭到杀害的她

3

回到宿舍，白夜立刻走到书桌旁，打开电脑，放入从八月朔日那里拿到的光盘。

按下播放键，录像就开始播放。分割成四等分的画面中映着几张脸，但是没看到义纯。

义纯果然是共犯，这种感觉愈发强烈了。但是过了一分钟左右，义纯的脸也出现在画面中。义纯对其他人道歉："抱歉，我这边网络不好。"

他迟到的这一分钟意味着什么？白夜试着思索，但是八月朔日什么也没说。应该就是跟义纯说的一样，是网络不好导致的吧。白夜沮丧地继续观看录像。

大家好像都是在家里开会的，透过房间的风格能看出各自的性格。一个人身后挂着布帘，遮住房间，一个人毫不在乎地露出没叠好的床铺，另一人的背景中正在播放影片，义纯的背景则是白色的壁纸。

四人略作寒暄，闲聊一分钟后进入会议。会议内容是改进业务的方法。义纯大概是主持人，他提出问题后，向另外三人征求改进意见。有人发言的话，他会把问题复述一遍，向所有人提问。

白夜怀疑他是不是在假装参加会议，但那似乎是不可能的。因为以他的身份必须积极发言，所以播放提前录好的视频，跑去杀害真珠有很大难度。

第四章　她去了什么地方

白夜聚精会神地看完十五分钟的会议，没有发现任何可疑之处。四人都很认真，从头到尾没有受到任何打扰。没有人去上厕所，也没有人因故离开会议。

警方已经看过一次录像，判断没有问题。怎么可能轻易被他找到证据？

但是，义纯是最适合做枝奈子共犯的人。如果是为了包庇义纯，枝奈子留下那封信也说得通。可是，义纯的不在场证明无法推翻。难道义纯并不是她的共犯？

不行，八月朔日很看好自己。白夜重新打起精神，决定再从头看一遍。

一直看到第十遍。

还是没有任何发现。大概是看了太多遍，白夜都快把义纯他们的台词背下来了。哪怕停止播放，耳边都还有幻听。

都看这么多遍了，为什么还是没有任何线索？

难道不是义纯吗？那枝奈子为什么要特意留下那封信？还有其他值得怀疑的人吗？如果有，那又会是谁？

手机突然振动起来。屏幕上出现八月朔日的名字。发生什么事了吗？还是说找到枝奈子了？他带着期待接听电话。

"喂。有什么事吗？"

"不是什么大事。就是刚刚有件事忘了问。"

看来并不是找到了枝奈子。白夜失望地问道："什么事？"

"为什么被捕的是九十九小姐？要杀也应该杀你吧？"

好吧，原来是这件事。白夜叹息一声。没什么好奇怪的，因为她只是想要杀掉傀礼师。

二度遭到杀害的她

"她以为只要杀掉小黑，我也会一起死。我们跟大家介绍傀礼的时候说，傀儡会从身边的人那里获取生命力。我想她应该就是因此产生了误会吧，以为我的生命力来自小黑。其实哪怕杀掉了傀礼师，式鬼也不会死。"

"哦，原来是她误会了。"

"是的。因为我们没有说明这一点。"

"原来如此。我懂了。"

八月朔日恍然大悟地说。比起这个，有件事更加令白夜好奇。

"那个，我听到了义纯先生的声音。请问您还在他家吗？"

他看了眼手表，再有不到十分钟就午夜十二点了。距离义纯报警称枝奈子失踪，已经过去了五个多小时，这个时间也该搜完他家了。

"没有没有。我正在听刚刚的录音，想看看有没有找到枝奈子下落的线索。"

"我还以为您还在义纯先生家搜查。"

"没待那么久。啊，对了对了。我们简单搜了一下他家，果然没有找到采摘苹果用的剪刀。"

凶器果然就是疑似枝奈子使用的剪刀吗？

"总之就是这样。幸好疑惑解开了，谢谢。如果你看出什么，记得联系我。"

"哦，好的。我知道了。"

八月朔日只说了这些，不到两分钟就说完了。专程为了问这个问题打电话来，看来他非常关心黑绪遇刺的事。

第四章　她去了什么地方

白夜把手机放到桌上，重新看向电脑。

好了，得继续看会议录像了。再看两三遍还没发现线索，就干脆放弃他去怀疑别人吧。

他重新点开录像。对话像音乐一样，缓缓从音响中流淌出来。已经习惯这个声音的大脑开始走神。

小黑被送进手术室后，始终没有人联系自己。她怎么样了？该不会死了吧？

啊啊，又来了。又变成了这样。白夜满腔罪恶感与悔恨。

小黑走了，肯定会有很多人难过。肆谷组长、五木先生、其他傀礼师以及福音协会的成员都会难过。八月朔日警官也担心地打电话过来。如果自己遇到同样的事，估计不会有任何人担心。

他回忆着迄今为止和黑绪一起做过的傀礼，感到一阵空虚。

他突然觉得录像有些不对劲，说不清楚是什么，但是有一种异样感。

为了知道那种异样感的来源，白夜更加专注地盯着屏幕，调高音量，凝神细听。十五分钟的时间，巨大的音量响彻房间。又播放了十分钟，白夜瞪大眼睛。

"啊，我懂了，原来是这样。一开始这么做就好了。"

白夜发现这个录像中少了必不可少的东西。

二度遭到杀害的她

4

　　第二天，白夜来到南方家。傍晚六点，逢魔时刻①，太阳已完全落山。

　　他按响对讲电话，但是没有马上得到回应。屋里亮着灯，肯定有人在家。他又按了一次，这次很快就接通了。

　　"一先生，有什么事吗？"

　　义纯的声音很镇定。昨天刚发生那种事，白夜还担心他不会应门，幸好他没有无视自己。

　　"听说枝奈子小姐失踪了。关于这件事，我有些问题无论如何都想向您请教。"

　　"内人好像给你添了很大的麻烦……啊，站在门口聊天也不太好，我马上开门，进来聊吧。"

　　他说话不是很流畅，但是语气温和。对讲电话挂断后，不到一分钟，房门就开了。义纯一脸疲惫地走出来迎接白夜。

　　"快请进。"

　　白夜鞠了个躬，走进家中。室内开着空调，很暖和。昨天枝奈子坐在沙发上，今天却不见踪影。她失踪了，自然不会在家。

---

① 逢魔时刻，即黄昏时刻。在日本文化中，黄昏时刻被认为是阴阳交替、鬼神容易出没的时候。

第四章 她去了什么地方

"咖啡……啊,你不喝对吧?"

义纯走向厨房,想要招待白夜,走到一半停下脚步。白夜只回答了一句"是的"。义纯不好意思地挠了挠头,坐到白夜估计会坐的沙发对面。但是,白夜却没有坐下,而是立在原地。

"那个。"义纯双臂环胸,"你想问的是枝奈子昨天杀害九十九小姐那件事吧?"

"杀害?"

"昨天警方告诉我九十九小姐遇害了,我非常震惊。没想到枝奈子会做出那种事。连真珠和惠实里子都是她杀的。"

义纯痛心疾首地用拳头捶了下膝盖,继续说道:"我想,肯定是因为我们没有小孩。我们都结婚五年了,却完全怀不上小孩。好像是枝奈子的问题。有个自己的小孩是枝奈子的梦想,她肯定很受打击吧。所以,她一定是因为自己不能生小孩,才会出于忌妒杀害了真珠。不过,幸好你没事。看来就算没有傀礼师,式鬼也能行动。"

真是位善解人意的丈夫。连杀了人的妻子都同情,想要帮她开脱,俨然是个圣人。

"没有傀礼师,式鬼也能行动。因为他们是特制品。"

"原来如此。"义纯勾了勾嘴角,笑着说道。

"话说回来,枝奈子小姐会去哪里呢?您有什么头绪吗?"

"说来惭愧,我也不知道。枝奈子不爱聊自己的事,平时都是我在说话。早知如此,我真该多问问枝奈子的想法。"

二度遭到杀害的她

义纯掩面哽咽。白夜默默等他平复下来。几分钟后，义纯才抬起头，眼角隐约残留着泪痕。

"义纯先生，我今天来找您是为了枝奈子小姐的事，有几个问题无论如何都想请教您。"

白夜立在巨大的玻璃窗前。在室内灯光的映照下，窗外的草坪在风中摇曳。他望着玻璃上义纯的倒影。

"你查出什么了吗？比如枝奈子其实不是凶手？"

义纯眼中仿佛带着期待。白夜移开目光，心不在焉地望着庭院里的苹果树。夜色中，苹果依然红得刺目。白夜心神不宁地转动手腕，说道："不是的。是关于枝奈子小姐留下的那封信。"

"嗯，难道你看过了吗？"

"是的。我在警方中有熟人。然后，我在那封信上发现了一些奇怪之处。"

"奇怪之处是？"

白夜打开手机给义纯看，上面显示的是枝奈子的那封信，是八月朔日传给他的。

"信上说，她是在签收快递前跑去杀害真珠小姐的，但是这样的话，时间就太奇怪了。推断真珠小姐的死亡时间为下午四点半到五点之间。府上的汽车没有被开过的迹象，那么她应该是打车往返的。但是如果她在周防家附近下车，上新闻时她就有可能被司机发现。所以更加合理的推断是，她是在离周防家走路五分钟的马路旁下的车，回来的时候也一样是在马路上打的车。而且周防家很大，从房门到院门要走很

第四章　她去了什么地方

远。综合考虑这些因素，枝奈子小姐想要在快递员上门前回家，最迟也要在四点二十分杀害真珠小姐。"

"提前十分钟很奇怪吗？这不在推断死亡时间的误差范围内吗？"

"我不这么认为。因为尸斑很淡，角膜也刚开始混浊。角膜会在死亡半小时后开始变成浊白色。误差只有几分钟倒也算了，超过十分钟的话，遗体被发现时，角膜应该已经非常混浊了。幸好发现得早。"

义纯听到"幸好"这个词后，神色有些奇怪。谈论死者时不该使用"幸好"这样的词，白夜暗自反省。

"这封信上还有其他几个可疑之处。"

"还有？究竟哪里可疑？"

义纯的表情，像是自己引以为傲的作品受到激烈抨击的艺术家。白夜指着手机屏幕上枝奈子的信，将可疑之处逐一告诉义纯。

"周防家的门窗都锁上了。信上没有写杀害真珠小姐之后，她是如何锁上房门离开的，也没有写毁坏真珠小姐的遗体后，她把拿走的部位和凶器藏在哪里。而且，一个要逃跑的人，真的有空写这么长的文章吗？"

"最后一句话是对我的道歉。她会不会是担心自己逃跑会给我添麻烦，才会留下这封信？你看，我这不是也遭到怀疑了吗？"

"为了不连累到您，她更应该把一切交代清楚。所以我是这么认为的，她不是没有写清楚，而是不能写清楚。"

245

二度遭到杀害的她

"你的意思难道是这封信不是枝奈子写的?"

义纯的目光从手机里的信上移到白夜身上,皱紧眉头。

"没错。凶手担心如果写清楚,自己制造的不在场证明就会被推翻。所以没有和盘托出。而且,枝奈子小姐逃跑是为了避免被捕,不马上收拾行李出门太奇怪了。还有,您说她留下这封信是为了避免您被怀疑。如果是这样,她更不应该选择逃跑,被警方逮捕岂不是更好吗?那样更能证明您的清白。"

"什么?所以这封信不是枝奈子写的吗?那究竟是谁写的?我们家的钥匙就只有枝奈子、我和姐姐有。"义纯捂住张开的嘴巴,浑身颤抖,"不会吧,难道是姐姐?"

白夜神色悲怆。他绝不是在难过,而是因为义纯看起来非常可怜。为了脱罪,他居然能把心爱的姐姐推出来。

"写下这封信的人是您啊,义纯先生。"

义纯呆呆地张大嘴巴。过了一会儿,他放声大笑。笑声传遍整个客厅。

"我为什么要写那种东西?"

"因为您就是枝奈子小姐的共犯……不,杀害真珠小姐的凶手。"

白夜直视义纯的眼睛,用毫无起伏的声音宣告。义纯毫不闪躲地盯着白夜,勾起唇角。

"真伤脑筋,我有明确的不在场证明,不可能作案。会议录像我交给警方了,他们已经仔细确认过了。"

他的口吻变得很轻浮。大概是觉得可以不用继续使用敬

第四章 她去了什么地方

语了。这或许才是义纯的本来面目。

"会议的光盘我也看过了。您当时在和三位同事开会吧？"

"什么嘛，你不是也看过了吗？那你应该明白吧，我不可能作案。真对不起他们三个，这么忙还要帮忙录口供。"

"您是在哪里开会的？"

"就在这上面，二楼的房间。"

义纯竖起食指，指着玄关方向的天花板。白夜缓缓转动脖子，往那里看了一眼，视线又落回义纯身上。

"您在撒谎。那场会议您并不是在这里的二楼开的吧。"

"不是在这里，又是在哪里？开会不光要用到电脑，还要联网，又不是随便在哪里都能开。"

视频会议需要用到的，顶多就是电脑和网络设备。只要具备这两个条件，无论是在室外还是在室内，哪怕是在太空都能开会。

"不联网就无法开会，反过来说就是只要有电脑，能联网，在哪里都能开会。不是吗？"

义纯皱起眉头，看得出来他很不高兴。白夜不喜欢别人对他露出这样的表情。他迅速别过头，用手按住刘海，遮住眼睛。

"会议是在真珠小姐的房间开的吧？"

"我不懂你在说什么。我是在真珠遇害的时间开会的。"

"您开会迟到了吧？您故意在会议开始的时间杀害真珠小姐，然后参加会议，后来就一直留在那里开会。真珠小姐房

二度遭到杀害的她

间的壁纸，是寻常家庭常用的白色塑胶壁纸。您家用的也是同样的壁纸吧？或许纹路有些不同，但是摄像头拍起来画质会变差，看不清细节，应该不会被发现。"

白夜望着沙发后的壁纸。义纯立刻否认："你的话未免太奇怪了吧？仅凭这一点，不能证明我是在真珠房间开的会吧？既然你说在哪里都能开会，代表在这里也可以。不对，我就是在这里开会的。你是在牵强附会。不能因为我的不在场证明跟其他人比起来最容易作假，你就故意往我身上泼脏水。而且，枝奈子也听到了我开会的声音。啊，你该不会想说枝奈子是我的共犯，她也在说谎吧？"

大概是在紧张，义纯虽然表情没变，话却变得非常多。白夜确定，凶手就是义纯。

"不。枝奈子小姐应该是在您杀害真珠小姐之后成为您的共犯的。所以，她应该是真的听到了您开会的声音。"

"那我岂不是不可能作案了吗？你的话太可笑了。照你的说法，我和枝奈子是共犯，但是案发当天枝奈子还不是我的共犯，不是共犯的枝奈子却在家里听见了我开会的声音。简直莫名其妙。"

义纯笑着嘲讽白夜，他看起来似乎松了口气。

"在成为您的共犯之前，枝奈子小姐确实听到了您开会的声音。但是她听到的不是这次的会议。既然这次的会议有录像，那么以前的会议应该也有。您应该是提前打开电脑，设置成四点半一到，就自动播放和这次会议的内容类似的录像，对吧？"

第四章　她去了什么地方

如此一来，枝奈子听到声音就不奇怪了，义纯自己也能在其他地方开会。他要么有两台电脑，要么就是把自己的电脑放在家中，用周防家的电脑开会。开视频会议时不会显示自己的当前位置，所以不用担心被人发现他不在家。这跟大弥和红玉为了欺负惠实里子而制造的不在场证明一样。

"还是太牵强了。有个前提你忘了。那天吉永小姐、武藏先生、大弥和红玉都在家。虽然吉永小姐在较远的厨房，武藏先生在自己房间，有可能听不到真珠房间的动静，但是大弥和红玉的房间在真珠房间的正对面。我不仅要杀害真珠，还要在那个房间开会，正常来说会被发现吧？你该不会想说我为了不让人听见，故意压低了嗓音吧？要是那样的话，参加会议的那三个人肯定会觉得不对劲，但是他们完全没有提到。录像中应该看得出来吧？"

"因为您知道，那天大弥少爷和红玉小姐都不在家，所以才用正常的音量说话。真珠小姐的房间在最里面，儿童房前面又有一扇门，只要大弥少爷和红玉小姐不在，哪怕讲话声音稍微大一些，也不会被听见。"

大弥和红玉的房间有动画片的声音传出来，却没有被录进会议视频里。应该是他杀害真珠后暂时调低了动画片的音量，开完会后又调了回去。但是他没有调回原来的音量，所以大弥才会说他们回来时音量变小了。

"那也太赌运气了吧？要是他们两个在家怎么办？别说开会了，就连杀害真珠都做不到吧？"

"不，您早就知道了。每个星期五，他们两个都会趁亚美

二度遭到杀害的她

小姐开茶话会溜出去。"

义纯肯定知道亚美会在真珠放假的星期五开茶话会，吉永会在下午四点左右进厨房，武藏下午五点前都会待在自己房间。

亚美和义纯感情很好，平时经常聊天，他知道周防家的情况并不奇怪。

"而且，会议记录里没有录到应该有的声音。"

义纯似乎在拼命思考白夜这句话的意思，但他不可能想通。因为那是当天不在这里，就不可能听到的声音。

"您知道那天您家附近来过救护车吗？就是您家斜前方两栋的那户人家，应该能听到声音。"

义纯双目圆睁，发出一声呻吟般的"哦"。他尴尬地说："我知道。"白夜心想，他在撒谎。

"救护车是2月4日下午四点四十分到的。正好是您的会议开到一半的时候。没有录到警笛声不是很奇怪吗？"

义纯的眼睛瞬间往旁边瞟了一下，随后目光回到白夜身上。他僵硬地调整好表情，痛苦不堪地否定道："不一定吧。毕竟我关着窗户。会不会只是麦克风没有收到音？"

"既然如此，请让我看看之前的会议记录，确认一下。"

昨天他说广告车的声音很吵。既然如此，应该有录到户外声音的会议记录。就算什么都没找到，请药袋他们帮忙查一下网络连接记录，也能查到案发当天有没有人用过周防家的网络。

听到白夜的话，义纯显得非常紧张。他开始不停地抖右

第四章　她去了什么地方

腿，表情也已经不再从容。白夜乘胜追击。

"您以前就经常去真珠小姐的房间吧？"

义纯低着的头猛然抬起，瞪向白夜，只有语气装得跟受害者一样。

"怎么可能？我为什么要去她的房间？"

"为了猥亵真珠小姐。"

他原本以为义纯没有动机。可是，如果他会猥亵真珠呢？武藏说过，只要义纯夫妇来家里，真珠的状态就会变得很不对劲。她并不是害怕枝奈子，而是厌恶义纯吧？

义纯知道大弥和红玉回来的时间，杀害真珠后又迅速离开，极有可能早就经常背着别人进真珠的房间。估计跟信上写的一样，威胁真珠给他开门。

肯定都是在星期五。真珠每次都会阻止亚美去茶话会。白夜本来以为她是为了阻止大弥他们欺负惠实里子，现在看来也有一部分原因是那一天会有讨厌的人出现。真珠认为只要母亲在家，自己就不会有事，所以才拼命地想把亚美留在家里。

明明可以向吉永或武藏求助，她却没有这么做，或许是怕失去他们。说不定是义纯威胁了她。

"如果你敢把这件事告诉你爸妈，他们就不会再爱你；如果你告诉吉永或武藏，他们就会被赶出去；如果你告诉别人，别人就会觉得你是个撒谎精。"

大概是这样威胁她的吧。周防家地位最高的人是亚美。亚美本来就不喜欢那两个人，只要义纯怂恿一下，要把他们

二度遭到杀害的她

赶出去易如反掌。真珠在家里能信任的人应该不多,她肯定能够感受到那种氛围。

"有些话可不能乱说。"

"您深爱着姐姐。但是,姐姐却和大和先生结婚了。或许您一开始放弃了,但是在看到跟姐姐一模一样的孩子出生时,您的内心却产生了邪念,没错吧?"

"怎么可能?!你在想什么?真珠是姐姐的孩子,而且年纪比我小两轮。她还是个小学生啊!"

"起初您或许只要能看到她就心满意足了,但是随着距离越来越近,您终于无法控制住自己的欲望。真珠小姐还是个孩子,无论您对她做什么,她都无力反抗。所以,您把无法向姐姐倾诉的感情,发泄在了真珠小姐身上。可是,真珠小姐慢慢开始拒绝您,让您深受打击,而且您担心她会告诉别人,于是决定杀害她。"

白夜听到咚的巨响,是义纯的拳头砸到沙发前的矮脚桌上的声音。

"别说了,那孩子还是个小学生啊!"

"就是因为她只是个小学生,没有力气,说话也没人相信,无法反抗,所以……"

"你再说下去,我可要生气了。这完全是诽谤。你又不是警察,却在那边胡乱查案,只会妨碍正常的破案进度。我要去协会投诉你!"

义纯失去了刚才的冷静,咆哮起来。白夜冷冷地俯视他。他越愤怒,就越是散发出腐臭。白夜的目光移回玻璃后的庭

第四章　她去了什么地方

院。他转动着手腕，思考片刻后回答："随便您。"

反正不会有什么处罚。就算有处罚，顶多是罚款，对白夜而言不足为惧。

大概是看到白夜过于镇定，义纯也恢复冷静，他抚摸额头拭去汗水。虽说开着空调，他出的汗未免太多了，跟盛夏一样大汗淋漓。

"你好像无论如何都想污蔑我是凶手，但是那天周防家的门不是锁上了吗？吉永小姐说钥匙在家。"

"是啊。周防家的钥匙有三把。大和先生、亚美小姐各有一把，剩下那把放在家政间。凶手拿走的应该是家政间的那把。"

"不对，刚刚不是说钥匙在家吗？"

吉永确实确认过钥匙在家。但是，她没有确认那把钥匙能否使用。

"如果那是另一把钥匙呢？比如提前把那把钥匙调包，下次去周防家的时候再换回来，就会造成钥匙没有被动过的假象。真珠小姐去世的话，亚美小姐肯定会联系您，去周防家更换钥匙对您来说应该是小菜一碟。"

"另一把钥匙？你倒是说说我是用什么钥匙调包的！"

"是您自己家的钥匙吧。周防家的钥匙制作备用钥匙的工艺虽然特殊，钥匙本身却是随处可见的凹槽钥匙。只要不是很特别，应该不会有人连形状都记得，露馅的可能性很低。"

"那枝奈子不是也有可能做到吗？"

"提到那封信的矛盾之处时我也说过，假如枝奈子小姐是

二度遭到杀害的她

凶手，她只能在四点二十分之前调包钥匙。但是这样的话，大弥少爷和红玉小姐就用不了钥匙了。然而，他们正常使用了钥匙，所以钥匙应该是他们回家后被调包的。如果是您，应该可以办到吧？"

"又在牵强附会了。"义纯不悦地叹气，"大弥他们也有可能没用钥匙吧？"

"他们两个在欺负惠实里子。如果他们不锁门，偷跑出去的事就有可能被发现，霸凌行为也很有可能因此曝光，所以您的假设不成立。"

"看来你无论如何都想污蔑我调包了钥匙。"

"会议是下午四点四十五分结束的。您开完会后，躲在家政间附近的房间，比如储物间里，等待大弥少爷他们回来。确认他们把钥匙放回家政间后，您立刻用自己家的钥匙调包，然后迅速离开周防家回家。您出门时应该没锁门，回到家却发现门被锁上了，因为枝奈子小姐签收完快递后锁了门。如果直接按门铃，枝奈子小姐就会怀疑您为什么会在外面。所以您跑去便利店，就是为了找个按门铃的理由吧？"

义纯下意识地咬住嘴唇。明显能看出他内心的不甘。但他依然没有承认，也没有否认，而是笑着装糊涂。

"就算是我杀了真珠吧。可是我不可能毁坏真珠的遗体。"

"是啊。我也觉得您不可能。"

"那——"白夜打断义纯的话，继续说下去。

"这起案件无法独立完成，必须有共犯才行。"

"哦，怪不得你要污蔑我是凶手呢。因为我是枝奈子的丈

第四章　她去了什么地方

夫，是最合适的人选。可是，其他人也有可能吧？与其怀疑我，你更应该怀疑那些没有不在场证明的人。"

"不。这件事只有您才能做到。否则，枝奈子小姐没有毁尸的理由。您似乎想把枝奈子小姐说成主犯，但是这个前提本来就不对。"

"你倒是说说哪里不对。"

"如果枝奈子小姐是主犯，指使某人杀害了真珠小姐，她根本没必要毁坏真珠小姐的遗体。毕竟她没有动手，真珠小姐不会知道她的身份。主犯另有其人，枝奈子小姐只是从犯，这样才比较合理。"

"不，枝奈子不是都留下信承认自己是凶手了吗？是你故意过度解读，想要污蔑我是共犯。或者说你会不会是搞错了，枝奈子根本没有杀人？"

"枝奈子小姐确实与这一系列案件有关，只不过她并不是主犯。"

义纯的腿抖得更用力了，像是在克制烦躁的心情。连白夜都听到了沙发发出的嘎吱声。

"我说过您才是主犯。枝奈子小姐是毁尸的时候参与进来的。我的观点并未改变。"

"太荒唐了。说我是主犯就已经很搞笑了，居然还说枝奈子是在毁尸的时候参与进来的。为什么她没有从一开始就帮我，而是那时才变成我的共犯？和这个观点比起来，还是信上的内容更有说服力。整件事从头到尾都是枝奈子一个人做的。"

二度遭到杀害的她

白夜缓缓摇头。

"枝奈子小姐不可能是主犯。还有，枝奈子小姐已经死了。杀害枝奈子小姐的人也是您吧？"

5

"啊？"义纯惊呼出声。不光是真珠，连失踪的妻子都被说成是自己杀的，他对白夜的杀意似乎胜过怒火。

"您得知真珠小姐即将接受傀礼，担心自己的罪行暴露，因此决定阻止傀礼。于是，您决定模仿敌视协会的刻耳柏洛斯的作案手法，但是模仿作案的事情很可能会被发现，所以，您又使用了一些手段，让别人认为自己不可能作案，这样即使被发现也没关系。"

"那我为什么要杀掉枝奈子？而且，你不是认为枝奈子是我的共犯吗？如果我杀掉她，她又该怎么帮我？"

义纯用食指轻敲自己的太阳穴，仿佛是在担心白夜的脑子。

"有两个理由：一是为了让她背黑锅，二是为了利用她的尸体。"

"利用她的尸体？你脑子有病吧！"

"毁尸需要凶器。只要凶器没有被发现，自己就不会被怀疑。您抱着这种想法，寻找藏凶器的地方。放在家里迟早会被发现，所以您决定打造一个谁也不会去找的地方。"

第四章 她去了什么地方

"我不懂这跟杀害枝奈子有什么关系。你一会儿说我是凶手,一会儿又说枝奈子死了。你的说法毫无逻辑。"

"只要藏在尸体当中,就不会有人去找。您想到警方估计会检查真珠小姐的体内,觉得自己必须有一具新的尸体。所以,您把枝奈子小姐做成了可以携带物品的包包。"

白夜借用大和要帮忙准备食物时黑绪说过的"包包"一词,向义纯说明。义纯用力摇头否认。

"别说了。我为什么要做那么残忍的事?她可是我心爱的妻子……"

义纯像是难以相信这种残忍的妄想,流着泪抱头怒吼。在白夜眼中,他仿佛沉醉在自己的世界里。

白夜很想问义纯:"既然如此,在亚美欺负枝奈子的时候,你为什么不帮她呢?"可他知道问了也没意义,所以什么也没说。

"为了把枝奈子做成'包包',您在枝奈子小姐不知道的情况下杀害了她,然后找来提前联系好的流浪傀礼师,让她复活枝奈子小姐。您大概对枝奈子小姐说:'抢劫犯闯进家里杀了你。'枝奈子小姐平时就很听您的话,当时她也没料到您跟真珠小姐的案件有关,所以应该相信了您的说辞。"

枝奈子戴口罩是为了遮住脸色,喷香水是为了掩盖尸臭,穿厚衣服估计也是为了掩饰僵硬的动作。

复活枝奈子的就是前天抓到的流浪傀礼师。妻子被抢劫犯杀害,傀礼仪式却不是在家中,而是在工地举行。不过,那片工地离这里很近。

二度遭到杀害的她

那个流浪傀礼师就是五年前接受武藏委托的人。义纯肯定是听亚美抱怨的时候知道了这件事。所以，他才会知道流浪傀礼师的存在，并且找到了那个人。

"无稽之谈！我怎么可能把我太太做成'包包'……再说，我为什么要让枝奈子毁坏真珠的遗体？"

白夜的眉毛、嘴巴和肩膀同时往下垮，仿佛是疲于反驳。他回忆着黑绪的样子，淡淡解释道："枝奈子小姐会欺负真珠小姐。您估计是告诉她一旦真珠小姐复活，这件事就会曝光，说不定还加上了这句话——'要是被大家知道，姐姐和爸妈都会抛弃我，我将一无所有。'枝奈子小姐那样的性格，听到这样的话，应该会很惊慌，她会觉得愿意跟无依无靠的自己结婚的丈夫，有可能被自己害得失去一切。"

"就因为这个？照你的说法，枝奈子已经死了吧？既然如此，她何必特意做这种事？"

"听说枝奈子小姐平时就对您百依百顺，死后她应该更加不想被您讨厌，也不忍心看丈夫因为自己痛苦，所以她才会协助您犯罪。枝奈子小姐就像信上写的那样，趁您和武藏先生吵架跑去毁尸。然后按照您的指示，将凶器和剪下来的真珠小姐的身体部位吞入腹中。剪刀估计是棒状握把的园艺剪刀，她直接吞了下去，大概就像表演吞剑的街头艺人那样。她没有时间拆解凶器，不习惯操控身体的傀儡也做不了拆解这类精细的动作。再说要是拆坏了的话，毁坏惠实里子小姐的遗体时就不能用了。"

"枝奈子当时在餐厅，不可能作案。"

第四章　她去了什么地方

"我们进入餐厅时，枝奈子小姐没有站在自己座位那侧，而是站在我们身后。她应该是刚刚作案回来吧。警方没有找到凶器和遗体丢失的部位，是因为它们都在枝奈子小姐体内。"

"不、不是这样的。我被利用了。都是武藏先生对枝奈子冷嘲热讽，我才会反驳他。为什么我要让枝奈子做那么残忍的事？"

白夜听见义纯吞口水的声音。他嘴上这么说，脸色却逐渐苍白。白夜继续打击义纯。

"而且，杀害惠实里子小姐的人也是您。"

"怎么又扯到她了？"

义纯继续装傻。还不承认？白夜有些焦躁。

"惠实里子小姐复活过真珠小姐。您得知她在那个时候听说了什么，决定杀害她。证据就是惠实里子小姐看起来很怕您。"

佳弥去录口供时，把惠实里子交给义纯照顾。惠实里子睡醒后叫得很大声，仿佛世界末日了一样。本以为是案发后母亲突然不见了，她才会那么恐慌，事实却并非如此。她是因为杀害真珠的凶手就在旁边，才会吓成那样。

"凶手是她母亲吧。她为了掩盖自己的罪行，还特意把尸体弄成真珠那样。"

"那天，佳弥小姐被人下了安眠药。跟亚美小姐在吃的是同一种安眠药。"

"你想说下药的人是我吗？怎么可能？除了帮忙照看惠实

259

二度遭到杀害的她

里子那次,我都没有跟佳弥小姐说过话。"

"您利用了惠实里子小姐吧,就像枝奈子小姐的信上写的那样,您对她说:'真珠有些话托我转达给你,内容要对你妈妈保密,你把这个拿给她吃。'您是在佳弥小姐去录口供的时候对她说的,也是在那个时候告诉她,您会趁佳弥小姐睡着时去找她,让她提前把门打开。惠实里子小姐知道您就是凶手,但是因为您拿真珠小姐当借口,她便照您说的做了。"

惠实里子在被大弥他们欺负的时候就很听话,听到真珠的名字就言听计从也并不奇怪,更何况义纯还对她说真珠有话跟她说。

"我又不知道惠实里子住在哪里。"

"不知道也有办法知道。只要打开定位功能,把手机偷偷藏进佳弥小姐的包包里就行了。"

这部分应该跟黑绪的推测一致。果不其然,被拆穿的义纯一脸痛苦。就差最后一把火了。白夜不停地转动手腕。

"等等。我哪有时间去拿安眠药?记得当时大家几乎没分开过吧。我就只在你们来之前去过一两次厕所,但也只有一两分钟而已。你们来了之后,直到案发前我都没有去过厕所。我又不知道安眠药放在哪里,那么点时间不可能找到吧。你可不要说我没有去厕所,而是去找药了。"

"不,枝奈子小姐有时间去拿。亚美小姐和大弥少爷说过,大家都去过厕所。可是,枝奈子小姐根本没必要上厕所,因为枝奈子小姐已经死了。"

义纯倒吸一口凉气。大概是觉得瞒不下去了,他开始拼

第四章　她去了什么地方

命否认。

"不，不是我。你搞错了。"

义纯不肯认罪。他肯定会挣扎到最后一刻。没准儿他还在思考别的反击方式。

这样下去没完没了。既然如此，问问她就行了。

白夜打开窗户。冰冷的空气猛地灌了进来。义纯冷得摩擦手臂，诧异地望着白夜。

白夜直接走进庭院里。他没穿鞋子，只穿了袜子。义纯面露嫌恶。"等等。"他冲白夜喊道，白夜却不理会他，径自向前走去。

他在苹果树旁停下脚步。庭院里铺着草皮，但只有那块地方异常凹凸不平。

白夜加快转动手腕的动作，突然停下手，蹲下去抚摸地面。接着，土壤像发生地震一样蠕动起来。

"喂，你在做什么？"

义纯惊慌失措地叫道，却并没有上前。他站在原地，抓住玻璃窗瑟瑟发抖。

表层的草皮剥落，露出底下的土壤。两根手指从土里刺出，像是破土而出的新芽。新芽继续生长，露出宛如细长白色陶器的枝干。那枝干势不可当，越伸越长。形似花草嫩芽的东西变成蜘蛛的形状，最终化成人类的样子。

"……义……纯……先生。"

是枝奈子。她站起来的身体摇摇晃晃，脸上毫无生气，像是刚睡醒一般，眼神空洞又茫然。枝奈子将沾满土的脏手

二度遭到杀害的她

伸向义纯。义纯吓得高声尖叫，一屁股坐到地上。

"既然您不想说，那就问问她好了。"

义纯的视线不停地在枝奈子周围游移。

"你怎么知道她在那里？"

白夜可以看到那根连接枝奈子的灵魂和身体的线。从一开始他就知道她被埋在那里。

"您原本想让枝奈子小姐走远一点，让她的遗体在其他地方被发现吧？当初您应该请傀礼师在她复活五天后结束傀礼。可惜事与愿违。因为为枝奈子小姐做傀礼的那个人，昨天下午五点结束了他的傀礼师生涯。枝奈子小姐的身体还没有出发，就倒在了家里吧？如果立刻报警，警方就会发现她的死亡时间有问题。所以您决定把她埋了，设计成失踪。到利用调查真珠小姐案件的我们为止，您的计划都很顺利，可惜了。"

"为、为什么？"义纯的声音嘶哑含混，估计是喉咙太紧绷了。

"您从一开始就打算把一切罪名推给枝奈子小姐，让她失踪，否则您用不着故意向我们展示您家没有剪刀。"

听到白夜的话，枝奈子有了反应。她肩膀颤抖，看起来像是在哭，但是，她的眼睛里却没有涌出泪水。身体机能全部停止了，她只是一具行尸走肉。

"义……纯……先生。"

义纯的脸上写满恐惧。他伸出右手，用手掌对着枝奈子，像是在说"不要靠近我"。

第四章　她去了什么地方

"枝、枝奈、枝奈子，不是的。这家伙在胡说八道。希望你理解我。我只是不想跟你分开。所以我、我才会把你埋在苹果树下。我一直很爱你。"

怎么听都只是借口。但是，没有听到义纯和白夜刚才那番对话的枝奈子，似乎仍旧相信他爱着自己。枝奈子似乎在仔细聆听义纯的话。

"枝奈子，他、他想诬蔑我是凶手。求你帮帮我，帮我杀了他！就像杀掉九十九的时候那样。"

枝奈子转身看向白夜，面带犹豫，朝义纯伸过去的手垂落到身侧。白夜神色未变，只是望着枝奈子。

"枝奈子，我爱你。"

义纯像是在念稿。哪怕只是空有形式，这句话对于枝奈子而言似乎都弥足珍贵。枝奈子的表情看不出变化，却有种在笑的感觉。

事情就发生在一瞬间。枝奈子转身扑向白夜。

白夜惊讶地向后跳去。但是，枝奈子的手指已经距他只有一厘米，他不可能逃得掉。

要是被她抓住，白夜的身体会有什么下场呢？没有感觉的傀儡很难收放力道，白夜的身体会像纸一样被她撕成碎片吧。白夜紧紧闭上眼睛。

一阵风拂过脸颊。紧接着，一声惨叫响彻冰冷的夜空。

白夜睁开眼睛，看到枝奈子伸出来的手臂失去了手肘前面的部分。手臂不像是被砍断的，而像是被拧断的。血块从断面掉到地上，形状像是小个的苹果。

二度遭到杀害的她

义纯一脸惊愕，仿佛来到了世界末日。那是自然。因为他以为已经杀掉的人，居然若无其事地出现在他面前。

"前几天多谢您的关照。"

黑绪把从枝奈子身上扯下来的手臂当成自己的手臂用，放在胸前对义纯优雅地行了一礼。

"你怎么会在这里？！她应该把你杀掉了啊。"

"所以是为什么呢？"

"……你也变成式鬼了吗？"

义纯气愤地环视四周，估计是在寻找傀礼师吧。他没有看到黑绪和白夜以外的协会人员。

"不，我本来就是式鬼。我从来没说过我是人类。"黑绪淡淡说道。

义纯目瞪口呆，似乎完全没有料到会发生这种事。

"太荒谬了，怎么可能？！你不是可以吃饭，也能像普通人一样活动吗？"

"是啊。可我不是说过吗？式鬼也不是不能吃饭。而且，您太太不是也吃了吗？"

黑绪嘲讽般说道。

黑绪比白夜更像人类，因为她自己一直像人类那样行动。所以，知道黑绪是式鬼的药袋一见到她就讽刺她是"假人"，面露嫌恶。

"小黑是我的式鬼。您说警方告诉您小黑被杀了，那是在撒谎吧。因为那是不可能的。小黑死后不会通知警方，只会被送到协会维修。"

第四章　她去了什么地方

"怎么会……"

义纯踉踉跄跄地坐到沙发上。枝奈子见状，发出类似呻吟的声音。她似乎在担心义纯。她都被他利用了，为什么还能有那种感情？白夜实在无法理解。

枝奈子另一只手伸向白夜。她应该是觉得只要自己杀掉白夜，黑绪就能停下来；只要处理掉他们两个，就没人知道真相，罪行也将永远不会曝光。

可是，她还没有抓住白夜，手臂就被拧断了。比起刚刚醒来的枝奈子，当了好几年式鬼的黑绪更习惯驾驭身体。枝奈子的身体瞬间失去双臂。

"为什么要听义纯先生的话？您应该也隐约察觉到，杀害自己和真珠小姐的人都是他吧？明知是他，为什么……"

听到黑绪的问题，枝奈子低下头。虽然看不到眼泪，但她带着泫然欲泣的表情说道："……是的。我第一次，起疑的，时候……是他叫我，拿安眠药，的时候。想要……的话，跟姐姐，说一声就好了。他没有说，是因为，他有别的用途。"

枝奈子刚开始说话还有些断断续续，但是后来越来越流畅。

"跟警察，录完口供，回到家，我发现他出门了，觉得他肯定有事瞒着我。然后，你们来了，说惠实里子死了。当时我就明白，啊啊，原来一切都是他做的。可是，我无依无靠，一直孤单一人。是义纯先生收留我，所以……"

"所以想至少帮他最后一把？"

二度遭到杀害的她

"很傻对吧。毁坏真珠的遗体,被当成藏匿证据的工具,我都不害怕。因为这样可以帮到义纯先生……我也知道,他对姐姐有好感。可是,我还是爱他,不希望他被捕。所以,我猜到是义纯先生杀了我,却什么都没说。因为我在想,只要我什么都不说,就能一直和他在一起……"

枝奈子眼角的泥土像眼泪一样从脸颊滑落,空洞的眼睛里仿佛闪烁着泪光。

"真的,好傻。"

黑绪喃喃说道。那是充满慈爱之情的道别词。

白夜感觉如果继续进行傀礼,枝奈子的幻想会彻底粉碎,于是悄悄解除了对她的傀礼。

枝奈子的身体和苹果一起滚落到地面上。

"要怎么办呢?"黑绪淘气地望向义纯,白夜也自然而然地望过去。被四只眼睛盯着,义纯吓得耸肩缩背。

明明已经逃不掉了,义纯仍然摇头辩解。

"不是,不是我。是枝奈子……"

"去真珠小姐家的时候,您好像没有开车,应该是坐出租车去的吧。只要找到您乘坐的出租车,就会知道您有没有去过周防家附近。还有其他证据。"黑绪看向白夜,"按照他说的那样查下去,证据要多少有多少。"

"我承认是我杀了枝奈子。但是,剩下的都是枝奈子做的!不是我。"

他以为这样说就能把罪名推给枝奈子吗?义纯的卑劣程度令白夜发自内心地想要作呕。

第四章 她去了什么地方

"就算是她做的,可是拿刀捅人的时候,您会说'凶手不是我,是这把刀'吗?警方会说'好!那就逮捕这把刀'吗?刀只是物品,没有把物品当成凶手的道理吧?尸体也是物品,最终被问罪的人还是您。"

黑绪面带笑容,轻描淡写地说道。义纯放弃抵抗,肩膀无力地垂落下来。

终章

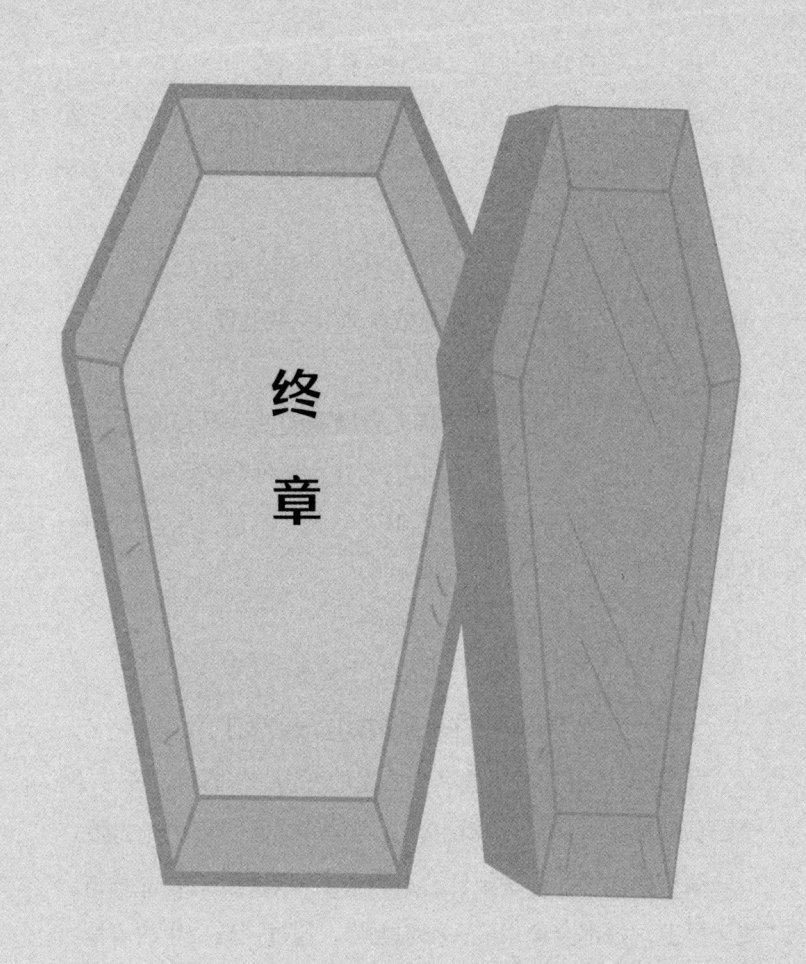

二度遭到杀害的她

确认义纯放弃抵抗后,白夜联系了药袋。

药袋听他讲完对义纯也说过的推理,发出一声呻吟。药袋不是因为他在报警前先跟凶手说了自己的推理,而是对这特殊的结局感到头疼。

这次的案件并不寻常,毕竟涉及接受过傀礼的遗体。大部分真相都不能公开,必须遵循烦琐的手续处理。

"所以我才讨厌你们这些家伙。"

挂断电话前,药袋用仿佛发自肺腑的低沉嗓音说道。白夜有些同情他,但又在心中回道:"我也无可奈何。"

"小黑,你被捅的时候,我吓了一跳。不过,你当时为什么一动不动?"

"让她以为我死掉了会更方便吧。"

确实如此。拜其所赐,白夜占了上风。

"你算得好远。我果然比不上你。我还以为你死了,慌得不行。"

"你好像还没把我当成名为式鬼的'物品'看待。我才不会那么轻易就坏掉啦。"黑绪笑道。白夜眯起眼睛盯着她的脸。

话虽如此,其实是她自己不愿意让人把她当成物品看待。每天早上,她都会像生前一样喝咖啡,通过读取白夜的表情,说出仿佛自己还有感觉的话,表现得像人类一样。

白夜知道她是故意那么做的。他没资格抱怨。因为杀害

终章

黑绪的人正是白夜——

白夜和黑绪年仅十七岁时,父亲向他们宣布:"等你们年满十八岁时,我会决定正式的继承人。"

实力差距显而易见。从小接受培训,又是职业傀礼师的黑绪,和十二岁才开始接受培训的白夜之间,有着天壤之别。然而父亲明知如此,依然这么说。

"啊啊,又来了。又在偏心小黑。"

白夜感到一阵空虚。谁都看不到他,谁都不看好他。既然如此,何不从一开始就指定黑绪为继承人?父亲没有这么做,是因为追求完美的他期待黑绪能够彻底击溃自己。

这是一场表演。自己只是个配角。命运从一开始就已经注定。

他后悔成为傀礼师。要是不存在这种能力就好了。可是,他忘不掉知道自己有傀礼能力时父亲的笑容。

那样的笑容还会再次对自己展露吗?

白夜开始思考打败黑绪的方法,越思考就越是觉得用一般的方式无法打败她。

他被逼到了崩溃的边缘。越努力,差距就越大。自己没有才能——唯有这个事实像是被聚光灯照亮似的,越来越清晰地浮现在心中。

用一般的方式打败不了黑绪。从头发丝到脚趾,黑绪都是特制的。虽说是双胞胎,但是留给自己的部分只是黑绪用不完的残渣。

是吗?既然如此,就让她还给我好了。

白夜的精神并不正常。迄今为止对黑绪的憎恶如影随形

二度遭到杀害的她

地跟着他,像一个充了太多气的气球,发出呼呼的声音,膨胀得越来越大。

白夜拿起刀,然后,杀了黑绪。

他丝毫没有罪恶感。他最讨厌的黑绪死了。被父亲所爱,一直独占父爱,性格恶劣的黑绪死了。他神清气爽,仿佛来到了蓝天下。

但是,父亲很快就知道白夜杀了黑绪,他刚好在那时走进现场。

白夜拿着刀,黑绪鲜血淋漓地倒在地上。白夜是凶手的事实不言自明。

啊啊,会被父亲骂。白夜觉得与其挨骂,还不如一死了之,把刀放到自己的手腕上。他一秒都没有思考,完全是条件反射,用力割下。

然而,刀只轻轻划过白夜的皮肤表面,连血都没有喷出来。因为父亲抓住白夜的手,制止了他的动作。

那一刻,白夜有些开心,因为他感到自己是被需要的。之后父亲一定会关心自己杀害黑绪的理由。白夜原本这样以为。

然而,设想中的事情并没有发生。父亲看到黑绪的尸体并没有生气,而是理所当然地对白夜说:"把黑绪制造成式鬼。"

白夜绝望了。他对父亲心怀期待,希望父亲可以像正常人一样担心自己,询问自己杀害黑绪的理由。可是……

看到自己那么疼爱的黑绪的尸体,他一点也不悲伤,还打算使用她的尸体。白夜对这种想法感到恶心,当场吐了出来。

终章

　　父亲对尸体不感兴趣。因为人一旦死去，就无法进行傀礼。那种能力会消失。对于父亲而言，那种东西是不完美、无价值的，他不感兴趣。

　　"为什么……小黑都死了啊。"

　　父亲瞥了一眼黑绪。就只是瞥了一眼。换句话说，死人于他而言只是落在地上的尘埃或者虫子的尸体。

　　"哦，无所谓。哎呀，是我判断失误了。你的天分要远胜于她。"

　　"天分？"

　　"无论我怎么说，黑绪都没办法利落地杀人。杀人后她还耿耿于怀。明明是她自己过来找我说，要代替你成为傀礼师，我才让她动手的。"

　　小黑杀过人？杀了谁？

　　父亲的话他连一半都理解不了。成为傀礼师，需要自己有过在生死边缘徘徊的经历，以及接触傀礼对象——死亡的生物。同时具备这两个条件，且自身拥有能力，才能成为傀礼师。

　　父亲是傀礼师，所以黑绪也有能力。那两个条件又是如何达成的呢？

　　"小时候，我们遭遇过事故，那是……"

　　"哦，那个啊，是我做的。因为只有在生死边缘徘徊过，才能进入下一个阶段。所以我暂时杀了你们。幸好你们没有死，而且两个人都成了傀礼师。我的选择没有错。"

　　"那是爸爸做的？"

　　"那是九十九家的传统。就是靠这个传统，我们家族才能

二度遭到杀害的她

培养出那么多傀礼师。"

看到父亲得意的表情，白夜再度泛起恶心。为了让儿女成为傀礼师，他亲手设计了那场事故。

"可、可是，小黑是和我一起遭遇事故的。她已经接触过我的灵魂，应该可以为人类做傀礼了啊，何必特意去杀人？"

"可能是因为你们两个都有傀礼师的血统，事故发生时灵魂没能互相干涉，所以黑绪当时还无法给人类做傀礼。"

"怎、怎么会……所以小黑她……"

白夜这时才明白，黑绪一直不让他接近父亲，是为了不让父亲发现他拥有傀礼的能力。

一切都是为了保护白夜。为了不让父亲对白夜做出残忍的行为，为了避免父亲要求白夜做出残忍的行为。一旦成为继承人，就不得不对自己的孩子做同样的事吧。所以黑绪凡事都做到完美，是为了把父亲的视线吸引到自己身上。

"黑绪的确接近完美，可是，她并不完美。硬要说的话，你更接近完美。傀礼师要操控人类的灵魂，只有冷酷无情的人才能胜任。"

他曾经那么渴望父亲的称赞，现在却开心不起来。他不想知道这种真相。他是因为讨厌黑绪，希望黑绪消失，想要成为继承人才杀掉她的，现在却要面对自己做错事的事实。

"……小黑杀了谁？"

"你们的哥哥。"

家里只有黑绪和白夜，他想不到父亲说的是谁。但是他想起母亲说过，父亲和母亲结婚前有女友，那个人怀孕了。

终章

白夜他们有个同父异母的哥哥。

他明白了。难怪协会内有一部分人会叫黑绪"杀兄凶手"。原来是真的。

"以防万一,我留下他作为备用品,现在看来是正确的选择。他帮了我一个大忙。"

父亲的口吻平淡,毫无感情。白夜瞬间意识到,这样下去自己也会落得跟黑绪同样的下场。

他曾经那么想要得到父亲的夸奖,成为父亲心中的第一,现在却无比排斥父亲,想要尽快从父亲身边逃离。

那天晚上,白夜向协会举报父亲杀了黑绪。

协会立刻把父亲叫去审问。白夜坐在旁听席,观看了整个过程。

审问的过程中,父亲一次也没有否认。不仅如此,他还承认了一切。白夜惊讶地叫出声:"为什么?"父亲望向白夜,露出笑容,仿佛那就是答案。

审问的结果是决定将父亲送进保管室。白夜最后一次和父亲说话,是他即将被送进保管室的时候。

为什么不说出真相?白夜质问父亲。父亲的答案依然是一抹温柔的微笑。那是平时只对黑绪展露的笑容。

"你要守护好九十九家。"

白夜不寒而栗。比起父亲,白夜剩下的寿命更长。为了让九十九家延续下去,父亲选择替白夜顶罪。对于父亲而言,孩子不重要,只要能守护九十九家就好。那一定就是追求完美的父亲为了守护这个家所想到的完美方法。

二度遭到杀害的她

　　自己之前的感受到底算什么呢？

　　父亲被送进保管室后，白夜立刻改成亡母的姓氏。这是微小的抵抗，也是迟来的叛逆期。

　　十八岁那年，他正式成为傀礼师。在需要选择式鬼时，白夜毫不犹豫地回答："我要选小黑。"

　　为什么选择小黑？大概是因为寂寞吧。他已经没有家人了。所以，无论是以哪种形式，他都希望留下来的黑绪能够陪在自己身边。这是一个自私的理由。

　　明明是自己杀了她，怎么有脸说这个？说不定小黑作为式鬼醒来后，第一时间就会因为自己杀了她而攻击自己。

　　他愿意死在黑绪手上。

　　考虑到式鬼失控时傀礼师无法应对，协会会事先在式鬼体内置入一枚小型炸弹。白夜下定决心，就算黑绪袭击自己，也不会按下引爆开关。

　　白夜去迎接了被保存起来的黑绪。黑绪的身体经过加工，外表和白夜杀死她时没有两样，美丽得让人觉得就算不为她进行傀礼，她也会立刻醒过来。白夜既开心，又恐惧。

　　举行傀礼仪式后，黑绪马上苏醒过来。她对白夜露出跟死前一样的微笑。白夜后来才知道，表情会被固定，没办法改变。

　　白夜有些话想在黑绪醒来后问她。她会气自己杀了她吗？她会恨自己吗？

　　他像个询问母亲的小孩，问出这个问题。黑绪回答："无所谓。"她的身影和父亲重叠在一起，令他安心，同时也令他厌恶。

终章

　　黑绪知道自己被杀的理由，也知道是谁杀了她，但是她并没有责怪白夜，只是对白夜说了句："给我泡咖啡。"

　　她生前也总是逼白夜泡咖啡，明知白夜怕苦不能喝咖啡。她说白夜泡的咖啡更好喝。从那天起，白夜每天都会雷打不动地帮她泡咖啡。

　　只有一件事，白夜没有告诉黑绪——为黑绪提供生命力的人，是身在保管室的父亲。

　　黑绪询问父亲的下落时，他说父亲死了。进入保管室的人都会被当成"死了"，所以他这么说并没有错。他没有告诉她更多的事。

　　可是，黑绪或许已经知道了。所以她才会为了耗尽生命力，长时间维持清醒，大概是为了让父亲早日解脱吧。黑绪总是这么温柔。

　　"完成一项工作的感觉真好。"

　　"是啊。"

　　"这次你也功不可没。"

　　"都是小黑的功劳。我只是把和你对过的答案说出来而已。"

　　黑绪双手背在身后，大步跳了两下后，轻快地转身。

　　"没这回事。我相信你。所以我才能放心去死。"

　　黑绪的微笑比往日都要动人。白夜有些想哭。

　　"讨厌。不许哭。在此之前，因为你擅自对枝奈子小姐进行了傀礼，回协会后就等着受罚吧。"

　　无论遇到什么情况，都不能在未经许可的情况下进行傀礼，否则就要受罚。因为他和流浪傀礼师不同，隶属于福音

二度遭到杀害的她

协会，所以估计不会受到太严重的处罚。但是，一想到要接受肆谷面带微笑的训斥，白夜就打心底不想回去。

"啊哈哈，真棒的表情。"

傀礼师受罚期间，式鬼也不能行动，黑绪脸上却挂着悠然自得的笑容。白夜深深叹息。

"你说，接下来会接到什么样的委托呢？"黑绪的语气像唱歌一样。

现在还没有看到什么问题，但是黑绪究竟还能活动到什么时候呢？

在父亲的生命力耗尽前，黑绪应该不会愿意连接其他人的生命力吧。某一天，父亲的生命力会突然中断，黑绪将失去行动力。到了那个时候，她会接受其他人的生命力，继续作为式鬼活下去吗？

白夜试着揣摩黑绪的心情，却没有找到答案。然而，他下定决心，如果她有拒绝的意思，就让她安眠吧。

到那个时候，我就再杀她一次吧。这一次要让她再也不用复活。

还剩下多少时间呢？白夜望着掉在地上的苹果。不是金色，是鲜艳的红。

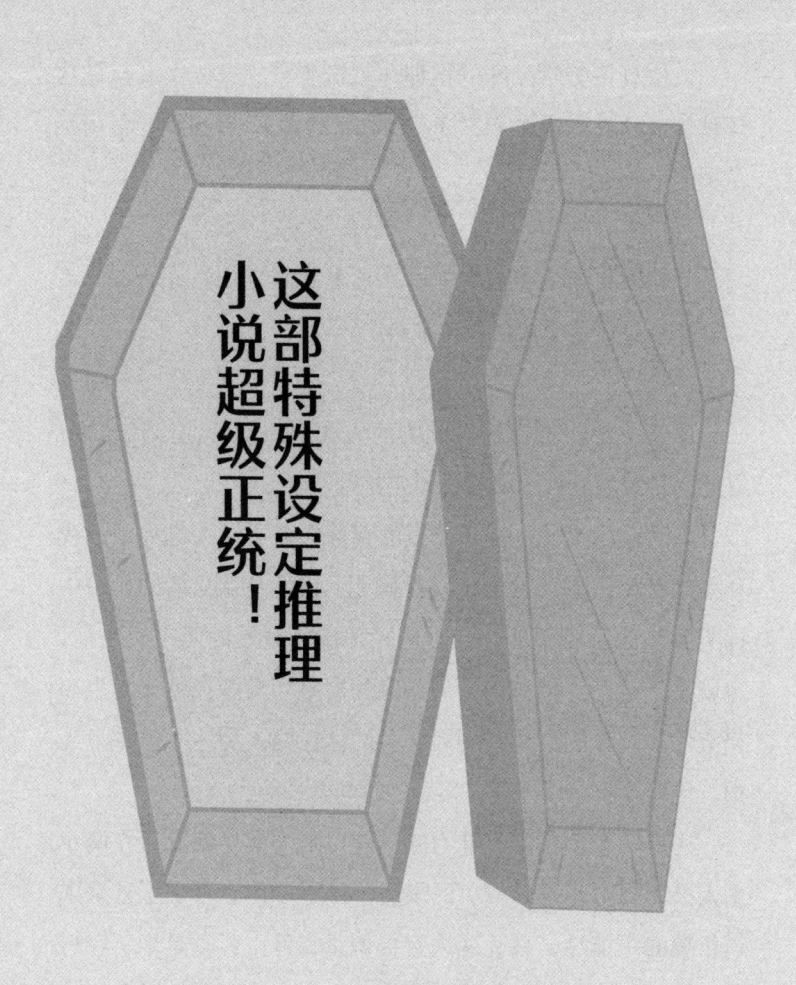

这部特殊设定推理
小说超级正统！

二度遭到杀害的她

　　一位具备美学品味的推理作家诞生了，这位作家就是秋尾秋。谈到其出道作《二度遭到杀害的她》，首先我要引用序章里的一句话——

　　傀礼师是指拥有可以让死者暂时复活能力的人，福音协会则是管理他们的机构。

　　这是一部将拥有这种能力的人和组织设置在当代日本，以此为背景展开故事的特殊设定推理小说。

　　周防家的女儿——十二岁的真珠在家中被人勒死，白夜和黑绪被派去周防家为她举行傀礼，目的是从复活的她口中探听到与凶手相关的信息。两人于傀礼开始的两个小时前，也就是午夜十二点拜访了周防家的豪宅。没多久就又发生一起案件。真珠的尸体遭到毁坏。尸体在两人到达时还毫发无损，代表这起案件发生在极短的时间内……

　　这是一个多么富有魅力的谜题！因为案件就发生在两个主人公（同时也是侦探）的眼皮子底下。作者否定了外来人员作案的可能性，并让两人直接调查案件。究竟是谁、在何时实施了犯罪？不仅如此，作者又抛出一个更大的谜题。赶到周防家的警察调查现场后，却没有找到毁尸的凶器以及尸

这部特殊设定推理小说超级正统！

体丢失的部位——被带走的眼睛、舌头和手指。这是一起密室失踪事件。是不是很令人兴奋？

在作者的设定中，傀礼师的存在是毁尸之谜的前提，这种结构也很棒。傀礼这种特殊能力不只是用来吊读者胃口的工具，而是和谜题以及案件紧密地结合在一起。毁尸等同于"第二次谋杀"，其目的是封住被傀礼复活的死者的口。因为只要挖掉眼睛，割掉舌头，即使灵魂回归身体，复活后的尸体也不能视物和说话。这是将傀礼师的行为视为恶行的犯罪组织——刻耳柏洛斯的一贯手法。真珠虽然也是被这种手法毁尸的，但是两者之间却存在不同。那就是刻耳柏洛斯不会割掉手指。这次真珠的手指为什么被割掉了呢？谜题数量加一，令人欣喜。

作者不光提出了这种灵活运用特殊设定的谜题，还操纵白夜和黑绪成为侦探，让他们进行调查与推理。这种手法相当正统。两位侦探既没有依靠特殊能力获得线索，也没有靠这种能力获取证词，而是通过和相关人员正常对话，或者利用和警方的合作关系收集信息。推理的过程同样如此。两人通过盘问嫌疑人在真珠遇害时以及毁尸时的不在场证明，确认他们的动机，调查物证，循序渐进地锁定凶手。推理中当然也穿插有傀礼这个"现实"，但是，这是和读者之间的共识，完全不是破案的捷径。这部作品从头到尾都很正统。作为推理小说，故事的展开方式令人安心。从这个角度出发，我对作品中安排警察出场这点也要给予好评。作者没有轻易制造暴风雪山庄等，将警方调查排除在外，人为制造容易让

二度遭到杀害的她

名侦探发挥的情境，而是与证据和推理"正面"对峙。这种态度，令作者未来可期。

另外，作为一部推理小说，作者的信息置入方式也非常巧妙。例如，在故事的尾声阶段，"少了必不可少的东西"这个信息，在推动情节的过程中发挥着重要作用，但是作者早就在前文铺垫过，而且不会让人猜到是铺垫。另外，关于在终章之前，也就是第四章的尾声才公开的出人意料的真相，作者在序章阶段就已经悄悄埋好了伏笔，并且从第三章起逐渐对这个伏笔进行补充。信息的平衡感非常棒。阅读第二遍的时候，我才意识到序章的伏笔相当露骨，这是一个让读者惊喜的要点。

除此以外，阅读本书还有别的乐趣。首先，这是一个非常耐人寻味的亲子故事。书中以各种形式展现父母对子女偏执的期待。读懂这个主题如何具体地表现在登场人物身上，也能获得不同于推理小说的另一种乐趣。另外，为了不破坏惊喜感，我在这篇解说中刻意回避了很多情节，希望读者可以亲自去体验。

本书是 2021 年第二十届"这本推理小说了不起！"大奖决选的入围作品。尽管获得了三位决选评委其中一位的强烈推荐，但是由于其缺点受到了另外两位评委的批评，最终遗憾落选。在新人奖的竞技场上，如果难以凭借优点分出优劣，有时会靠缺点决定胜负。本作品估计就是因为缺点遗憾落败的类型吧。我在参加二次评选时，也注意到了这部作品的缺点，尤其是在尾声部分揭开的两个诡计之一。我觉得那个诡

这部特殊设定推理小说超级正统！

计"应该有不少读者也想到了"。这部文库版中保留了这个诡计，但是仍然能够从中感受到作者的审美趣味（哪怕感受不到，也不能否定作者想要努力表达出来的决心）。首先是诡计的使用方式。作者想方设法地让这个诡计在推理出"A这一状况其实是B"之后才具备意义。另外，破解这个诡计的伏笔也无比巧妙。希望各位读者除了享受这部作品的优点之外，也能享受这个有缺点的诡计。读者完全没必要像竞争激烈的评选会一样，吹毛求疵地阅读这本书。

秋尾秋——回过头来看，在第十七届的二次评选中，我也是以笔力和架构能力为由推荐这位作家的。这位作家还有一部作品参加了其他类别的评选，那是一部校园悬疑，不是特殊设定推理（跟本书有着共同的刑警角色）。那部作品让我愈发深刻地觉得，这是一位脚踏实地的作家。

回顾往昔，有不少作家获得"遗珠奖"后，都收获了成功。比如七尾与史、高桥由太、冈崎琢磨以及2020年获得日本推理作家协会奖短篇奖的矢树纯，等等。他们也都曾获得"遗珠奖"。希望这位具有很高推理审美的作家，有朝一日可以在文坛大放光彩。虽然有些心急，但我非常期待秋尾秋的下部作品。无论是不是本作的续篇，一定能让读者获得愉快的阅读体验。

村上贵史
2022年2月